変態

pervert

紙礫

7

目次

犬

中勘助《なかかんすけ》

有名なガーズニーのサルタン・マームードは印度《インド》の偶像教徒を迫害し、その財宝を掠略することをもって畢生《ひっせい》の事業として、紀元一〇〇〇年から一〇二六年のあいだにすくなくとも十六、七回の印度侵入を企てた。いつも十月に首都を発して三ケ月の不撓《ふとう》の進軍をつづけたのち内地の最富裕な地方に達する慣《ならい》であったが、かようにして印度河《インダス》から恒河《ガンジス》にいたるまでの平原を横行して、市城を陥れ、殿堂偶像を破壊することによって、彼は「勝利者」「偶像破壊者」の尊称を得た。温暖豊満な南方平野の烏合《うごう》の衆は、北方山地の勇敢な種族と中央亜細亜《アジア》草原の残忍な騎兵の団結した軍隊の、回教的狂熱と盗賊的貪慾《どんよく》に燃えたつところの攻撃によって砂礫《されき》のように蹴散らされてしまった。徒《いたずら》に驕慢《きょうまん》な偶像教徒は兇暴な異教徒のまえに慴伏《しょうふく》しつつも、みじめな敗北者の陰険黒濁な増悪と悔蔑をもってひそかに彼らの宗敵を咀《のろ》っていた。

これは一〇一八年にマームードがヒンドスタンの著名な古都カナウジのほうへ兵を進めた時のことである。彼の颱風《たいふう》のごとき破壊的進撃の通路にあたってクサカという町があった。彼の軍隊は行軍の都合上そこに宿営した。そうして、奪略、凌辱《りょうじょく》、殺戮《さつりく》など、型のごとくあらゆる罪悪が行われたのち、彼らは津浪《つなみ》のように町を去った。

その頃クサカの町からやや遠くはなれた森のなかにひとりの印度教の苦行僧がいた。彼はもと町にあった相応な天祠の主僧であったが、回教軍が最初にここを通過した際に祠堂は跡かたもなく焼き払われ、偶像は毀《こぼ》たれ、財宝は掠《かす》められ、そののちわずかに再建されたものも間もなくまたうち壊されて、幾度とない侵入のために終《つい》には不幸なその町さえが荒廃しそうな有様になったため、彼はとうとう住むべき家もなくなり、その森のなかに形ばかりの草庵を結んでようやく信仰をつづけていたのである。彼はそこへうつってから思い出したように苦行をはじめた。それを人々は、彼が不倶戴天《ふぐたいてん》の異教徒を滅《ほろぼ》して、印度教と印度の国を往時の繁栄と光明に蘇《よみがえ》らすためなのだと噂しあった。実際北方印度の諸王の同盟軍をさえ粉韲《ふんさい》したほど無敵な回教軍に対してはそんな風にでも考えるよりほかしかたのないほど彼らは絶望的な状態にあったのである。そのためにこれまではただ世間なみの天祠の主僧に過ぎなかった彼は、――婆羅門《ばらもん》の権威と清僧の誉《ほまれ》とは正当にもっていたのであるが――偶《たまたま》ひどい苦境に陥った愚痴《ぐち》な人々の異常に放縦《ほうしょう》な迷信的な崇敬をうけることとなった。

草庵のそばにはすばらしい檬果樹《マンゴー》があってあたりに枝をひろげている。その逞《たく》しい幹に這《は》いあがったおそろしく太い葛羅《かずら》は、ちょうど百足《むかで》の脚のように並列した無数の纏繞根《てんじょうこん》を出してしっかりと抱きついている。その二つの植物の皮と皮、肉と肉がしっくりとくいあってる様子がなんだか汚《きたな》しい手足と胴体とが絡みあったようないやな感じをあたえる。その蔭に彼は毎日日出《ひので》から日没まで、一枚の布片、一片の木の葉さえ身につけぬ赤裸のまま足を組んでじっと前方を見つめている。間がなすきがな螫《さ》しにくる蚊虻《かあぶ》その他の毒虫の刺傷のために全身疣蛙《いぼがえる》みたいになり、そのうえ牛の爪を鉤《かぎ》なりにしたもので時々五体を掻《か》きむしるので――それは多分なにかの穢《けが》わしい邪念を追いのけるためであろう――どこもかしこも腫物《はれもの》と瘡蓋《かさぶた》と蚯蚓《みみず》腫れとひっつりだらけで、膿汁《うみじる》と血がだらだら流れている。自ら厳酷な苦行者であった湿婆《しば》はかような奇怪な肉体の呵責《かしゃく》によってよろこばされると信じられているのである。見たところ彼は五十前後であろう。苦行に瘦《や》せてはいるが元来頑丈《がんじょう》にできた骨格をして、目だって広い肩と、太い肋骨《ろっこつ》のみえる強く張った胸をもっている。むしゃくしゃと垂れた白髪まじりの髪は脳天まで禿《は》げあがり、大きな額のまんなかが眉間《みけん》へかけて縦に溝がついて、際立って高くなった濃い眉のしたに睫毛《まつげ》のない爛《ただ》れ眼がどんよりと底光りをしている。厚ぼったいだぶだぶした脣《くちびる》、がっしりした顎、膝頭《ひざがしら》や踝《くるぶし》のとびだしたわるく長い脚、彼は髑髏《どくろ》の瓔珞《ようらく》を顎にかけて繋がれた獣のように坐っていた。

ここにまたひとりの百姓娘が毎日日の暮れる頃になるとかならず草庵のそばをとおって森の奥へ、そうして暫《しばらく》するとまたおなじ小路を町のほうへ帰ってゆく。彼女はその路、というよりはむしろ人の足あとの行きどまりにある猿神の像に願《がん》をかけにくるのであった。彼女は草を刈り酪《らく》をつくるまも忘れることのできぬひとつの悩みをもっていたのである。

彼女は不仕合せな孤児で、ごく幼少の頃から遠い身よりの者の手にひきとられて育てられねばならなかった。その人たちは格別性質が善《よ》くないという訳ではなかったが、一般に人間がそういう場合にあるようにかなり苛酷で無情だったので、彼女は物心づいてからろくに人情のやさしみ温かみを味《あじわ》ったことがなかった。そうして眠る時のほかは殆ど休む暇もない労役に鍛《きた》えられつつ今度十七の春を迎えようとしているのである。いったいが丈夫に生れついた身体《からだ》は必要上めきめきと発達し、一方に境遇上の苦労や気づかいはその顔に明《あきらか》な早熟と孤独の表情を刻みつけて、彼女を実際の齢《とし》よりはよっぽどふけてみせた。ただおのずから流れいづることをとめられたあどなさとあてのない深い憧憬《しょうけい》とが乳房に乳のたまるように健《すこやか》な底に熱く溜《たま》っていた。

彼女は草庵のそばをとおるのがひどく苦になった。彼女は自分の属する卑《いやし》いことからことに聖者を畏敬していた。それははかり知ることのできぬ深い智慧《ちえ》と、徳と、神の寵幸《ちょうこう》とをもち、また呪術によって幽鬼の類《たぐい》を駆使し、しばしば行力をもって諸天の意志をさえ強いることのできるものだと信じていた。彼女は聖者の黙想を妨げることを懼《おそ》れ、路を埋めた落葉や枯枝の音をたてるのにさえ気をかねて、跣《はだし》の足を浮かせながらこそこそとそこを通りぬけた。彼女は息をころして一生懸命自分の足もとを見つめてゆく。それゆえ見えるはずはないのだが、なんだか彼がどんよりとすわった眼でじっと自分を見送るような気がしてならない。しかし聖者は黙然として苦行をつづけていた。

そのようにして幾日かが過ぎた。ある日彼女がいつものとおり猿神のところから帰ってきたときに、思いがけなくも聖者は苦行の坐から起《た》ちあがるところであった。彼女ははっとして立ちどまった。太陽は沈みかけてはいるがなおけばやかな燈黄《とうこう》の光を横ざまに投げかけている。聖者は徐《おもむろ》に起《た》ちあがった。が、足が痺《しび》れているのでよろよろとしてかたえの檬果樹の幹に手をつっぱって身を支えた。

「これ女、そなたは毎日なにをしにくるのじゃ」

気も顚倒《てんとう》した彼女の耳に低くはあるが底力のある太い声が気味悪く響いた。彼女はなにかいおうとしたけれど、頬がふるえ、息がはずんで、とみには言葉も出なかった。

「なにをしにくるのかというのじゃ」

彼女は地に跪《ひざまず》いて敬礼したのち声をふるわせながら答えた。

「猿神様へ願がけにゆくのでございます」

聖者は尊大にうなずいた。その時にはもう幹から手をはなしていた。そうしてまだともすればよろめこうとする足を踏みはだけて立ちながら彼女の身体《からだ》をじろじろ見まわした。

「それはどういう願をかけに」

そろそろと二足ばかり歩みよった。そうして頸筋《くびすじ》までも赤くなってちぢこまるのを、疑ぐり深い、意地の悪い眼でじっと見すえたが、ことさら声を和《やわら》げていった。

「どういう願をかけにな」

彼女は当惑して右左に眼をそらした。が、ややあって憐みを乞うように聖者を見あげた。長い睫毛《まつげ》のしたに黒い眼がうるんでいた。

「そのようにおびえんでもええ。わしはそなたを助けてやろうと思うのじゃ」

途方にくれた彼女は、五体を地に投じて聖者の足に額《ひたい》をつけ、両手をのばしてその踵《かかと》をさすった。

聖者はその温《あたた》みを感じた。彼女はようやく観念してしどろもどろに、かつかつにいった。

「この子の親にあいたいのでございます」

この子をいう時にせつなそうに自分の腹に眼をやった。聖者は愕然とした。

「そなたは身重《みおも》になっているか。そなたには夫があるか。……いや、そちは姦淫《かんいん》をしたか」

彼の目は嶮《けわ》しかった。

「その男は何者じゃ。どこにおるのじゃ」

彼女の顔は蒼白になった。

「いうてしまえ。わしに隠しだてをするは愚《おろか》なことじゃぞ」

彼は静《しず》かに諭《さと》すようにいった。が、微塵《みじん》も違背をゆるさぬ婆羅門《ばらもん》の命令的な調子があった。彼女はわなわなとふるえた。それはどうあってもいえないことだった。とはいえどうでもいわなければならなかった。いかに隠しても聖者の天眼はじきにそれを看破《みやぶ》ってしまうであろう。

「はよういわぬか」

彼女は覚悟をした。

「邪教徒で……」

「なに」

「御免ください。穢《けが》されたので……」

彼女はひいと泣きふした。後の言葉は喉のなかで消えてただ口ばかり魚のように動いた。けれども馬のように立った大きな耳はそれをききのがさなかった。

「馬鹿者めが」

そうして忌《いま》わしげに彼女を後目にかけながら
「こっちゃへこい」

と叱るようにいって草庵のほうへ歩きだした。彼女はしおしおと立ちあがった。そして我知らず森の出口のほうを見た。日はもうとっぷりと暮れた。今にも夜になろうとしている。

「早く帰らなくては」

と思う。叱責や折檻《せっかん》が眼に浮かんでくる。彼女はなにかいいたそうに顔をあげた。そしてはじめてよく聖者の身体を見た。赤裸で、どす黒く日にやけて、腫物と、瘡蓋《かさぶた》と、蚯蚓《みみず》腫れと、膿《うみ》と、血とで、雑色の蜥蜴《とかげ》のように見える。彼女は厭悪《えんお》と崇敬と迷信的な恐怖の混淆《こんこう》した嘔きそうな胸苦しさを覚えて逃げ出したい気はしながら、憑《つ》かれたようにひきずられて草庵のなかへはいった。

草庵のなかはまっ暗で、土のいきれとむっとする牛糞の臭いがこもっている。それはその場処を清浄にするために時々牛糞を地に塗るからであった。聖者は神壇のまえにさぐりより、火を打って燈明をともした。ぱちぱちと油のはねる音がして火花がちったが、それがすむとすうっと焔《ほのお》が立って急にあたりが明るくなった。正面の中央には一段高く形ばかりの壇を設けて粗末な湿婆《しば》の石像が安置してある。それは聖牛に乗り、髑髏《どくろ》の瓔珞《ようらく》をつけて頸に蛇を纏《まと》った五面三眼の像であった。またかた隅には少しばかりの藁《わら》を敷いて茵《しとね》の形にしてある。それは坐具とも、食卓とも、臥榻《がとう》ともなるところのもので、その傍《かたわら》には一個の水甕《みずがめ》と、木鉢と、油壷と、そのほか日用、祭式用の僅《わずか》の道具類がおいてある。それで唯《ただ》さえ狭い草庵のなかはやっと七、八人のものが坐るほどの余地しかない。聖者は藁床のうえに腰をおろして尻込みする彼女をまぢかく坐らせた。そうして落ちついた濁った低音で説法でもするように語りだした。

「これ女、そちはなんということをいうのじゃ、そちは邪教徒に身を穢され、穢《けが》わしい胤《たね》まで宿して、そのうえまだ男にあいたいというか。そちは自分を穢した男が恋しいか。たわけめが。そちがそのように思う以上はそちは穢されたのではないぞよ。姦淫したも同然じゃぞよ。そちのような者を湿婆は邪教徒と一緒に地獄におとされるじゃあろ。湿婆がなされずともわしがおとしてやるわ」

彼女はたまらなそうに身をふるわせて泣いた。

「うむ、そちは泣くか。地獄へおちるのが悲しいか。それなら男を思いきるか。う、思いきってしまえ。の、忘れてしまうのじゃ。一時の迷いならゆるさりょうず。わしはそちが可哀《かわい》そうじゃによってゆるしてやる。湿婆の御慈悲も願うてやる。う、わかったろ。さあ、わかったならなにもかも湿婆とわしのまえで懺悔《ざんげ》してしまうのじゃ。なにもかも隠さずに」

いやも応もなかった。が、彼女はいうのが真実つらかった。それは拭《ぬぐ》いがたい不面目をうちあけることに対する羞恥よりは、むしろ大事の秘密を暴露することに対する愛惜であった。根掘り葉掘りきほじる聖者に促《うなが》されて、彼女がとかくいい淀みながら辛《かろ》うじて語りおおせたその話はざっとこうであった。

いつぞやマームードの軍がクサカの町に宿営した時のことである。彼女は日の暮れまえ邪教徒を恐れながら市外の流《ながれ》へ水を汲《く》みに行った。ところが運悪くも——とその時は思った——一人の徒者をつれた若い邪教徒の隊長——彼女はその男のみなりや供をつれていることからそう思ったのだ——にばったりと行きあたった。彼らは彼女を見るや否や両方から肩先をむずとつかまえた。そうして隊長のほうが、捕えられた小鳥のようにわなわなしている彼女の顎《あご》に手をかけてぐいと自分のほうに仰向《あおむ》かせ、目ききでもするようにじっと顔を見つめた。そしてなにか一言二言いって徒者に目くばせした。と、二人して脇下《わきのした》へ腕を入れて吊《つる》しあげるようにぐんぐんとつれてゆく。彼女は

「御免なさい。放してください」

と泣きながら嘆願した。彼女は呼んだ。叫んだ。死物狂《しにものぐるい》にあばれた。けれども足が殆ど宙に浮いているのでどうすることもできなかった。彼らは兎か猫の子でもつかまえたように面白そうに笑いなが

ら彼女を天幕の沢山《たくさん》張ってあるほうへつれて行った。小高いところに一本の巨大な榕樹《ようじゅ》が無数の気生根を立てて美しい叢林をなしている。その蔭にほかのものからすこしはなれてひとつの天幕がある。そこへ連れこまれた。それが彼らのであった。彼女はさっきからの必死の抗争ですっかり力がぬけてしまったがそれでもまだ執拗《しつよう》に

「帰してください、放してください」

を機械的にくりかえしていた。彼女が大人《おとな》しくなったのをみて男は従者になにかいった。従者は

「大丈夫かしら」

というように用心深くそろそろと手をはなして入口のところに立ちふさがった。男は腰をおろして彼女を膝に抱きあげた。そうしてかた手で背後からしっかりとかかえ、かた手で極度の恐怖のために蒼白くなってる彼女の頬をそっとさすりながら、訳《わけ》のわからぬ異国の言葉でやさしくなにかいいかけた。それをたぶん

「心配することはない」

とか

「どうもしないから安心しろ」

とかいうのだろうと思った。そこでやっとすこし気がおちついて怖々《こわごわ》男の顔を見た。彼はまだ二十五、六かと思われた。型のちがった異国人の顔ではあったが、眉の濃い、眼の大きな、凛《りん》として

どことなし気品のある顔だった。彼女はなんとなく
「この人は無体なことはしやしない」
という気がした。いつしか彼女は彼の帯びている綺麗《きれい》な彎刀《わんとう》に見とれた。その欛《つか》のところには金銀の飾《かざり》がいっぱいついていた。彼はそれを無造作に腰からはずして彼女の手に渡した。そのとき従者がなにかいったら彼は微笑《ほほえ》みながらうなずいてみせた。それを彼女は
「なに大丈夫」
といったのだろうと思った。実際それでどうかしようとすればできないでもなかったが、そんな気はちっとも起らなかった。そのとき彼は彼女を膝からおろして自分のそばに坐らせた。そしてそこにあった果物をむいてすすめたのを手も出さずにいたら、彼はふくろをひとつとって彼女の唇におしつけた。彼女はまごついて口をあいてそれを食べた。彼は愉快そうに笑って頬ぺたをつっついた。そこで従者を呼んで二つの洋盞《さかずき》に酒をつがせ、先ず自分でひと息にのみほしてから、もうひとつのほうの洋盞を彼女の口へもっていった。彼女はもうなにもあらがう気がなかったし、すなおにしてさえいれば帰してくれるだろうと思ったので大人しくそれをのんだ。甘い、いい匂《におい》のする、きつい酒だった。喉がかっとして、おなかで煮えくりかえるような気持がした。男は彼女の手をとってうえしたに揺《ゆす》るようにして拍子をとりながらいい声で異国の唄をうたった。それをきいてるうちに身体じゅうがかっとほてって気が遠くなってきた。彼女は心細くなって　どうぞもう帰してください　といおうとする

のだけれど舌が縺《もつ》れてどうしてもいえない。そして自分で自分の身体が支えていられなくなってひょろひょろとしたところを彼に抱きよせられてぐたりとその胸に頭をよせてしまった。

彼女はここまで話してきて急にさしうつむいた。

「犬めが、それからどうした」

聖者はひどくせきこんだ。彼女は火のでるように赤くなった。

「それからその人は私の……従者は出てゆきました……」

「お……おのしはされ放題になっていたのか」

「いえいえ、でもどうすることも……もがいても、呼んでも……」

「うむ、それから」

聖者は話を目で見ようとするような様子をした。彼女は泣き出した。

「うむ彼奴《きやつ》はその頸を抱えたのじゃな。その腹へのしかかったのじゃな。うぬ！」

聖者の顔は捩《ねじ》れ歪《ゆが》んだ。

天幕のなかで彼女は裸のまま両手で顔をかくしてしくしく泣いていた。男は着物をとり手つだって彼女に着せた。そうしてやさしくじっと抱きしめてさも可愛《かわい》げに、また心から詫《わ》びるように涙に濡れた眼瞼《まぶた》に口つけた。彼女は彼の胸に額をよせて息のとまるほど泣きじゃくりした。彼に対する彼女の信頼は目のまえに無慙《むざん》に裏ぎられた。とはいえ不思議にもそれについて彼女の心に驚きや怒りの痕跡さえもなかった。ただ最初に、一般に異性との交渉に対する処女の本能的な恐怖があった。そしてその次に、童貞を破られた女性の——正当にでも不正当にでも——深い、遠い、漠然とした悲しみがあった。さきに「信頼」と見えたところのものは実は「信頼」の仮面を被《かぶ》った「許容」であったのかもしれない。男は金糸の縁縫《ふちぬ》いをした着物で涙を拭《ふ》いてくれながらしきりになにかいい慰めるようであったがもとよりひと言も通じなかった。彼はしまいに自分の顔を指さして

「ジェラル、ジェラル」

と幾度も繰りかえした。

「私はきっとその人がジェラルという名なのだろうと思いました」

と彼女はいう。聖者は脅かすようにいった。

「それは名ではないぞ、邪教徒は彼奴《きゃっ》らの使う悪鬼を呼ぶ時にそういうのじゃ。そ奴は悪鬼の力でそちの心までたぶらかしてしもうたのじゃ」

「私はようやっと立って帰ろうとしました。その人は手をとって助けてくれました。そうして外に番をしていた従者を呼んでなにかいいつけました。従者は苦笑いしましたが多分いいつけられたとおり私を送って家の近くまでついてきました」

話す彼女よりも聴いてる聖者は一層見るも無惨であった。

「そちの罪業は深いぞよ。明日から七日のあいだ今日の時刻に湿婆にお詫びをしにこい、必ず忘れる

なよ。さあ帰れ。穢れた奴」

彼女はもじもじして立ちかねていた。やかましい主人がそれを許してくれるかどうかを気づかうのであった。で、恐る恐るその懸念をうちあけた。

「よし。帰ってこのわしがいうたといえ。もしそちをおこさぬようなれば彼らまでも呪《のろ》われるぞと」

彼女はすごすご草庵を出た。森のそとには月が皎々《こうこう》と照っていた。彼女は家へ帰っておずおず一伍《いちご》一什《いちじゅう》を話した。そうして最後に聖者のいった言葉をも附け加えることを忘れなかった。唯《ただ》自分が身重になっているということだけはいわなかった。凌辱《りょうじょく》については已《すで》にその当時わかっていたので格別のこともなかったが、日参のことになると主人はいきなり顔の曲るほど彼女をなぐりつけた。暇がかけるのと供養の費《つい》えるのが業腹《ごうはら》だったのだ。そうして結局あとからそれだけ余分に働いて穴埋めをする約束のもとにしょうことなしに許した。

彼女は一般に邪教徒のいかなるものであるかは知り過ぎていた。それは憎むべきもののなかでも憎むべく、恐るべきもののなかでも恐るべきものであった。彼女は彼らを憎み、恐れ、かつ呪《のろ》っていた。それにもかかわらず彼女は己《おのれ》を抱愛した若い、美しい、優しい――と思った――男を憎むことができなかった。それればかりかどうしても忘れられない。彼は彼女を穢した。それが穢したのならば。とはいえ彼の抱愛はいかばかり熱烈なものであっか。それは彼女がいまだかつて夢想だもせずして、しかも我知らず肉と心の底の底から渇望していたところのものであった。彼女はその思い出すも恐しい、奇怪な、しかも濃に、甘く、烈しく狂酔させたところのそれを思うのであった。それは恐しく、奇怪であったがためにますます不思議な魅力のあるものとなった。彼女はまた自分の腹の子を考えるとき、男と自分との間に一種神秘な、神聖な鎖が結ばれたような気がしてならない。そうして彼がいつか再び戻ってきて自分とめぐりあうような気がしてならない。彼女は勝ちほこったような気持で覚えずほほ笑みながら胸のうちでこんなことをいってみる。

「御覧なさい。私はあなたのものです。私はあなたの子を授かりました。私は神にかけてあなたのものです。私を抱いてください。口つけてください。一緒につれてってください」

と。

翌日彼女は一椀の供養の食物をもって邪教徒の天幕よりも怖い聖者の草庵へ行った。聖者は巳《すで》に苦行をおえて木の幹によりかかっていた。そして無言のまま彼女を立ち迎えて草庵のうちへ導き入れた。彼は彼女の捧げた食物を木皿にうけて藁床のうえに置き、水甕のふちで両手でもって重たそうに神壇のまえへ運んだ。それには七分めほど水がはいって、一本の聖樹の枝が倒《さかさま》にひたしてある。彼女は滅《め》入《い》りそうな気持で目をふせていた。

「これは祈祷によって功徳をつけられた水じゃ。これを神像にそそいで湿婆の怒《いかり》を鎮《しず》め、またそちの身体にふりかけて穢れをすすぐのじゃ。そうして、罪をゆるしてくだされ、身を浄《きよ》めてくだされ、福徳を授けてくだされ、とお願いするのじゃ、そちは身に著《つ》けたものはみな脱いでしまわねばならぬ。

そうしてこの燈明の消えるまで祈願をこめるのじゃ」

彼女は石像のようになって目をみはった。

「燈明が消えたら帰ってもええ。それまでわしは外に出ておろう」

聖者は外から扉をとじて歩み去った。彼女は耳をすまして足音の遠ざかるのをきいた。そしてやや暫《しばら》くためらっていたがようやく心をきめ、身に纏《まと》った布片をほどこうとして無意識に神像を見あげた。それが生きて見ようとでもするかのように。彼女はぐるぐるとほぐしはじめた。立派に発達した肉体が次第次第にあらわれる。彼女は着物をかた寄せておどおどしながら聖樹の枝をとって浄水を神像にふりかけた。そして平伏して祈願したのち起きあがって今度は自分の身体にふりかける。幾度も幾度もくりかえしているうちにやっと気が落ちついてきた。彼女はもはや猿神に祈ったようにこの子の親に今一度あわしてとはいわなかった。教えられたとおり、罪をゆるして、身を浄めて　と祈った。それは真実一生懸命であった。しかし恋人を棄てよう、忘れよう　などとは露ほども思いはしなかった。

皿の油はあまりながくはもたなかった。けれどもそれがどんなにながく思われたか。燈明が今にも消えそうになるのをみて彼女は手早く着物をきた。そして湿婆のまえに最後の礼拝をしてほっとして草庵を出た。そしてそのまま帰ってもよいかどうかを疑って見まわしていたときに聖者はどこにいたのかじきに姿を現した。

聖者は娘の跪拝《きはい》をうけたのち草庵に入った。そこには燃えた油の匂と女の匂《におい》がこもっていた。彼は燈明をともした。神像が浄水にうるおって、そのまえにひとすじの髪の毛が落ちていた。彼はやや久しくなにか思い耽《ふけ》ったのち供養の食物をとってぺちゃぺちゃとうまそうに食べた。

その次の日も聖者はおなじように娘を残して草庵を出た。彼は程近い流《ながれ》のところへきた。そこは月が水を照《てら》してせいせいと明るかった。そこでいつもの浅瀬に降り立って水浴をした。まだ癒《い》えきらぬ掻き疵《きず》がひりひりと痛んだ。それから彼は岸にあがって黙想しようとするように足を組んで瞑目《めいもく》してたが、じきに立ちあがってそこいらを歩きまわった。彼は終日の苦行に疲れかつ餓《う》えていた。で、また草のうえにぺたりと腰をおろして息をつきながらなにかの考《かんがえ》に囚《とら》われた。と思うとまたその辺を落ちつきなくふらふらと歩きだした。彼は俛首《うなだ》れながら夢遊病者のように逍《さまよ》った。夜の鳥が頭上の枝からばさばさと飛び立った。彼ははっと我にかえった。そしていつのまにか草庵のある空地にきてるのに気がついた。彼は足どめにかかったように立ち竦《すく》んで思案しはじめたが首をふってもと来た流のほうへ歩きだした。と、またひっかえした。そして二足三足歩いたとおもうとくるりと身をめぐらした。で、そのまま地から生えたように立って苦しげに溜息《ためいき》をついた。彼は脇腹の疵を爪で掻きさばいた。髪の毛をひき毟《むし》った。が、終《つい》に万力《まんりき》で捩《ねじ》られるようにじりじりと向きなおった。そうして餌をねらう獣の形に足音をぬすんで草庵のほうへ忍びよった。彼は背面の隅の地面に近いところに明りの漏《も》れる小孔を見つけ、そこへいやな恰好《かっこう》に四つ這《ば》いになって腹をひどく波うたせながら覗《のぞ》きはじめた。

それとは知らず娘は一心不乱に祈願をこめている。うす暗い燈明の光がこちらから裸体の半面を照らしてふんわりした輪廓《りんかく》を空に画いている。しっかりと肉づいてのびのびした身体が屈《かが》んだり伸びたりする。むりむりした筋肉が尺蠖《せきかく》のように屈伸する。彼はその一挙一動、あらゆる部分のあらゆる形、あらゆる運動をひとつも見逃すまいとする。娘はつつましく膝をとじ、跪《ひざまず》いてじっと神像をみつめたのち、祈願の言葉を小声にくりかえしながら上体をまげ、両肱と額を地につけて敬虔に平伏する。うなじから背筋へかけて強い弓のように撓《たわ》んで、やや鋭い角をなしたいしきがふたつ並んだ踵《かかと》からわずかにはなれる。娘は起きあがる。顔が美しく上気している。今度はかた膝をふみ出し左手を土について身を支えながら、及び腰に右手をのばして神像に浄水をふりかける。丸々した長い腕、くぼんだ肱《ひじ》、肉のもりあがった肩、甘い果のようにふくらんだ乳房、水々しい股や脛、きゅっと括《くく》れた豊《ゆたか》な臀《しり》……その色と、光沢と、あらゆる曲線と、それは日々生気と芳醇《ほうじゅん》を野の日光と草木のかおりから吸いとって蒸すような匂をはなつ一匹の香麞《くじか》のように見える。

燈明が消えかかったので娘はかたよせた着物をとってぐるぐると身につけはじめた。韻律《いんりつ》正しい詩がこわれて平板な散文になった。彼は非常な努力をもってそこをはなれた。

彼女が扉をあけて出た時に聖者は足音をさせて森の奥から現れた。そして気むずかしい、一種いやな顔をして彼女をねめつけて草庵へ入った。

四日めの午後からクサカの町に大騒ぎがはじまった。それはマームードの軍がガーズニーへの帰途再びここに宿営することになって、その先頭の部隊が丁度《ちょうど》到着したのである。この度彼の馬蹄が印度の地を踏んでから、向うところ敵はみな風を望んで降った。インダス、ジェーラム、チェナブ、ラヴィ、サトレッジの諸河は難なく越えられた。彼は鬱茂《うつも》たるジャングルをとおして「櫛《くし》が髪を梳《す》くように」進んだ。十二月初め彼はジャナム河に達してマットウラを陥れ、更に東して同月末カナウジに達した。七つの塞《とりで》をもって固められたガンガ河上の大都市は一日にして攻略された。今や彼は山のごとき戦利品を携えて故国へ凱旋《がいせん》するのである。クサカの住民は唯《ただ》もう戦々兢々《せんせんきょうきょう》としていた。しかし回教徒は案外おとなしくして格別乱暴な企《くわだて》もしなかった。それはもはやこの町には破壊すべきひとつの殿堂も、掠奪すべき一個の財宝もないことを知っていたからである。

戦争と長途の行軍に汚れた軍隊が続々と入り込んだ。負傷者も多くあった。そして皆疲れ窶《やつ》れていた。しかも彼らは皆幸福で元気であった。彼らは遠征の非常な成功に満足し、故郷の近くなったことを喜んだ。サルタン・マームードは虎のごとくに驕《おご》っていた。また戦利品を満載した駱駝《らくだ》と驚くべき多数の捕虜がひっきりなしにはいってきた。彼らは疲労と絶望とで魂のぬけたような様子をしていた。この時波斯《ペルシャ》の奴隷市場は彼らのため供給過多に陥って、一人の奴隷が二シリングで売買されたという。

娘の心は落ちつきを失った。彼女は「あの人」が町のどこかに来ているような気がしてならない。もしかまだ来ていないとしてもきっとくるに相違ない。そう思えば矢《や》も楯《たて》もたまらなく恋しくなる。そうしていつかうっとりと二人があうところを想像している。

「でももしかして運悪くあの人が！」

彼女ははっとして空想からさめるともうそれが事実であるかのようにたまらなくなってしまう。と、そのそばからまたなにものかが造作なくそれをうち消してくれる。「あの人」が鉄ででも出来ていたかのように。

さはいえ彼女は邪教徒に見つかるのをひどく恐れた。彼らは彼女を無事にすてておかないであろう。彼女はもう自分の身体をほかの者には指もさささせたくないと思う。

「私の身体はあの人にささげてある。勿体《もったい》なくてどうされよう」

そんな気持であった。

五日めの夜、礼拝をすまして帰ろうとした時に聖者はいつになく彼女を草庵のうちへ呼び入れた。

「今日はそちに尋ねることがある。そちは彼奴《きやつ》が二十五、六じゃというたな」

「はい」

「眉の濃い、眼の大きな奴じゃというたな」

「はい」

「そのほかなんぞ見覚えがあるか」

「背のすらりと高い、品のいい、強そうな……」

彼女は男の立派な風采《ふうさい》について語るのが嬉しかった。

「左手の小指に怪我《けが》をして、そうしてやっぱし怪我のためかすこし跛《びっこ》をひくようにしていました」

聖者は唇を噛んでなにかの考《かんがえ》に囚われていた。彼女は彼が今更どうしてそんなことをきくのかしらと思った。

「それともひょっとして」

彼女は疑ぐり深く聖者の顔を見た。彼はふと気がついた。そしてへどもどして

「うむ、そ奴ではない。邪教徒めらは折ふしここへもくる。そ奴とはちごうていた。そ奴でも懺悔《ざんげ》さえすればわしは赦《ゆる》してやる」

そんなとりとめのないことをいった。彼女は不安と期待に心を乱しながら家へ帰った。

あとに聖者はひとり瞋恚《しんい》の焔をもやしながら今日の出来事を考えた。二人の邪教徒の隊長が従者をつれて多分狩猟のために森へはいってきた。そのうちひとりが偶《たまたま》そこに行をしてる彼を見つけて偶像教徒に対する回教徒的嫌悪からその顔にぱっと唾を吐きかけた。――打殺《うちころ》されなかったのが仕合せだったろう――彼はかっとして見あげたがどうすることも出来なかった。相手は見かえりもせずそのまま事もなげに語りあってゆく。彼は無念骨髄に徹していつまでもいつまでもその後姿《うしろすがた》を見送っていた。それは二十五、六の、眉の濃い、眼の大きい、頗《すこぶ》る風采の好い男だった。そして腰に黄金造《づくり》の彎刀を帯びていた。彼はもしやと思った。しかし唯それだけではあまり根拠が薄弱であった。それにもかかわらず彼はどうぞしてその男が娘を穢《けが》した奴であってくれればよいと思った。それは実に思うもたまらないことであった。そしてそれだけ一層そうしたかった。彼は娘のいう男をいくら憎んでも憎

み足りないものにしたかった。そして咀《のろ》ってやりたかった。

暫《しばらく》して彼は森の奥で彼らの一人がその友を呼ぶらしい声をかすかにきいた。そしてぎくりとして耳をそばだてた。

娘の帰ったあとで聖者は思った。

「彼奴だ」

「確《たしか》に小指がなかった。そうして跛をひいていた」

それは娘があまで慕うのも尤《もっとも》だと思うほど立派な男だった。彼は娘が男について語った時のうっとりとした様子を思い出した。彼は彼女のまえにいかに邪教徒を罵《ののし》るとしてもその男を醜い奴ということはどうしても出来なかった。そうしてその点が何よりも先ず娘の心を虜《とりこ》にしたのだと思うとなおさらたまらなくなった。彼は彼女の口からきいたその時の有様、己《おのれ》を塵《ちり》、芥《あくた》とも思わぬ今日の不敵の振舞《ふるまい》を思って全身の血を湧《わ》かした。彼は五体をふるわせて歯がみをした。彼は婆羅門《ばらもん》の忿怒《ふんぬ》と苦行僧の嫉妬に燃えた。

第六日。夜はふけた。ジェラルはひどく酔った戦友と一緒に天幕の外へ出た。そこで互に上機嫌で別れをつげたのち彼は従者に命じて客人を見送らせた。彼は戦友の高調子な話し声のきこえなくなるまでそこに立っていた。綺麗に晴れた夜であった。茫漠とした平野に大きな深い空が紺黒に蔽いかかって、地平線に近く片輪になった月が赤くどんよりと沈みかかっている。彼はひとつ欠伸《あくび》をして天幕へはいった。彼は戦友と重《おも》にきのうの狩猟やカナウジの攻略について語りながら徴発した甘蔗《かんしょ》酒を汲《く》みかわした。で、蹣《よろめ》くほどではないがだいぶ酔っていた。彼は年はまだ若かったけれど身分の高い勇敢な騎士であった。そうして今度の遠征にも度々《たびたび》抜群な働きをして敵味方に驍勇《ぎょうゆう》を示したし、獲物も運びきれぬほどであった。赫々《かくかく》たる功名と戦果は彼の心をこの上なく幸福にした。

彼はふとこのまえここに宿営した時に慰んだ娘のことを思い出した。

「可愛い奴だった。つかまえられて螇蚸《ばった》みたいに跳ねおった。だが己《おれ》はあとで可哀想《かわいそう》になった。そうして帰してやる時ちょっと名残惜《なごりお》しいような気がしたのはへんだった。とにかく可愛い、いい奴だった。自惚《うぬぼれ》かもしれぬが奴己に惚れたような様子もみえた」

なんだかもう一度あってみたいような気もした。

「ひょっとしてまたここらあたりへくればいいが。しかし明日は多分出発せねばなるまい。後続の部隊も大概ついたようだから」

それから彼は退屈な行軍について考えた。そうして最後に狂喜と歓呼をもって迎える故国の人々を。死のように静《しずか》な天幕のなかで彼は卓子に頬杖《ほおづえ》をついてぼんやりとそんなことを思っていた。そのとき彼はなにか人のけはいがしたような気がしたので顔をあげて鎖《とざ》した入口のほうを見た。

「あれが帰ってきたのかな。すこし早すぎるが」

見ると天幕が内へふくらんでいる。

「酔っぱらってるんだろう。それにしてもうんともすっともいわないのはおかしい」

そこでひとつおどかしてやれと思って

「誰だ」

と怒《ど》鳴《な》ってみた。黙っている。いよいよぐんぐん押しはいろうとする。押し倒してしまいそうな勢だ。

「誰だ」

彼は立ちあがって入口のほうへ歩み寄った。そうして鎖しの紐をほどいて顔を出すや否や

「あっ」

といってとびのいた。と、解き放たれた入口からぬうっと変なものがはいってきた。それは確に人間の形はしているが素裸で、全身紫色にうだ腫《は》れて、むっとするいやな臭いがする。そしてつぶった目から汁が流れだしている。腐れかかった屍骸《しがい》なら戦場で見飽きているがこれは生きて歩いている。

「なんだ貴様は。化物か。死神か」

相手は黙りこくって盲滅法《めくらめっぽう》に、しかもまともに彼のほうへ、ぎくしゃくぎくしゃくと関節病者みたいなあしどりで寄ってくる。手には研ぎすました小刀を握っている。ジェラルは覚えず身をひいた。

「何者だ。なんとかいえ」

相手はかな聾《つんぼ》ですこしも感じない。ジェラルは広くもない天幕のなかを卓子をまわって二回までも

後じさりした。相手は正確に彼の足跡を踏んでひた寄りに寄ってくる。彼はいまだかつて知らなかった感情——恐怖——に襲われた。彼はこのえたいのしれぬ敵に対してどうしてよいかわからなかった。そのとき偶然手が刀欛《とうは》にさわったので彼は殆ど無意識に彎刀《わんとう》をひき抜いた。が、狼狽《ろうばい》して相手を梨割りにはせずに、脹《ふく》らんだ腹をめがけて力一杯に突いた。幸《さいわい》ぶつりと突きとおった。熟れた瓜《うり》みたいに柔かった。相手はどさりと倒れると思いのほかすこし刀に支えられると見えたばかりで、前とおなじ歩調で、しかも盤石のような力でそのまま真直《まっすぐ》に歩いてくる。そのために刀が欛《つか》もとまでとおって背中へ突きぬけた。そしてジェラルが刀をぬこうとあせってるうちに相手は突然痙攣《けいれん》的に右手をあげて小刀をぐさと彼の胸に突きさした。ジェラルはどうと倒れた。そのうえへ折重《おりかさな》って化物の死骸が。

第七日。娘は二重の意味で今日が待ちどおしかった。それは満願の日であるゆえに、また何故《なぜ》かは知らずいやでならない日参の終る日であるゆえに。で、いつになくいそいそとして出かけた。彼女を迎え入れた聖者はいつものとおり燈明をともしたがそのまま徐《おもむろ》に話しかけた。

「これ女、邪教徒らはまだ町におるか」

「はい」

「皆おろうな。少しはたったものもあるか」

「いいえ。でも明日はたつのではないかと思います。ゆうべ夜中から大騒ぎをして、そうして今日暮れ方あの大きな榕樹のところに……」涙が彼女をさまたげた。「……集ってなにかお祭のようなこと

でしょうね。

をしていました。怖いので誰もそばへ行って見たものはありませんが、きっと出発の支度が出来たのであっちの神様を祭ってるのだろうと皆がいっていました」

聖者は大きくうなずいてじっとなにか考えている。彼女は「あの人」が必ずその中にいて、そして明日はほかのものと一緒に行ってしまうような気がして胸一杯になった。

「畜生めらが。早う行ってしまえ」

ややあって聖者はぼやけたようにいった。

「今夜はいよいよそちの身も浄《きよ》まるぞ」

「……」

「湿婆のお告《つげ》があった……」

「ありがとうございます」

彼女は合掌してわずかに身をこごめた。

「これで満願じゃ。気を確《たしか》にもてよ」

「はい」

「湿婆のお告げじゃ。その腹の子をおろせという」

「ひえっ」

彼女はまっ蒼《さお》になってわなわなとふるえた。そしてわっと泣きふした。

「どうぞそれだけは、お願いでございます。聖者様、お慈悲でございます。それぱっかりは御免くださいませ」

「たわけめが。そちは子がかわええのじゃな。これ、よう考えてみいよ。それは邪教徒の胤《たね》じゃぞ。畜生の子じゃぞ。そちは起水のついた畜生が腹のなかへしこんでいった血の塊《かたまり》がいとしいか。そちは腹から穢れておるのじゃ。畜生の血臭くなっておるのじゃ。その子は口が耳まで裂けていようぞ。尻尾が生えていようぞ。おろしてしまえ。いやといえば必定《ひつじょう》地獄じゃぞよ」

「それはご無体でございます。この子は私の子でございます。誰の子でもありませぬ。この子はどうでもはなされませぬ」

「さてさて情のこわい女め。そちは地獄が恐しうはないか」

「私は地獄へ堕ちてもいといませぬ。それだけはおゆるしなされてくださいませ」

「ゆるせというてもそれがわしにできることか。お告げじゃぞ。さあどうじゃ。おびえることはない。わしが按排《あんばい》ようしてやる」

「いえいえとんでもない。私は神様にお願いいたします」

「神の仰せはわしがとりつぐのじゃ。わしのいうことは即《すなわ》ち湿婆の神意じゃ。どれ」

「いえいえどうあってもなりませぬ」

「まだいうか。こうれ」

聖者は右手をのばしてきりっと彼女の頬を抓《つね》った。

「あ、かにして、かにして……」

「うむ、いうことをきくか。さあ」

「あれえ」

聖者がいぎり寄って着物の端に手をかけるのをふりほどいて逃げようとした。彼はすばやく立ちあがって後ろから抱き竦《すく》めた。そして恐しい顔になった。

「男の命にかかわるぞ」

彼女ははっとした。そして抱かれたままよろよろとして横に倒れた。

「きかずば男を咀い殺せとのお告げじゃ。何十何百由旬《ゆじゅん》はなれていようとも彼奴の五体は蛞蝓《なめくじ》のように溶けてしまうのじゃ。それはそれはむごたらしい苦しみをするぞよ。の、これ、男のためじゃ。おろしてしまえ」

彼女はもうどうする力もなかった。ただ正体もなく泣き崩れていた。聖者は委細かまわず着物をぬがせはじめた。彼女の体は纏《まと》った布片のとかれるに従ってあるひろがりずつがわりがわりとあらわれてゆく。聖者はかっと上気して変な顔になった。とうとう腹部が裸になった。彼の手がそこに触れた時彼女は反射的に跳ね起きそうにした。

「静《しずか》にしろ」

かた手で頸をおさえつけた。ひどい力だった。そしてかた手でそろそろと揉《も》みはじめた。彼は五体をふるわせてひどく喘《あえ》いだ。彼女は無我夢中のあいだにもその熱い臭い息の吹きかかるのを感じた。聖者は生涯にはじめてさわった女の肌の滑《なめら》かさと腹の柔みを覚えた。彼は人間というよりはむしろ化けもののような様子をしてだんだん強く揉みしめてゆく。そしてその中《うち》に生きて隠れているものを長い爪で突き刺してやりたいと思う。彼女は悶《もだ》え苦しんで脂汗《あぶらあせ》をたらたら流した。聖者は眼をすえてその蛇のようにねじれる肉団を見つめた。彼女は終《つい》に気絶した。

「おお、気をうしなったか」

聖者は悪夢から醒《さ》めたように我に返ってほっと息をついた。彼が毎夜窃《ひそか》に貪《むさぼ》り見た女の肉体は今その上半を露出して膝の前に横《よこた》わっている。彼は猿みたいな顔になってわくわくしながらその一個処から他の個処へと目をうつした。

「おお、このちち」

その絹のような肉の袋は迸《ほとばし》り出ようとする生気ではちきれそうに張っている。彼はそのひとつをふっくらと摑《つか》んでみた。それは大きな手にあまってぶくぶくとはみだそうとする。いかにも女らしい肉と脂の感じである。彼はまたよく肥えた上膊《じょうはく》を握ってみた。それから胸より腹へ、肩より背中へとなでまわした。肉体の凹凸が手のひらの感覚をとおして一種微妙な強烈なまざまざしさをもって伝えられる。彼は頬ずりした。その唇に口つけた。全身の血がどす黒く情慾に煮えた。彼は娘の覚醒するのを懼《おそ》れてそうっと着物をほぐしはじめた。上体とよく釣り合った下半身が露《あらわ》れた。それをまた先のとおり精査した。彼は女の匂を嗅《か》いだ。髑髏《どくろ》の瓔珞《ようらく》をはずしてかたえにおいた。そして眼を血走らせて女の体に獅嚙《しが》みついた。

その前夜回教徒はジェラルが奇怪なものと刺しちがえて死んでるのを見出して非常な騒ぎをした。彼らはそれを敵意をもったクサカの住民の悪病にかかったものだときめた。夕刻彼らはわずかの形見だけをのこして、身分と勲功の高いジェラルの遺骸をかつて彼が天幕を張ったことのある榕樹の蔭に埋め、そのうえに出来るだけ大きな石を置いた。彼らはこの誰にも敬愛された美しい若い騎士の思いもかけぬ無惨な死を悲しんだ。夜に入ってマームードの怒りと人間の野性がクサカの町にむかって爆発した。回教徒は全市に放火して灰燼《かいじん》に帰せしめ、逃げまどう住民を手あたり次第に殺戮《さつりく》した。暗い大きな平野のなかにクサカの町の滅亡する火焔と赤黒い煙とがもの凄《すご》く舞いあがった。それはちょうど彼女が草庵の中で気をうしなっている時であった。

聖者は手さぐりに燈明へ油をさして火をともした。娘はまだ喪神している。ただ前とは姿勢がちがっていた。彼ははじめて女の味を知った。彼は今弄《もてあそ》んだばかりの女のだらしなく横《よこた》わった体を意《い》地汚《じきたな》くしげしげと眺めてその味を反芻《はんすう》した。そして今までとは際立ってちがった一種別の愛着、性慾的感覚にもとづくところの根深い愛着を覚えた。彼は嬉しかった。たまらなかった。で、蜘蛛猿《くもざる》みたいに黒長い腕を頭のうえへあげて女のまわりをふらふらと踊りまわった。

「わしはもうなにもいらぬ。わしはもう苦行なぞはすまい。なにもかも幻想じゃった。これほどの楽しみとは知らなんだ。罰もあたれ。地獄へも堕ちよ。わしはもうこの娘をはなすことはできぬ」

「それにしてもわしは年よっている。そうして醜い。これからさきこの娘はわしと楽しんでくれるじゃろうか。いやいや、とてもかなわぬことじゃ。ああ、わしはあの男のように若う美しうなりたい。そうしたなら娘も喜んで身をまかせてくれるじゃろうに」

彼は醜悪ではあるが悲痛な様子をした。

「そういうめにあってみたい。一日でもええ。ただの一遍《いっぺん》でもええ。おお、なんたらうまそうな身体じゃあろ」

そこで身をかがめていいきかせるようにいった。

「これ娘、わしはどうでもそなたをはなしはせぬぞよ」

「わしはこの娘をひとにとられぬようにせにゃならぬ。若い男はいくらもおる。ああ」

彼は悶《もだ》えた。泣きだしそうな顔をした。そして久しいこと思案していたが終《つい》になにか思い浮んだらしくひとりうなずいた。

「そうじゃ。わしはこれの姿をかえてしまおう。ふびんじゃがしかたがない。わしらは畜生になって添いとげるまでじゃ。よもやまことの畜生に身かえられもすまい。若い男も寄りつかぬじゃろ」

彼はそっと娘を抱き起して藁床のうえにうつ伏せにねかした。そして上からしっかりとかじりついて猫のつがうような恰好をした。それから娘の頸窩《くび》の毛をぐわっとくわえながら怪しい呪文を唱えはじめた。と、尖った耳の生えた大きな影法師がぼんやりと映った。そしてすーっと消えた。それと同時に彼の五体が気味悪く痙攣《けいれん》しだした。

彼女は息を吹き返した。そして体じゅうの筋をひき毟《むし》られるような苦痛を感じた。彼女は起き上ろうとしたがなにか重たいものがのしかかっていて身動きもできない。そして髪の毛を血の出るほどひっぱって泣くような吠えるようなことをいっている。

「あ、坊さまだ」

そう思うと空恐しくなって死物狂《しにものぐる》いにふりほどこうと身をもがくけれど、手足が蛭《ひる》のようにへばりついていっかなはなれない。二つの肉団が見苦しく絡みあってのたうちまわった。眼のまえに光ったものがとびちがった。あたりの物が水車みたいに廻った。そんなにして小半時も転げまわっているうちにようやく痙攣も苦痛もおさまって手足がぐたりとはなれた。

彼女は跳ね起きた。そしてなんだかすっかりこぐらがかえったような気持ちのする自分の身体を見まわした。それは狐色《きつねいろ》の犬の姿であった。そうしてそばに長い舌を吐いてはあはあと喘《あえ》いでる同じ毛の大きな僧犬《そういぬ》を見た。彼女は声をあげて泣いた。それは犬の悲鳴であった。そのとき彼女は急に腹のなかをひきしめられるような気がして藁床のうえにつっぷした。その拍子に胎児を産み堕《おと》した。それはまだ形の出来あがらない人間の子であった。彼女はその血臭いきたならしい肉塊に対して心底愛着を感じた。そして自分の尻のほうに頸をのばしてべろべろとなめた。それまでその存在をただ胎壁の感覚においてのみ認めながらもあれほど大切に望みをかけていた子どもをこんなにして闇から闇へやってしまうのがたまらなかった。それが恋人との唯一の鎖、唯一の形見だというような理由からばかりでなく、訳もたわいもないただもう本能的にいとしくていとしくてとてもそのままはなしてやる気にはなれなかった。まったくそれは「業《ごう》」とでもいうべき恐しい奇怪な力だった。彼女はまた憎犬が怖かった。

「あの人はこれが邪教徒の子だというのであんなに憎んでいる。あんなに忌々《いまいま》しそうに睨《にら》めつけている。出来た子になんの罪咎《つみとが》もないものを。あの人はほんとうにこの子をどうするかしれやしない」

そう思って非常な不安を感じた。と同時にまたそれを未来永劫自分のものにしていたいという気がむらむらと湧いてきた。そこで彼女は胎児をぱくりと口にくわえた。で、舌を手伝わせながら首をひとつ大きくふって奥歯のほうへくわえこんだ。そして二つ三つきゅっと噛んでその汁けを味《あじわ》ったのちごくりと呑み込んでしまった。ほっと安心して落ちつくことができた。これらのことは些《いささか》の躊躇《ちゅうちょ》も狼《ろう》狽《ばい》もなくごく自然に、平気に、上手に、ちょうど生れつきの犬であったかのように為された。彼女は張りつめた気がゆるむとともに堪《た》えがたい疲労を覚えてそのまま深い深い眠りに落ちた。

目をさました時には夜があけかかってうす明りがさしていた。彼女はかたわらに、揃えてのばした前足のうえに顎をのせてのたっとねてる憎犬を見た。彼は犬の姿になってもそこにまざまざとあのいやらしい苦行僧を思い出させるところのものがあった。そのがっしりした骨粗、瘡蓋《かさぶた》だらけの皮膚、額の割れた相の悪い顔、睫毛《まつげ》のない爛《ただ》れ目、そして相変らずの臭い息が嗅覚の鋭敏になった彼女をむかつかせる。彼女はまた自分の身体を見まわした。それは若く、美しく、脂づいてはいるけれどもまあごうかたない犬であった。

「ああ、私は犬になってしまった。この人も犬になった。そうしてここにこうして一緒にねている。まあどうしたことだろう」

彼女は自分が犬になったことよりも聖者が同じ姿になってそばにくっついてるのが一層情なかった。彼女は自分と彼とのあいだに畜生道のえにしが結ばれているのを見た。それでなんともいいようのないやるせない浅ましい気がして思わずわっと泣いた。涙のない犬の悲鳴を。僧犬はぱちっと目をあいた。彼はそろそろと身を起した。そうして背中をそらせ、尻をもちあげてのびをした。その次には先と反対に前へのり出すようにして後足を一本ずつぐうっとのばした。それからぶるぶるっと二、三遍身ぶるいをしてしゃんと鼻をふいた。そこには彼女を切っても切れぬ自分のものとしたうえの安心と落ちつきがあった。彼は彼女の身体をあちこちと軽く嗅ぎまわしたのちいった。

「目がさめたかな。わしもようねた」

奇妙なことにそれは犬の言葉ではなかった。また人間の言葉でも。いわば人間の言葉を犬の舌で発音した獣人の言葉であった。その人畜いずれにも通じない言葉がすらすらと彼女にわかった。彼らはまさしく獣人だったのである。僧犬のこの短い言葉の調子には自分が彼女の所有者であるという意識と、所有した女に対するうちとけた馴れ馴れしさがあらわれていた。彼女は虫唾《むしず》が発しるほどいやだった。

「そなたはひもじうはないか。あれを食べたらどうじゃな」

そういって供養の食物のほうへ目まぜをした。彼女は胎児を食ったし、それに今はそれどころではなかったのでほしくないといった。

「それではわしが食べよう」

僧犬は木皿へ鼻をつっ込んでべちゃべちゃとたべはじめた。そうして見る見るきれいにさらえて皿をあちこちに転がしながらぺろぺろとなめまわした。彼女は知らぬまに理不尽に与えられたこの境涯と伴侶とをどうしてもすなおにうけ入れることができなかった。それでまた烈しく泣き叫んだ。

「何事も湿婆の思召《おぼしめ》しじゃ。わしらはありがたくいただくまでじゃ」

いいながら僧犬は口のまわりを手ぎわよく舌で掃除した。それからどさりと尻もちをつき、後ろへ捩《ね》じむいてがちがちと歯を噛み合せながら尻尾のつけ根にこびりついた瘡蓋を掻きはじめた。彼にはさしあたり強いて彼女を説得しようとするほどの熱心もなかった。

「どうでももう己《おれ》のものだ。いつでも自由になる」

そうした下劣な無関心があった。

「わしらは人間ではつれ添うことができなんだ。それでこのようにしてくだされたのじゃ。もう婆羅門《ばらもん》も吠奢《びしゃ》もない。わしらは湿婆にめあわされた立派な夫婦じゃ」

犬になると同時に彼が婆羅門であり聖者であることに対する彼女の崇敬は彼の「強さ」に対する動物的な「恐れ」と処《ところ》をかえた。唯《ただ》彼の智慧に対する盲目的、習慣的な信頼のみはもとのままに残っていた。それで彼の言うことをそのまま信じたところで、彼女には余儀ない運命に対するすてばちなあきらめのほかなにもなかった。そしてあきらめようとすればするほど生憎《あいにく》に彼が厭《いと》わしかった。

外には鳥の声がきこえた。

「わしはちょっとそこまで行ってくる。そなたは身体が大事じゃ。ま少しそうしとるがええ」

実際彼女は大儀で起きあがる気にもなれなかった。僧犬は鼻の先で草庵の藁《わら》を押し分けて出ていった。彼女はひとりになってしみじみとあたりを見まわした。自分が畜生になったばかりでほかのものは冷酷にもとのままである。湿婆の像も、水甕も、みな。ただ脱がされた彼女の着物と、不用になった髑髏《どくろ》の瓔珞《ようらく》とがちらばっていた。彼女はせめて僧犬がそばにいないことが嬉しかった。そうして底しれぬ悲嘆のうちに綺麗にしんしんと恋の湧き起るのを覚えた。

「あの人は今日たってゆくのじゃないかしら。私はどうしてもあの人がいるような気がする。きっと虫が知らせるんだろう。ああ逢いたい。ひと目なりと見たい。それにしてもこの姿で！」

彼女は恋人に抱かれたかった。そうしてこれまではまためぐりあいさえすればいつでも抱愛されるものと思っていた。とはいえその望みは汚く無惨に塗り消されてしまった。二人のあいだは婆羅門と旃陀羅《せんだら》よりも遠かった。彼女はもはや穢《けが》わしがられる資格さえなかった。旃陀羅の女は万に一つは婆羅門の恋人とならぬとは限らない。すくなくともその肉体は抱愛をうけるに足る形態上の条件をそなえている。今や彼女にはそれさえもなかった。二人はもはや人、畜、境を異にしてしまったのである。畜生道の、溷濁《こんだく》した暗黒な嘆《なげき》が彼女を圧した。その時がさがさと音がして大きな僧犬の頭がぬっと現れた。そして肩から尻へとすっぽりとぬけてはいってきた。彼は口のなかに含んできたものを彼女の前に吐き出した。それはひどく青臭い二つの丸いものだった。

「身体の薬じゃに食べなさい」

彼女は嗅いだばかりでむかむかする変な物を眺めて躊躇していた。

「魚の肝《きも》じゃ。辛棒《しんぼう》してたべなさい。早うせいをつけにゃいかぬ」

ついぞ見たことのない肝だった。彼女は

「早く丈夫になりたい」

「なにはともあれ丈夫にならなければ」

という気はあった。で、いやいやながら一つを口にいれた。それはぬらめいて渋みのある、こりこりしゃきしゃきした物だった。彼女はあらまし噛み砕いて苦労して呑みこんだ。むっとする噯気《おくび》が出た。残りの一つはどうしてもたべる気にならなかった。

「では養生にわしがま一つ食べよう」

僧犬はぺろりとなめ込んだ。そうしてそのわる臭い口で彼女をねぶった。彼は出来るだけよそよそしくしている彼女に寄りそって腰をおろし、顔の向き合うように身体をまげて腹這《はらば》いながらにたにたとしていった。

「今のは人間の睾丸じゃよ。えろう根《こん》の薬になるのじゃとい」

彼女は吐きもどしたいような気がした。僧犬は平気で話しつづけた。

「わしはクサカの町へ行ってみた。邪教徒の奴めらひどいことをしおった。クサカの者はみな殺しにされて町はきれいに焼かれてしもうた」

彼女はぎょっとして僧犬を見た。住みなれた町の滅びたことについてもたとしえない寂しさをおぼえたし、日頃自分を虐使《ぎゃくし》した主人たちに対しても、そうした場合人が人に対してもつほどの気持はもつことができた。それに反して僧犬は彼女よりは一層完全に犬になっていた。彼はもしもとの彼であったならばいかに咀いかつ怒るであろうかと思われるこの出来事について全くよそ事のように冷淡であった。それはただ「食物」についてのみ彼にかかわりのあることであった。

「わしらもここにいては食う物に困ってしまう。もっとも二日や三日は屍骸《しがい》を食ってもすまさりょうが」

彼はその死骸から睾丸をくいちぎってきたのであった。

「わしらはどこぞほかの町へ行かにゃならぬ。そなたに早う丈夫がつけばええが。あれでじっきに肥立《ひだ》つじゃろうとは思うが。それにあれはえらい根の薬じゃ。そなたはほどのうもとの身体になるじゃあろ。犬の寿命は短いものじゃ。そのうえわしは年よっとるで、わしらは根を強うしてせいぜい楽しまにゃならぬ」

あの不自然な出産のあとであるにかかわらず彼女の健康は奇蹟的に速《すみやか》に恢復《かいふく》した。それはいわゆる根の薬のせいもあったであろうが、一つには彼女が人間ではなくて犬であったからでもあった。翌日の午後彼女は空腹に堪えかねて産後の疲れをおして僧犬と一緒にクサカの焼け跡へ餌を漁《あさ》りに出かけた。彼女は通いなれた道をはじめて四つの足で歩いた。そして太い尻尾をきゅっと巻きあげてゆく僧犬のあとからだらりと尾を垂れてしおしおとついていった。森を出て彼女は町のほうを眺めた。町はあとかたもなくなって此処彼処《ここかしこ》に余煙があがっている。そして遙《はるか》に物の焼けた臭い、特に屍体の焼けた一種こうばしい臭いが漂っている。終《つい》に焼け跡へきた。ぷすぷす燻《いぶ》る灰燼のなかにまっ黒になった屍体がちらばって、それを野犬の群が争って食っている。それらのものは彼ら、殊に僧犬の大きいのに驚いて——彼らは犬にしては最も大きな犬であった——遠くから煩《うるさ》く吠えたてた。それらは彼女たちを自分らと同じ歯や爪をもったお仲間うちとして、人間や他の動物に対するのとは別の、もっと近接した関係、もっと切実な意味においての恐怖や敵意を示した。彼女は情ない思《おもい》をした。僧犬はそんなことには一切無頓着にみえた。彼には何物もうち消すことのできぬ、何物をも忘れさせる大きな喜び——彼女をわがものにしたという——があった。それはそうと現実にひしひしと迫ってくる飢餓《きが》は否応《いやおう》なしに彼女を駆ってその不愉快な場所をあちこちと嗅ぎまわらせた。彼女は少しずつの食物を見つけて辛《かろ》うじて腹をみたすことができた。そこで腰をおろして休みながら後足で耳のうしろを掻きはじめた。僧犬はいう。

「このとおりでとてもわしらはこれから始終ここで餌をあさるという訳にはゆかぬ。どうぞほかへ宿がえをせねば。それでわしの考《かんがえ》ではチャクチャの町がよかろうかと思う。ええかげんな町じゃし、それにここからはまずいちばん近いで」

彼が同意を求めるように彼女を見たので、どこでもかまわないと気のない返事をした。

「あそこに見える森をまわって、それからひとつ丘を越えて、三拘盧舎《くるしゃ》たらずもあるじゃろか。そなたにはまんだちと難儀じゃろうな」

彼女は今のぶんならどうぞこうぞ歩けそうだからこれからすぐ行こうといった。帰るにしてもどうせ歩くのだし、それにあの草庵がいやでならない。で、とにかく行くことにした。

彼女は焼野が原となったもとの住みかを名残惜《なごりお》しく眺めやった。それからとぼとぼと歩きだした。いよいよ焼け跡を出ようとする時にそこに運よく逃げのびて邪教徒の毒手を免れた僅《わずか》の人たちが集まっていた。彼らは邪教徒の去ったのをみて三々五々戻ってきた。そうして目前に惨憺《さんたん》たる光景を見ながら性懲《しょうこ》りもなくまたこの見込まれたような処に彼らの住居をさだめようとしているのである。彼女は彼らのそばを通ろうとして抑えがたいものいいたさの衝動を感じた。彼女は自分ひとりの胸に畳んでおくにはあまりに多くの思《おもい》をもっていた。で、僧犬があわててとめようとしたかいもなく彼女は我を忘れてあられもない獣人の言葉をもって彼らに話しかけた。彼らは肝をつぶして彼女をみた。気味のわるい譃語《ぎゃくご》みたいなことをいう狐色の牝犬を。そしてかような際ではあり、彼らはてっきり彼女に魔が憑《つ》いたのだと考えて、彼女を打ち殺そうとてんでに石ころや棒きれをもって追っかけてきた。彼女は僧犬と一緒に命からがら逃げだした。彼女は自分の境涯のなんであるかをしみじみと知った。

彼らは市外の森についてまわってから一つの川の渡渉場——それは聖者が浴《ゆあみ》をとり、彼女が水を汲みなれたその同じ流の下流にあたっている——をわたり、一つの丘を越え、幾つも枝わかれした路をとおって、日の暮れる頃ようやくチャクチャの町へついた。そこで彼らはやはり邪教徒に破壊された天祠の廃虚を見つけてそこに住むことにした。崩れ落ちた瓦石の蔭にちょうど雨露を凌《しの》ぐに恰好な空洞が出来て、まだほかの獣の匂もしなかったし、それに一方口で安全だった。彼らはそこに疲れた四肢をやすめた。

ほかの犬に対する懸念から彼らは毎日つれだって食をあさり出かけた。彼女は人懐《ひとなつ》かしさに堪えずしばしば立ちどまってはじっと人の顔を見つめ、またその話に耳を傾けた。

「ああものがいいたい。もとの姿になりたい」

それればかりが思いであった。人々のなかには時には食物を投げ与え、また稀《まれ》には愛撫してくれるものさえあった。そんな時に彼女はいかに嬉しげに耳を垂れ、尾を振り、身をすりつけてその感謝と思慕の情を示そうとしたか。ただ彼女はあの苦い経験に懲《こ》りてどこまでも本物の犬でいることを忘れなかった。僧犬はそのように彼女が人間に狎《な》れ親しむことの危険を懇々《こんこん》と説ききかせた。それは至極尤《もっとも》なことだったが、彼がそうする真の動機は実は別にあった。彼には人間に対する彼女のそうした態度は己《おのれ》に対する冷淡、嫌忌の反映であるように思われて、よしそれが性的なものでないまでも彼に邪《よこしま》な嫉妬を起させたのである。

くよくよとみじめな犬の日を送るうちに彼女にとってつらいことがはじまった。それは当然早晩起るべきことで、しかも彼女がことさらにそれを忘れ、若《も》しくは忘れたことにしていたところのものであった。僧犬は彼女に交尾を迫りだした。最初のうちは産後まだ身体が本復しないという口実のもとにどうやら一日のがれをしてたけれど、それはいつまでもはとおらなかった。僧犬は彼女の尻を嗅いでいった。

「そなたは嘘をいうている。そなたの身体はもうはい本復している。わしにはちゃんとわかっとるのじゃ」

彼は異性を嗜《たしな》む者の忍耐と、根気と、熱心をもって諄々《じゅんじゅん》と彼女を説きはじめた。

「訳のわからぬことをいうものではない。二人は湿婆にめあわされた夫婦じゃ。わしの永年の信心と苦行が思召《おぼしめ》しにかのうたがゆえにそれそのかわえそなたをわしにくだされたのじゃ」

ここまでいって彼は苦しげな様子をした。彼は自分のいうことが赤嘘《あかうそ》であることについてはさしてなにも感じなかったが、己《おのれ》が彼女に授けられたものだといおうとしてどうしても巧《うま》い理由が見つからなかったのだ。

「そなたはわしに授けられた。即《すなわち》わしがそなたに授けられたのじゃ。よくよく深い宿縁じゃ。二人は切っても切れぬなかじゃ。う、湿婆がそうおきめなされたのじゃ。う、湿婆の思召しはありがとういただかにゃならぬ。夫婦の交りをするのはとりもなおさずあなたへのおつとめじゃ。道じゃ。また楽しみの随一じゃ。そなたにはむつかしいかしらぬが、そなたは平生《へいぜい》リンガを拝んだじゃろう。あれは湿婆の陽根じゃ。それからリンガの立っている円い台はあれはヨーニというておつれあいのパールヴァチー女神の陰門じゃ。めおとの神の陰陽交合の形じゃ。それ、の、この世のものは皆陰陽和合する。せにゃならぬ。わしらは神々のお楽しみにあやかりたいとお願いするのじゃ。神々になぞらえて睦《むつま》じゅう交合するのじゃ。の、よう考えてみいよ。それに湿婆が二人をこういう姿にしてくだされたには深い仔細のあることじゃ。それはわしらが人間でいてはつれそうことができぬでというばっかりではない。それはの、畜生の慾というものは人間よりはなんぼうきついかもしれぬ。それだけ楽しみも深いのじゃ。けれどが畜生にはそれぞれ起水の時がある。ところがわしらはもとが人間じゃによって季節というものがない。それじゃでわしらは、きつい畜生の慾でいるも楽しむことができる。かたじけないおはからいじゃ。わかったかの。ようわかったかの。さあ、わかったら子供げたことをいわずと、さあ」

彼女は彼の言葉を無条件にうけいれた。とはいえなんたる因果かいかにしても彼のように喜び勇んで神意にしたがうことができなかった。彼女は一旦あの人にささげたと思いこんだ身体を余人にまかすに忍びなかった。恋人の血で浄《きよ》められた大事の胎《はら》を厭《いと》わしい人の血で穢《けが》すに堪えなかった。

「ええ子じゃ。の、おとなしうせるじゃよ」

憎犬は機嫌をとりとりそばへよって腹這《はらば》っている彼女の下腹のへんを鼻でぐいぐい押して立たせようとする。それはちょうど人間が腋《わき》の下をくすぐられるようないらだたしいへんな感じがする。それをじっと心棒していれば彼はひつっこく尻をかいではかいでは押す。彼女はたまらなくなっていやいやに身を起した。憎犬は満身獣慾にもえたって彼女の背中にのしあがった。と同時に彼女は五体がそのまま硬直してしまった。気が遠くなって火みたいな血がかけまわった。恐しい、息のつまりそうな、類のない苦痛を覚えた。彼女は逃げ出そうとしたが憎犬は非常な力でしっかりと腰を抱えている。そして彼女がすりぬけようとすれば後足で歩いてどこまでもついてきながら、腹を立てて今にも噛みつきそうにする。彼女は暴力に対する動物的な恐怖に負けてしまった。彼女はきゃんきゃんと、悲鳴をあげた。口から泡をふいた。神意によって結ばれた夫婦の交りは邪教徒の凌辱《りょうじょく》よりも遙《はるか》に醜悪、残酷、かつ狂暴であった。……憎犬はやっと背中からおりた。彼女はほっとした。が、その時彼女の尻は汚らしい肉鎖によって無慙《むざん》に彼の尻と繋がれていた。彼女は自分の腹の中に憎犬の醜い肉の一部のあることを感じた。それは内臓に烙鉄《らくてつ》をあてるように感じられた。彼女は吐きそうな気になった。いわばその胎から嫌悪がしみ出した。彼女は早くはなれたいと思って力一杯歩き出した。僧犬は後退《あとじさ》りしてくっついてくる。

「ああ、いやだいやだ。なんという情けないことだろう。こんなにしてるうちに私はきっとこの人の胤《たね》を宿してしまうだろう」

彼女は自分の肉体が僧犬の肉体の接触のために、自分の意志に反して性的な反応をひき起すのが情なかった。そしてそれが「あの人」に対してしんからすまなかった。

「ゆるしてください。私の身体はこんなだけれど、心は決してそうじゃないのです」

そんな気持であった。彼女はそれが「神意」であることを疑わなかったとしても、自分にとってそれを「恵《めぐみ》」と考えるにはあまりにつらかった。むしろそれは「罰《ばち》」であった。

ようやく体が自由になった時に彼女はへとへとに疲れて横になった。僧犬はなお身動きもできずに精をたらしながら、地から生えたように立って喘《あえ》いでいる。

「なんという浅ましいことだろう」

そう思って彼女は顔を背けた。ながいことかかってやっと僧犬は常の体になった。彼は自分の局部をなめてからそろそろと寄ってきて入念に彼女の尻をなめた。その表情には情慾をとげたものの満足と、性交の相手に対する特殊の愛情があった。彼は彼女のそばに寄添《よりそ》ってじきに眠った。彼女はその気楽な鼻息をきいた。もはやそこには神意も夫婦の道もなにもなかった。

「この人はああしてしまえば気がすむのだ」

と彼女は思った。

僧犬の獣慾は恋がたきに対する嫉妬によって一層刺戟された。一度彼女を抱いてからは自然相手の場合がまざまざと想像された。彼のあらゆる感覚が相手の感覚を妬《ねた》んだ。

「彼奴《きやつ》はわしより先にこの女を楽しみおった。彼奴の血はこの女の体内をめぐっている」

そう思うと歯の鳴るほど忌々《いまいま》しい。彼はいやがうえに己《おのれ》の血を彼女の体内に注入することによって憎い相手の血を消してしまおうとするような気持で根かぎりつるんだ。そして情慾のとげられた瞬間においてのみ生理的に嫉妬から解放された。

傷ましい日が幾日かつづいた。ある夜の明けがた彼女はふと恋人の夢をみた。それは彼女の見なれた印度の町ではなくて異教徒の国である。そこには異教徒の男女が蟻《あり》のように群《むらが》って凱旋の軍隊を迎えている。彼女はそのなかにまじって自分も異教徒であったかのように平気で「あの人」を待っている。と、ちょうどそこへ約束したように「あの人」の姿が現れた。よく夢にあるように。彼は一隊の騎兵の先頭にたって立派な栗毛の馬に乗っている。そしてぴかぴかする甲冑《かっちゅう》をつけてすばらしい長い鎗《やり》をもっている。彼女が嬉《うれ》しまぎれにかけよって鞍にとびつくと彼は別段驚いた様子もなく
「知ってるよ」

というように笑いながら彼女を抱きあげた。馬にのって鎗をもってるくせにどうしてかひょいと造作なくかかえた。そこで一生懸命にからみついて口つけようとするると生憎《あいにく》ずるずるとすべり落ちる。やっとこさ這《は》いあがって口つけようとするとまたずるずるとおっこちる。じれったい思いをして幾度も幾度もそんなことをくりかえしてるうちになにかのはずみでふわーっと鞍から転げ落ちたと思ってはっと目がさめた。彼女は今の今とうってかわった自分の周囲を眺めた。そして啼《な》き叫ぼうとしたが、そばにいる僧犬を見て声をのんだ。気ちがいのような性交に疲れ横っ倒しに四肢を投げだしていぎたなく眠っている。彼女は夢に見た人が恋しくて矢も楯もたまらなくなった。

「私はガーズニーへゆこう」

彼女はガーズニーの名をきいていた。そこは異教徒の王様の都だということも。あの道を。あの方角へ行くのだということも。もう神意もなにもなかった。ただ恋のみがあった。

「私は行こう。どうしても行こう。私は命がけで行こう。どうかして途中で死んだってこうしてるよりはましだ。どうしても行く。どうしたって行く。駱駝《らくだ》の足あとを嗅いで行けば行けないことはない。あんなにたんと駱駝が通ったんだもの。それにあの車の轍《わだち》や馬の足あとでもわかるだろう。……でも私はこの姿で……」

彼女は当惑した。

「いえいえどうだってかまわない。ものがいえなくても、私だということがわからなくても、私はそばにいさえすればいい。顔を見るだけでも、声をきくだけでもいい。私は尾を振って、あまえて、あの人の手をなめよう。私はこの姿でせいいっぱいのことをしよう。あの人はきっと私を可愛《かわい》がってくれるにちがいない。ああ、そうしよう。私はあの人のとこへ行こう」

クサカまでの道は彼女が人間であってはとてもできないほどかなりはっきりと覚えている。彼女は憎犬を見た。正体もなく寝込んでいる。彼女は息をころしてそっと身を起した。そして忍び足に、憎犬の目ざとい動物の眠りをさますことなしに首尾よく住みかをぬけだした。外はただ暗かった。彼女は今こそ天恵となった鋭敏な犬の感官を極度に働かせて出来るだけ速くクサカのほうへかけだした。彼女はあせったけれど路のわかれたところへくると間違《まちがい》なく方向をきめるために暫《しばら》くは躊躇《ちゅうちょ》しなければならなかった。彼女は気が気でなかった。憎犬が目をさますまでにせめてあの川を越してしまわねばならぬ。追いつかれぬうちに、早く早く。彼女はひた走りに走った。幸《さいわい》に道も間違わず、夜のしらしらとあけるころ川岸へついた。彼女はそこですこし息をつかねばならなかった。そして汀《みぎわ》から頸をのばして水をのもうとした。そのとき彼女は後ろのほうにばたばたという足音とはげしい息づかいをきいた。

「もうだめだ」

と彼女は思った。

「くやしい。くやしい。私は逃げそくなってしまった」

憎犬は半狂乱で駆けつけた。凄《すさま》しい形相をしている。肉交の相手を失おうとする時の醜悪な忿怒《ふんぬ》だ。

「ごめんなさい」

彼女は尻尾を後足の間へ巻き込んでちぢこまってしまった。憎犬は猛《たけ》りたって無性にぱっぱと砂を蹴上げた。彼はどうして自分の感情をあらわしてよいかわからなかった。勿論《もちろん》この際彼女の立場になって考えるなどは思いもよらない。自分があぁまで熱愛して——全然肉的にではあるけれども——一生の幸福をそこにかけている相手が無情にも自分の寝息をうかがって逃亡しようとする。彼はくやしさ、腹立たしさにふるえた。女の肉がくいちぎってやりたかった。けれどもそうすればもうああした楽しみはできなくなる。憎犬のなかの人間がそんなことを考えた。で、そういう場合人間、殊に自分の弱点を知ってる人間が賢くも示すことのある寛容と忍耐とをもっていた。

「なぜ逃げたのじゃ」

彼女は吃《ども》り吃り答えた。

「クサカの様子が見たくなって……私はすぐ帰るつもりだったのです」

嘘なことはわかっていた。が、それを本当にしてつれて帰るよりほかしかたがなかった。

「馬鹿者が。クサカなぞ見てどうする」

そのまま彼らはチャクチャの住みかへ帰った。

それからまた憎犬によっては極楽の、彼女にとっては生きながらの地獄の生活がつづいた。彼女は逃げたいという気は寸時もやまなかったけれど逃げ出せる望みはまったくなかった。僧犬はその後それについて一言もいわなかったがあれ以来すこしも気をゆるさない。それにあの時の恐しさもまた彼女に再挙の勇気を失わしてしまった。

「今度こそ噛み殺されてしまうだろう」

彼女は命が惜しかった。それは単に生命に対する本能的な執着ばかりでなく、そうなれば「あの人」と未来永劫あえなくなってしまう——と彼女は思った——のがたまらなかった。彼女は未練にも、生きてさえいればいつかはまた「あの人」の顔なりと見、声なりときく時が来ないとも限らないと思う。そのうえ生憎《あいにく》彼女はあの夜と同じ夢をくりかえしくりかえし見るのであった。それはさめればいつも堪えがたい思いをさせたけれど、それでも見ないよりはよっぽどましであった。彼女はそんな夢が見られるだけでも生きていたかった。恋するものの常として夢のなかの恋人はその貴《たっと》さ、大事さ、……においてすこしも現《うつつ》の人にちがわなかった。彼女はその夢を嬉《うれ》しくわが胸に秘めてひとりで思いかえしていった。人しれぬ逢《お》う瀬《せ》ののちのように。そんなにしているうちに彼女はいつか自分が身重《みおも》になったことに気がついた。彼女は切っても切れぬ強靭な、汚しい肉縄で僧犬と自分がしっかりと結びつけられてしまったような気がした。それはひっ張ればひっ張るほど飴《あめ》みたいにのびてきてどうしてもちぎれない。いやな、因果な、宿命的なものだ。彼女はまっ黒な、どろどろした悲しみに沈んだ。かつて「あの人」の子をもった場合の回想などは勿論毫《ごう》もこの目前の事実を潤色《じゅんしょく》し、緩和するに足らない。それで彼女はただなにもかも「神罰」とあきらめるほかしかたがなかった。同じことを僧犬はまったく別な風に考えた。それは彼が彼女のなかに宿ってその血肉に養われることであり、彼の生活の精髄――性慾生活――がそこに具象されることであり、彼と彼女との関係が否応なしに結実することであった。彼はひとりでほくそ笑んでいた。ただ困るのは彼の熾烈《しれつ》な性慾の始末であった。彼女は妊娠してから絶対に彼を近づけない。威嚇も哀願もかいがなかった。彼は終《つい》に鬱血《うっけつ》する情慾にうかされて彼女の寝息をうかがって、そこいらの雌犬を捜しに出かけた。雌犬はみな彼の図体を見ていちはやく逃げかくれてしまった。それにたまたまつかまるものがあっても折悪しく今は本当の犬の交尾期ではなかった。で、彼が無理無体につがおうとすると牙を鳴らしてとびかかってきた。それは自然にそなわった猛烈な爆発的な生理的反感であった。その点においては一般に他の動物の性慾は最もだらしなく発達した人間のそれよりもむしろ淡泊かつ合理的である。そんなで、いわば凡《すべ》ての性慾の門は彼に鎖《とざ》されていた。そこで彼はまたすごすごと彼女のところへ帰ってきた。

そうこうするうちに彼女の二列にならんだ乳房は著《いちじる》しくふくらんで地につきそうになった。ある朝彼女は腹のなかにちょうど糞をする時のような衝動を感じた。そして思わずすこしいきんだらぴょこりと仔が産まれた。なんの造作もなかった。彼女は早速臍《せいたい》帯を噛みきって唯《ただ》もう本能的な愛情をもって子どもをなめはじめた。それが何者の子だなぞということはてんで念頭に浮ばなかった。分娩《ぶんべん》のため神経過敏になってる彼女に幸《さいわい》に本能がそんな思念の起る余地を与えなかった。それは血臭い、ぶよぶよした、裸の肉塊であった。そうしてなんともいいようのない情愛が、味となり、匂となって、舌や鼻から全身にしみこんできた。うとうとしていた憎犬は目をさましてすぐに事態を見てとった。

「おお生まれたか。お手柄じゃったの」

さすがに彼も父親としての情愛を覚え歩みよって子どもをなめようとした。

「あ、その口でなめられちゃ」

と彼女は思った。しかしやっぱり嬉しかった。そのうちにまたぴょこりと生まれた。暫《しばら》くして三番めのが。そうして最後に第四のものが生まれて依怙《えこ》贔屓のない母の愛撫をうけた。これらの四個の肉塊が尻からひり出されると同時に彼女の心がそこに集中した。彼女は幸福だった。もしそれが幸福ならば。子どもは目が見えないのでめくら滅法にあててはちゅうちゅうと吸いつく。裸の、敏感な、愛情にうずくところの乳房が彼らの口にふくまれ、すべっこい舌にまかれて、ぺちょぺちょと吸われるのがぞくぞくするほど嬉しい。彼らは胎内にいた時からすっかり彼女に信頼しきって、そして目は見えなくてもちゃんと知ってますよというように些《いささか》の疑念もなく慕いよって鈴なりになる。彼女は自分の愛情が、湧いて、煮えて、甘い乳となって、とくとくと彼らの口に迸《ほとばし》り入って、その五体にまんべんなく行きわたって、それを養い育ててゆくのを感ずる。母性の酣酔《かんすい》はあれほど自分の変形を嘆いた彼女に生れた仔が四つ足であることを忘れさせた。彼女はまたその抑えきれない母の矜《ほこ》りと喜びを相手かまわずわかちたい気持であった。そこで憎犬は二重の満足を得た。子供の出生に対する父としてのそれと、その仔が不意に無心に齎《もたら》したところの彼女との融和に対するそれと。

子供が心配なのでそれからは彼らは交替で食を求めに出ることにした。僧犬は彼女の逃走についてはもうすこしも懸念しなかった。子供をおいてゆけぬことは目に見えてたので。ある日彼は子供に乳をやっている彼女にむかっていった。

「どうじゃ。夫婦というもののうまみがようわかったじゃろう。わしがいうことをききさえすればこの楽しみじゃ。これはわしらが血の塊ぞよ。かわゆかろ。わしもかわえてたまらん。これからはつまらぬ駄々はこねぬものぞい」

彼はにたにた笑って彼女の顔を見た。彼には勝ちほこった気持とこれから先の性交の予感があった。彼女は黙っていた。なんともいう気にならなかった。今までただ盲目に働いていた母性、有頂天に跳躍していた愛情が突然ひどい衝撃をうけた。彼女は自分の腹にくっついてふるえてる四匹のものをじっと眺めながら思った。

「ああ、これがあの人の子だったら」

それ自ら満足していた彼女の母性はそれが夫婦の情愛と結びつけられようとした時に俄然《がぜん》として反抗した。今ここにこうして彼女の全心を占領している四匹の子供、それは強要された性交の、余儀ない、宿命的な、生理的結果なので、決して相互の愛情の産物ではない。またその理由にもならない。はたその夫婦関係を肯定し、あるいは享楽させるところの理由にも原因にもならない。彼女の矜《ほこ》りや喜びは母子のあいだの神聖な問題で、憎犬にはかかわりのない、かかわってほしくないことなのである。覚醒した彼女の心は今やそこに一点情ない汚斑のあることを見た。

「あの人の子だったら！」

いわばそれは恋人の子に向けらるべきはずであった母性が、その正当の対象を得ないために、失ったために、ここに恋によってではなく、運命によって受けられた憎犬の子に対して、仮に補償的に働いたにすぎなかった。それはいかに熱烈であろうともそうであった。

その次の日の午後のことである。憎犬はよほどまえに食を求めに出かけたまま待てど暮せど帰ってこない。彼女はひどく空腹を感じてきた。乳が出なくなったもので子たちはひっきりなしにきゅんきゅん啼《な》いてひとつの乳くびから他の乳くびへと吸いついた。その声が頭へ針を刺されるようにこたえる。さぞひもじかろうと思う。そうして詫《わ》びるような気持でかわるがわるなめてやってもどうしても啼きやまない。乳くびは血のにじむほど痛くなってきた。彼女はじりじりした。

「ええ、早く帰ってくれればいいものを」

彼女は彼がまたどこかで牝犬の尻を追い廻してるのにちがいないと思う。彼は口を拭《ぬぐ》って知らん顔してるけれど彼女はその身体についた牝犬らしい匂に気がついていた。彼女は唾《つば》でも吐きたかった。そして嫉妬からではなく、子供に対する愛情から腹が立ってならなかった。もう我慢ができない。子たちは啼き死ぬほど啼いている。彼女は余儀なく子供をおいて餌をあさりにでかけることにした。そうしてそろそろと身を起した。子たちは乳房につるさがったがじきにはなれて転がった。そして一層声高くきゅんきゅんと啼いた。彼女はその声に心を残しながら穴を出た。そうしていつもいちばんはじめに行く大きな芥捨《ごみす》て場へいったが、あらかたもうほかの犬にあらされて、空虚な胃の半分をみたすほどの食物も見出せなかった。彼女は途中で憎犬にあいもするかと思い思い歩いたけれど運悪くとうとう出あわなかった。そのくせほかの犬には度々《たびたび》出くわしたが、彼女には子をもった母獣の狂的な勇気があったのすこしも怖くはなかった。それから雑沓《ざっとう》した市場のほうへ行った。そこで時々意地の悪い人間にいじめられながらもともかく相応の餌を拾った。それはいつもならばもう充分なほどであったが、きょうのような極度の空腹とからっぽの乳房をみたすにはまだ足りなかった。心あたりの処《ところ》は残る隅《くま》なく歩いたのだけれど。彼女は様子の知れない場所へ行くのには動物的な不安を感じた。それにおいてきた子供も気がかりでならない。彼女はさんざ迷ったあげく、今頃はたぶんもう憎犬が帰っているだろうとあてもない気やすめをしながら思いきってこれまで行ったことのない横町へ曲り込んだ。うす気味のわるい小路をぐるぐるとかいもなく捜しまわった末やっとのことで路《みち》ばたに捨てられた大きな魚の頭をみつけた。で、大急ぎでがっと噛みついて無茶苦茶《むちゃくちゃ》にがりがりと噛み砕いてのみこんだ。彼女は幾度も喉に骨をたててはぎゃっと吐き出した。それでやっと堪能《たんのう》して帰ることにした。彼女は腹の重いだけ気が軽かった。彼女は腹一杯の食物が一足ごとにこなれて、全身にまわって、自分を元気づけ、甘い、温《あたたか》い、養いになる乳となって乳房に溜《たま》ってくるのを感ずる。その乳が早くのませてやりたいと思う。彼女はいそいそとして足の運びもかろく帰ってきた。住みかへ近づいたのはもう暮れ方であった。

「おや」

子たちの声がきこえない。

「ねてるのかしら」

彼女は孔《あな》からとびこんだ。いない。いない！　僧犬もいない。変な匂《におい》がする。妙な足あとがある。犬の匂ではないし
「あ、豺《やまいぬ》だ」

彼女は気ちがいのようにかけだした。豺は夜など時折このへんまでも忍んでくることがある。彼女はその匂を知っていた。彼女は地べたに鼻をつけて出来るだけの速さで追跡した。まだ間もないようだ。はっきり残っている。彼女は匂をたどって終《つい》に町からかなりはなれた大きな森へはいっていった。なんにも怖くなかった。絶望的な怒りが影を見せない敵にむかって燃えあがった。森へはいってからは急に追跡が困難になった。そこにはいろんな鳥や獣の匂がしてごちゃごちゃに互に他を消しあっている。とはいえ彼女は横断無尽にかけまわってどうでも敵を見つけようとした。そして奥へ奥へと進むうちにぽかりと小さな沼のふちへ出た。大木がないかわりに灌木《かんぼく》と雑草がもうもうと密生している。彼女はそこまできてはたと当惑した。象の群が水をのみにきたのであろう、そこらじゅうめちゃめ

ちゃに踏みつけられてなにがなんだが訳がわからない。彼女は藪《やぶ》のなかを押わけて、くぐりぬけ、難儀をして嗅ぎまわったが豺の匂は絶えてしまった。しかたなくひきかえして別の方向へ捜しはじめた。まわりまわって歩くうちまた沼のところへ戻ってきた。で、またひきかえした。歩一歩と夜が近づいてくる。あせりにあせって別のほうへ別のほうへと捜すうちにまたもとの処へ出てしまった。もうどうすることもできない。確《たしか》に敵はここへきたには相違ないがそれから先がわからない。足あともない。匂もない。到るところ象にへし折られ、踏み躙《にじ》られた枝や葉を見るばかりである。彼女は絶望した。精も根もつきてしまった。その時のその凄《すさま》じい怒りが忽然《こつぜん》として深い深い悲しみと思慕の情にかわった。彼女は仰向《あおむ》いてあわれな長吠えをして子供を呼んだ。あの無心なものが豺のあとについてちょこちょこと歩いてでもゆくかのように。彼女はくりかえしくりかえし呼んだ。そして今一度呼ぼうとした時にがさがさという音をきいた。彼女は赫《かっ》として身がまえした。そこへ憎犬が現れた。彼は帰るとすぐ事変のあったことを感づいてあとを追ってきたのである。彼女は手短に一伍一什《いちごいちじゅう》を話した。

「あきらめるよりしようがない」

彼もさすがに悄然《しょうぜん》としていった。そこに感情の共鳴があった。

「わしが早う帰らなんだのがわるかった」

彼女はもうそんなことを咎《とが》めだてする気もなかった。彼らはだらりと尻尾を垂れて申し合わせたように黙って住みかへ帰った。

夜である。彼女は坐りなれた穴の隅にすわりそこにまざまざと残っている子供の匂を嗅いで悲しい悲しい声をあげた。彼女はまた豺の匂を嗅いであらたに母獣の怒りを燃やした。

「ああ、あの子たちはどんなにか啼いて私を呼んでたのだろう。それをあの口の裂けた豺めがきつけてそっと忍んできたのにちがいない。あの子たちはそれを私だと思ってよちよちと慕いよったのだろう。それをまあよくもよくもむごたらしく一つ一つくい殺して……かにしておくれよ。かにしておくれよ。私がわるかったのだから。私さえいればこんなことにはならなかったのに。おまえたちがひもじかろうと思ったばっかりに……ああ、私はどうしたらいいだろう。出る時にあんなに慕って啼いたものを……のませてやりたい。のませてやりたい。このまあ乳をのませたらどんなにかよろこぶだろう」

彼女の乳房ははちきれそうになってうずいた。彼女は彼らの頭や前足がそこに触れて、それが小さな口につるりと吸い込まれる気持を思い出す。そうしてこらえきれぬ物足りなさ、心さみしさを覚える。

さらぬだにいねがての犬の夜があけて朝の光が堆石《たいせき》のすきまからさしこんできた。しかしそれはきのうとは似てもつかぬ日であった。

極度の緊張ののちの弛緩《しかん》、麻痺《まひ》、放心の幾日がすぎた。僧犬はまたもや彼女を挑みはじめた。すてばちになった彼女は格別の嫌悪も反抗も示さず唯々諾々《いいだくだく》としていうなり次第になった。僧犬はそれを最近の悲しみからいよいよ彼女が完全に夫婦の情愛を解するようになったのだと思って頗《すこぶ》る上機嫌であった。

「どうじゃ、ええもんじゃろう。わしがいわんことではない」

そういう考《かんがえ》がますます彼の情慾を刺激した。そのうえ彼はこの機をはずさず彼女が今こそ賞美したらしい性交の味によって己《おのれ》を彼女に忘れられぬものにしようと思った。それでさかんに交尾した。しかし誤解から起ったこの状態は勿論《もちろん》あまり永くは続かなかった。彼は彼女の従順の意味を感づいた。そして反動的に非常な不満を感じた。彼は温い屍骸を抱いてるようなものであった。それが真実屍骸であったなら、それが性慾を充《みた》す器となるかぎり相当な満足を得たであろうけれど、生憎《あいにく》それは生きた女であった。そしてあの美しい男に対しては確《たし》かに生きて溌剌《はつらつ》とした、なまなましい女であったに相違ない。そう思えば彼は狂的な抱擁の最中においてさえうち消しがたい無味、不満をおぼえた。それは彼の情慾が熾烈であるだけ大きかった。彼はさんざ交尾したあとで些《いささか》の感興も、感興のすぎたらしい様子もなく、気のない顔をしている彼女にむかっていった。

「水くさいではないかえ。わしがこれほどに思うているにそなたはすこしも報《むく》いてはくれぬ。それではあんまり情がうすいというものじゃぞえ」

彼女はなんともいうことができなかった。実際そのとおりであった。それはまったくしょうことなしのおつきあいにすぎなかった。性的な反応が起るのさえ不思議なくらいであった。

「ちっとはわしが身にもなってくりゃれ。そなたさえその気になってくりょうならこのうえない楽しみがでけるのじゃに。そなたがつれないばっかにわしがいつも味ない思いをする。そなたはよいかしらぬがそれではわしがたまらぬ。先の短い命をこのようにして暮すのが思うてもつらい。それはわしもよう得心している。そなたがわしを嫌うのも尤《もっとも》じゃ。わしは醜い。それにこのとおり年よってもいる。が、の、ここをようききわけてくりゃれ。いやなものを無理難題をかけると思うかしらぬがの、それが恋じゃ。どうでも思いきれぬのじゃ。わしは気のちがうほどに思うている。可愛い、いとしいと思わぬ時はないのじゃ。今までは黙っていたが、わしはそなたをひと目見た時から恋い慕うていたのじゃ。わしは迷うている。思いこがれている。の、すこしは察してくれよ。その思いをはらすにはそなたを抱くよりほかはないのじゃ。そなたがせめてわしが思の半分も汲《く》んでくりょうならわしはもういうことはないのじゃ。これ、わしはつらいのじゃ。ふるうほどせつないのじゃ。の、そなたも木や石ではないじゃあろ。察してくりゃれ。夫婦らしうしてくりゃれ。慈悲じゃぞえ。の、これ、あわれと思うてくれ」

彼は手を合わせぬばかりにしてかきくどいた。彼女はうなだれて黙っていた。彼女にはよくわかった。それほどまでに思ってくれるのをありがたいとも思った。そんな苦しみをさせるのはすまないとも思った。出来るならどんなにでもしたかった。が、どうにもしようがなかった。それは彼女の力に及ばぬことだった。彼女は彼をさだめられた夫として承認した。人身御供《ひとみごくう》にあがった気持ちで泣く泣く身をまかせた。それがせい一杯のところだった。それ以上は彼女にとっていわば背理であった。彼女の肉体を構成する細胞の一つ一つが絶対にそれを拒絶した。それは彼女がまだその時期に達しない処女であって、それを彼に弄《もてあそ》ばれるのと同然であった。彼女はそれをしも忍んだ。それ以上なにが望まれようか。

「ごめんなさい」

彼女はいった。それは真底からの詫《わび》であるとともに断乎《だんこ》たる拒絶でもあった。僧犬は溜息《ためいき》をついた。彼は数多い呪法のなかに一途《いちず》な女の恋を忘れさせる法のないのをくやんだ。しかも彼はなお懲《こ》りずまに執念《しゅうね》くかきくどいて夜となく昼となく彼女を悩ました。

「わしはこんな身体《からだ》じゃ。さきはもう見えている。わしはこのままでは死んでも死にきれぬ」

そんなこともいった。実際彼の身体はひどく弱ってきた。全身の悪瘡《あくそう》はますます烈しくなった。彼は間《ま》がなすきがなそれを爪と歯で掻きむしっている。そのたんびにばらばらと毛がぬけて赤肌から血膿が流れる。爛《ただ》れ目のうえに眉毛も髭《ひげ》もなくなり、肉ばかりの尻尾がちょろりと垂れて、見るもいやらしい姿になった。彼は痒《かゆ》さに責められて疲れきった時のほかはおちおち眠ることもできない。気力も体力も衰えはてて今はただ猛烈な獣慾ばかりが命をつないでいる。こんな有様で思うように彼女と楽しむこともできずに死んではまったく死にきれないのであろう。とはいえ彼女のすてばちな無関心、冷淡な従順は彼の執拗《しつよう》な強要のために再び積極的な嫌悪となった。それは本然の傾向に戻ったものをわる強いされる時に現れる抑えがたい自然の反抗であった。彼女はうるさくかきくどかれるほど生憎《あいにく》に「あの人」が恋しくなった。そうして始終「あの人」の夢を見た。それがいよいよ彼女を堪えがたくした。彼女はまたもや逃走を考えはじめた。

「今度こそ命がけだ。が、もうしかたがない。どうでもなるがいい。もう一度逃げてみよう。どうしても逃げおおす。そうしてあの人のところへ行く。ああ、私はガーズニーへ行こう。ガーズニーへ行こう」

ある夜彼女はそうっと穴をぬけだした。そしてまっ暗な路をクサカのほうへひた走りに走った。二度めなので迷うこともなかった。彼女は自分の足音をさえ恐れた。僧犬は弱ってはいるが慾望や嫉妬はその四肢に魔物のような力を与えるであろう。彼女は無二無三に走ってようやく渡渉場のところまできた。胸が裂けそうに苦しい。足が萎《な》えてへたへたとつぶれそうになる。

「ここを渡ればひと安心だ」

彼女は一生懸命気をひきたてて渡りはじめた。岸に近いところは静《しずか》におどんでいたがまんなかへ出ればでるほど流れが強くなってくる。彼女は鼻先を水面に出して必死と泳いだ。しかし気ばかりはあせっても足の力がぬけて十分に水を搔くことができない。それでめあてのほうへまっすぐにいけないばかりか時々ぶくりと頭までもぐる。彼女は見る見る押し流された。流れはますます早く、水は深く、川は広くなってゆく。精も根もつきてしまいそうになった。で、思わず喘《あえ》ごうとしてがぶりと水を呑んだ。彼女は最後の努力をした。嬉《うれ》しい！　岸が近づいた。流もゆるくなった。とうとう泳ぎついた。が、そこには適当な足場がなかった。彼女はやっと前足をかけても後足をあげることができない。そしてもがいてるうちにまた押し流される。そんなことを何度もするうちに気がぼうっとしてきた。

「ああ」

彼女は無茶苦茶に泳ぎついてははなれ、泳ぎついてははなれした。そのうちどさりとなにかにぶつかった。脇腹に強い痛みを覚えた。それは天の佑《たすけ》であった。大きな木の根が水の中までのびだしていた。いい按排《あんばい》にそれに身を支えられて辛《かろ》うじて這いあがることができた。そこで急に気が弛《ゆる》んでよろよろとした。そしてずぶ濡れのままへたりと倒れてしまった。

「私はこれなり死ぬのかしら」

そんな気が夢のように頭に浮んできた。そして死にそうに喘いでいた。そのうちふと彼女はかすかに遠吠《とおぼえ》の声をきいたように思った。そしてはっと起きあがった。恐怖が彼女を力づけた。彼女は見当をつけて密生した藪《やぶ》を斜《ななめ》につっきって本道へ出ようとした。彼女は全身疵《きず》だらけになったほど困難したがともかくも目的を達した。僧犬のけはいもなかった。

「まあよかった。もうすぐクサカだ。それからガーズニーへ！」

彼女の胸は喜びに躍《おど》った。案内知った路を勇んでかけだした。なにはともあれ僧犬をまいてしまうまでは走らねばならぬ。で、わざとクサカの焼け跡へははいらずにぼかぼかした草地を横ぎって、町から大きく迂回している街道の先のほうへ出ようとした。そして匂をまぎらすためにそこいらにごろごろ眠っている野飼《のがい》の牛の間を縫《ぬ》うようにして行った。そうしたらひょっくりと、いつぞや異教徒が祭をしていた熔樹《ようじゅ》のあるところへ出た。星あかりにすかしてみたら新しい堆土《たいど》のうえに大きな石がおいてある。

「ああ、ここだった」

と思った。それから森のほうへ行こうとした時に彼女は突然恐しい勢《いきおい》で走り寄る足音と、ききなれた僧犬のうなり声をきいた。彼女は立ち竦《すく》んだ。それと同時にがっととびかかるけはいを見て危く身をかわした。彼女は鼻の先で猛りたつ彼の疎《まばら》な毛が針みたいに逆立《さかだ》ってるのが見えるような気がした。

「どこへゆく」

僧犬は忿怒《ふんぬ》にふるえながらいった。そのとき彼女にはもう恐怖の影もなかった。ただ氷のような絶望があった。

「どこへ行くのじゃ」

噛みつきそうにいう。彼女は黙っていた。

「わしは知っとるぞ。おのしは彼奴《きやつ》のところへ行くのじゃ」

彼はさも憎そうにいった。

「これ、血迷わずとようきけよ。あの男は死んだぞよ」

「え」

彼女はぷるぷるとした。

「嘘です。嘘です。あなたはひとを騙《だま》すのです」

「嘘じゃというか。彼奴はこのわしが殺してやったわ」

「お黙りなさい。あの人はあなたなんぞに殺される人じゃない。さあ、いつ、どこで、どうして殺しました」

僧犬は「いいい」というような、いやな、絞り出すような声をした。嫉妬がこみあげたのだ。

「馬鹿めが。毘陀羅《びだら》法で呪《のろ》い殺したのじゃ」

彼女はぎょっとした。半信半疑になった。呪法の力は知っている。

「そのびだら法とはなんです」

「知らずばいうてきかしてやる。屍骸をやって人を殺させる法じゃ。名さえ知れば、ど奴でも殺せる」

「それごらんなさい。あの人の名も知らないで」

「彼奴はジェラルというた」

「え、あなたはそれは名じゃないといった」

「ふ、ふ、嘘じゃ。わしは彼奴の名を知ったばかりか現在彼奴を見た。彼奴は苦行をしておるわしのまえを通ってこの顔に唾を吐きかけおった。おのしのいうたとおりの男じゃった。暫《しばらく》して森の中でジェラル、ジェラルと呼ぶ声をきいた。ジェラルという名は邪教徒にあるのじゃ」

「でもあの人は屍骸なんぞに殺される人じゃない」

彼女は強情に盾《たて》ついた。そうすることが恋人の命を救うことででもあるかのように。

「まだいうか。これ女、ようきけよ。彼奴がどれほど腕前があろうと呪法には勝てぬぞよ。屍骸には鬼が憑《つ》くのじゃ。逃げもかくれもできぬのじゃ。まんいち相手に行力《ぎょうりき》でもあって殺せぬ時は戻ってきて呪法の行者を殺す。いずれか殺さねばおかぬのじゃ。わしは命がけの呪法を行うた。それもおのし故《ゆえ》じゃ。屍骸は戻ってこなんだ。どうじゃ、彼奴はどうでも死んだのじゃい。それ、これが彼奴の墓じゃ」

「え、でもほんとうに……」

「殺したがどうした。切りこまざいても飽き足らぬわ」

彼女はぐらくらとした。凄《すさま》しい女の怒りに燃えた。彼女はやにわにとびかかって相手の喉くびと思うところへがっとくいついた。僧犬は不意を襲われて仰向《あおむ》けに倒れた。彼女はのしかかってしかとおさえながら死物狂《しにものぐるい》に頭をふって喉笛をくいちぎろうとした。そして僧犬がげえげえとかすれた声を出してはねかえそうともがくのをどこまでも噛みふせていた。僧犬はとうとう息がとまった。ぐたりとしてころがった。彼女は血みどろの口をはなした。そうして恋人の墓石《はかいし》に身をすりつけて悲鳴をあげた。それから彼女は犬にも人間にも通じない獣人の言葉で湿婆《しば》の神に祈った。

「湿婆の神様、私をあわれと思召《おぼしめ》すならば、この身の穢《けがれ》を浄《きよ》め、今一度もとの姿にして、どうぞあの人のそばへやってください」

獣人の祈は神にとどいた。彼女は突然五臓六腑がひきつるような苦痛を感じて背中を丸くしてぎゃっと吐いた。わる臭い黒血がだくだくと出た。それは体内をめぐってた僧犬の血だった。と同時に彼女はくるくるとまわってばたりと昏倒《こんとう》した。

ややあって彼女は我にかえって立ちあがった。そうしてなにか一皮ぬいだような気のする自分の身体を撫《な》でまわした。それは完全な女の姿であった。彼女は狂喜の叫びをあげた。それは人間の声であった。彼女は湿婆に感謝すべく地にひれ伏した。その時大地がかっと裂けて彼女は倒《さかさま》に奈落《ならく》の底へ堕《お》ちていった。闇から闇へ、恋人のそばへ。

大正十一年三月八日初稿

東京日記　その八

内田《うちだ》百閒《ひゃっけん》

仙台坂《さんだいざか》を下りていると、後から見た事のない若い女がついて来て、道連れになった。夕方で当たりが薄暗くなりかかっているが、人の顔はまだ解る。女は色が白くて、頸《くび》が奇麗で、急に可愛《かわい》くなったから、肩に手を掛けてやった。

何処へ行くのだと尋ねたら、あなたはと問い返したから、麻布十番だと云うと、いやだわと云って、拗《す》ねた様な顔をした。

「天現寺《てんげんじ》へ行きましょうよ、ねえねえ」と云って、私を横から押す様にした。

電車通りの明かるい道を歩いていると、身体が段段沈んで行く様に思われた。

古川橋《ふるかわばし》の所から石垣を伝って、川縁《かわべり》に降りたが、水とひたひたの所に、丁度二人並んで歩ける位の乾いた道があって、どこまで行っても川の景色は変わらなかった。街の灯りが水に沁《し》みていると見えて、薄暗くなりかかっている水面の底から明かりが射して来る所であった。

その女の家へ行って見ると、広い座敷の前も後も水浸しになっていたが、底は浅いらしく、人が大勢足頸《あしくび》まで水に漬《つ》けて、平気で歩き廻っていた。荷車も通るし、自動車も走っているので、普通の往来の景色と少しも違わなかったけれど、ただ物音がなんにも聞こえなかったので、却《かえ》って落ちつかない。

暫らく女と向かい合っていたが、女の顔は鼻の辺りがふくれ上がっている。頸が奇麗なので、抱いてやりたいけれど、何だか手が出しにくくて、もじもじしていると、女中だか何だか、同じような女が二、三人出て来て、目の荒い籠《かご》を幾つも座敷の隅に積み重ねた。

それは何だと聞くと、この川でいくらも捕れますのよとその中の一人が云った。そう云えば籠がぬれていて、雫《しずく》が垂れている。

籠を一つ持って来て、中の物を掴《つか》み出そうとすると、生温かい毛の生えたものが縺《もつ》れ合っていて、どれだけが一つなのか解らなかったが、その内に向こうで勝手に這い出して、そこいらを走り出した。鼠を二つつないだ位の獣で、足なんか丸でない様に思われたが、それでいてちょろちょろと人の廻りを駆け歩いた。その中の一匹が私の手頸に噛みついたが、歯がないと見えて、痛くはないけれど、口の中が温かいのだか冷たいのだか、はっきりしない様な気持で、無闇に人の手をちゅうちゅう吸っている。

さっき一緒に来た女が私の傍へ寄って来て、

「天現寺橋の方へ行って見ましょう」と云った。

しかしあの辺りは下水の勢いが強くて、滝になった所があった様な気がしたので、あぶないだろうと思っていると、

「違いますわ。それはどこか別の所でしょう。帰りにあすこでお蕎麦《そば》を食べましょう」と云った。

兎《と》に角《かく》女が食っ着いているので、私も身体で押していると、さっきの籠の中の物が手頸だけでなく、脇の下から背中へ廻ったり、足の方から這い込んで、方方に噛みついて、ちゅうちゅう吸うので、何とも云われない気持ちがした。

富美子《ふみこ》の足

谷崎潤一郎《たにざきじゅんいちろう》

先生

先生に一面識もない青書生《あおしょせい》の僕が、突然こういう手紙を差し上げる失礼を御免し下さい。そうしてどうか、これから僕が先生にお話しようとするこの長々しい物語を、しまいまで御読み下さるように、――御多忙の中を甚だ恐縮に存じますが、――前以《まえもっ》て切にお願いいたしておきます。

しかし、こんな事を申すのは聊《いささ》か手前勝手のようにも思われますけれど僕がお話するこの物語は、先生にとってもそれほど興味のない事実ではなかろうと、僕は私《ひそ》かに考えているのです。もし多少なりとも何等かの価値があるとお思いになったら、これを何かの際に先生の作物の材料となすっても、僕は毛頭異存がある者ではありません。いや、それどころかむしろ大いに光栄としなければなりません。正直を申しますと、僕は他日、是非先生にこれを小説にして頂く事を望んでいるので、内々そういう野心もあってこの手紙を差上げる次第なのです。先生でなければ、僕が常に崇拝している先生でなければ、この物語の中に出て来る主人公の気の毒な不思議な心理を、理解して下さる方はありそうにもない。この主人公の身の上に同情を寄せて下さる人は、先生を措いてほかにはない。――そう考えたのが、僕のこの手紙を書く最初の動機ではありましたが、そうしてただこの話を聞いてさえ頂ければ、勿論《もちろん》それだけでも僕は十分満足に感じるはずですが、どうかなるべくならば材料に使って頂くことをお願いいたします。あまり虫の好い事をいって、あるいは御立腹になるかもしれませんけれど、そうして頂ければこの物語にあるような事実は、先生の如く想像力の豊富な、これまでにいろいろの経験をお積みになったであろうと推量される方にとっても、決して一読の価値がない物だとは信じられません。僕の如き文才のない男が書いたのでは格別の事はありませんけれども、どうか事実その物に興味を持って、しまいまでお読み下さる事を重ねてお願いいたしておきます。

この物語の主人公というのは既にこの間死んでしまった人間です。その男の姓は塚越《つかこし》といって、江戸時代からの日本橋《にほんばし》の村松町《むらまつちょう》で質屋を渡世にていたのですが、僕の話をする塚越はちょうど先祖から十代目にあたる人だそうです。死んだのは今から二た月ばかり前、今年の二月十八日のことで、歳は六十三でした。何でも四十前後から糖尿病に罹って、相僕取りのようにでぶでぶに太っていましたのに、それがちょうど五六年前から肺結核を併発して、年一年と痩せ衰えて、死ぬ一二年前からは糸のようになり、久しく鎌倉《かまくら》の七里ケ浜《しちりがはま》の別荘の方へ行っているうちに、糖尿よりも肺の方がだんだん悪くなって来てとうとう死んでしまったのです。鎌倉の方へ引き移る時に、自分は隠居をして店を養子の角次郎《かくじろう》という人に譲ってしまったので、家族の人々からは「隠居隠居」と呼ばれていましたから、僕もこの話の中では彼を「隠居」と呼ぶことにいたします。この隠居と東京の家族とは非常に仲が悪く、病人がいよいよ息を引き取る時などにも、臨終に駆けつけたのは隠居の一人娘で角次郎の夫人である初子《はつこ》という人だけでした。塚越家は江戸の旧家の事でもあり、東京の市内だけにも立派な親類が五六軒はあったはずであるにもかかわらず、そういう親類の人たちも隠居の病中はめったに見舞いに来た様子もなく、葬式なぞも極めて質素に、淋しく執行されてしまいました。そんな訳で、隠居の病気の様子や、死ぬ前後の光景などを精しく知っている者は、その頃親しく彼の枕元に附き添っていた小間使いのお定《さだ》と、妾《めかけ》の富美子と、それから僕と、この三人きりなのでした。ここでちょいと断っておかなければならないのは、僕とこの隠居との関係――ならびに僕自身の境遇です。僕は山形県飽海《あくみ》郡《ぐん》の生れの者で、今年二十五歳になる美術学校の学生です。僕の家とこの塚越家とは極めて遠い遠い親類に当っていましたので、僕が始めて東京へ出て来た時、ほかに頼って行く所がなかったものですから、上野の停車場へ着くとそのまま、親父の手紙を懐《ふところ》にして村松町の質屋の店を尋ねて行きました。その頃は隠居がまだ当主の時代であって、僕は何くれとなくこの人の世話になった訳でした。

こういう縁故から、僕はその後も年に二三度ぐらいは村松町へ顔出しをしたものですが、隠居と僕との交際が義理一遍の附き合い以上に密接になったのは、つい近頃のこと、――この一年か半年以来のことなのです。で、この物語の主人公は隠居であるとはいうようなものの、そのほかに女主人公たる妾の富美子と、それからかくいう僕自身も、幾分かは話の中に纏綿《てんめん》しているものと思って頂きとうございます。決して僕は純然たる傍観者の地位にあるのではなく、見ようによってはかなり重要な役目を働いているのかもしれません。且《かつ》また、僕が隠居の心理として説明する所のものは、同時に僕自身の心理解剖であるかもしれません。

僕とこの隠居どが、どういう訳で親しい間柄になったか？　というよりは、どういう訳で僕があの隠居に接近し始めたのか？――話はまずこの問題からはいらなければなりません。山形県の片田舎に育った青年の僕と、旧幕時代の江戸の下町に生れた老人の隠居とは、趣味からいっても知識からいっても人間全体の肌合からいっても、全然共通の点はなかったのです。僕はポッと出の田舎書生で、西洋の文学とか美術とかいうものに憧憬し、将来洋画家になる事を目的として生きている若者です。隠居の方はまた、江戸児のうちでも殊《こと》にチャキチャキの江戸児で、徳川時代の古い習慣や伝統を尚《たっと》び、僕にいわせればいくらか気障《きざ》なところがあって悪く通人振ったりする下町趣味の老人でした。それ故隠居と僕とは、誰に見せてもまるきり畑の違った人間で、てんで話が合うはずはありませんでした。そういう二人が互いに親しくなったのは、僕の方から進んで隠居に近づいて行った結果なのです。隠居の方からいえば、親類や身内の者たちが皆自分を忌み嫌い疎んじていた場合に、たとえ遠縁の者にもせよ、「御隠居さん、御隠居さん」といって僕がたびたび訪ねて行ったのは、満更嬉しくない事もなかったのでしょう。殊に死ぬ時分などは、妾の富美子は別として、僕が毎日のように病室へ顔を見せないと隠居は承知しませんでした。が、最初に僕の方から近づいて行かなかったなら、決してこうまで親密になるはずはなかったのです。事情を知らない人たちは、僕が親類や家族から見放されている隠居の境遇に同情を寄せて、それであんな風に再々訪ねて行ったのだろうと、非常に善意に解釈しているようですが、そういわれると僕は甚だ赤面しなければなりません。僕が隠居に近づいたのは、全くそんな殊勝な動機からではありませんでした。正直に白状してしまえば、僕が隠居に会いに行ったのは、隠居よりも実は妾の富美子に会いたかったのです。勿論会ってどうしようという深い野心があった訳ではなく、またそんな野心を起したところで、自分のような田舎書生の及びも付かぬ望みである事は分かっていましたが、それにもかかわらず富美子の姿が始終目の先にチラついて、十日も顔を見ずにいるととてもジッとしてはいられないほど恋いしかったのです。そのために僕はいろいろと口実を拵《こしら》えては、用もないのに隠居の家へ出かけて行きました。

隠居が一族の者から排斥されるようになったのも、柳橋《やなぎばし》に芸者をしていた富美子を引かせて、自分の家へ引き摺り込んで以来の事なのです。それはたしか一昨年の十二月頃で、隠居の年が六十、富美子はやっと一本になったばかりの、十六の歳の暮れだったそうです。もっともその以前から、大分隠居の放蕩が問題になっていたようですが、若い時分から道楽で通り者の人でもあったし、もう六十にもなるのだからその内には止むだろうぐらいに思って、それまでは余り親類の間でもやかましくいわなかったのでしょう。僕が聞いたところでは、隠居は二十の歳に始めて結婚して、その後三度も細君を取り換えて、三十五の歳に三度目の妻を離縁してから、ずっと独身で暮らしていたのだそうです。

（一人娘の初子は、最初の細君との間に出来た子供だという話です。）こんなにたびたび細君を離縁したについては、単に道楽者という以外に、人に知れないある秘密な原因が、隠居の性癖のうちに潜んでいたのですけれど、それはつい最近になるまで誰も心付かなかったものと見えます。細君ばかりでなく、芸者買いをするにしても隠居は非常に移り気で、一人の女を可愛《かわい》がるかと思うと、一と月も経たぬうちにすぐ飽きてしまって、別の女に夢中になるという風でした。それにまた、それ程の道楽者に似合わず、彼には一遍もほんとうの意味での恋仲――相惚《あいぼ》れの女という者が出来た例《ためし》はなかったのです。これまでに、隠居の方からのぼせ上って恋い憧れた女は沢山ありましたけれども、女の方ではただ金のために身を任せるだけの事で、一人として心《しん》から隠居の愛情に報いた者はいませんでした。江戸っ児のぱりぱりで、我も人も許している通人で、男振《おとこつぶ》りもまず普通の方なのですから、長い間には一人ぐらい深い仲の女が出来てもいいはずなのですが、妙に女に嫌われたり欺されたりばかりしていました。もっとも、今もいった通りの移り気な人ですから、一時はどんなに夢中になっても、女の方で深間《ふかま》にはいるだけの余裕がなかったのかもしれません。

「あの人のようにああ箒木《ほうき》じゃあいつまで経っても道楽は止みッこない。女を拵えるなら拵えるでもいいから、一層《いっそ》一人に極めてしまって妾でも持ったら、かえって身が堅まるだろうに。」

と、親類の誰彼がよくそういったくらいでした。

ところが最後の冨美子だけは特別で、隠居が彼女を知ったのは、一昨年の夏頃が始まりだそうですが、彼女に対する熱度はその後一向冷却する様子がなく、月を重ねるままに段々と惚れ方が激しくなって行くばかりでした。そうして、その年の十一月に彼女が半玉《はんぎょく》から一本になった時には、自分が一切引き受けて支度をしてやり、自前《じまえ》になるだけの金までも出してやりましたが、やがてそれだけでは我慢し切れなくなって、とうとう彼女を妾ともつかず女房ともつかず村松町の家へ引擦り込むことになったのです。しかし、隠居がこれ程の熱心にもかかわらず、例によって女の方では決して隠居を好いていたのではなかったのです。何しろ年が四十以上も違うのですから、馬鹿か気狂いでない限りはそれは無論当り前の話で、富美子が大人しくいう事を聞いて引かされたのは、隠居の老先の短かいのを見越して財産を目あてに乗り込んだのに違いありません。

僕が始めて、村松町の家に不思議な女がいるという事を発見したのは、ちょうど去年の正月、年始かたがた隠居の御機嫌を伺いに行った折でした。質屋の店の裏側にある住居の方の格子戸から案内を乞うて、いつものように奥まった離れ座敷の隠居の部屋に通されると、

「やあ、宇之《うの》さん、（僕の名前は宇之吉《うのきち》といいました。それを隠居はいつの頃からか略して宇之さん宇之さんと呼んでいました。宇之さんといわれると何だか職人じみていて僕は嫌でした。）よくお出でなすった。さあ、まあおはいり。さあ、まあずっとこっちへ。」

大方今しがたまで酒を飲んでいたのでしょう、隠居はガッシリとした四角な額を赤くてらてらと光らせながら、家の中にいるのに毛糸の暖かそうな襟巻《えりまき》をして炬燵《こたつ》にもぐり込んで、江戸児に特有なべ

らべらした巻舌の、落語家《はなしか》の口吻を思わせるような滑らかな声でこういうのでした。その時僕が気が附いたのは、隠居の向うに、炬燵を中に置いて差し向いに据わっている一人の見馴れない意気な女でした。僕が座敷へはいって行くと、女は肩肘《かたひじ》を炬燵櫓にかけて、ずらりと膝頭《ひざがしら》を少し崩して、僕の方へ首と胴とを捻じ向けました。「首」と「胴」とを捻《ね》じ向けたというのは、その時この二つの物がいかにも別々に、一つ一つの美しさを以て僕の眼に印象されたからです。一と口に「体」を捻じ向けたといったのでは、どうしてもその時の僕の印象をいい現わすことが出来ないからです。つまり、そのしなやかな、すっきりした首と、細い柔かい痩せぎすな胴とが、一つの波から次ぎの波へゆらゆらと波紋が伝わって行くように動いたのです。そうしてちゃんとこっちを向いてしまった後までも、まだその波紋が、体のある部分に、たとえばその長い項《うなじ》から抜き衣紋にした肩のあたりに、しばらくはゆらゆらと揺れて残っているような感じでした。それ程その女の姿はなよなよとなめまかしく優しく思われたのでした。そう思われた一つの原因は、恐らくその姿を包んでいる衣裳のせいであったかもしれません。彼女は近頃の派手な流行からみるとむしろ時代おくれといってもいいくらいな、地味な唐《とう》桟柄《ざんがら》の襟附のお召を着て、しかも裾を長く曳いていたのです。隠居は別にまごついた様子もなく、僕とその女の顔を等分に見廻しながら、「これは宇之吉さんといってな。内の遠い親戚になっている美術学校の書生さんだ。国のお父様《とッつぁん》から頼まれたんで及ばずながら私《わし》がいろいろ面倒を見ている……。」

といって、細い眼つきをしてどっちつかずににやにやと笑いました。これで隠居は僕を女に紹介した訳なのでしょうが、女が何者であるかは一言も僕に紹介してはくれませんでした。

「私《わたくし》は富美《ふみ》と申します。どうぞお心安く。」

と、女は微かに羞《はに》かんだような風をして、口の内でこういいながら頭を下げたので、僕も釣り込まれてお辞儀をしてしまいましたが、何だか狐につままれたような気がしないでもありませんでした。

「ははあ、きっとこの女は妾なんだろう。」

てっきり僕はそう思って隠居の顔を覗き込むと、胡坐《あぐら》を搔いた赤鼻《あかっぱな》の両側に太い皺を刻んで、「蝦《が》蟇口《まぐち》」という異名のあった大きな口元に、相変らずにやにやと気味の悪い笑いを湛《たた》えているばかりです。しかし、その笑いの底には、

「お察しの通りこれは私の妾でな、今度内へ入れることにしたんだから。」

というような肯定が含まれていることと推量されました。のみならず、隠居はこの女を余程可愛がっているに違いないと、すぐに僕はそう気が付きました。

なぜかというのに、女は決して素晴らしい美人というのではありませんでしたけれども、いかにも隠居の好きそうな、いなせな、下町趣味の註文に篏《は》まった、気持ちのいい背格好と顔立ちとを持っていたからです。そう思うと、隠居のにたにた笑いの裡《うち》には、

「どうだね、私は好い女を掘り出して来ただろう。」

という得意の色が潜んでいるようにも感ぜられました。妾にしては着物の裾を引き擦っている事と、

エナメルのように艶のある濃い黒髪を潰し島田に結っているのが少し変で、芸者がお座敷へ出ているような拵えですが、これは多分唐桟柄の襟附きのお召しと共に、隠居の趣味によってわざとこんな風をさせたものなのでしょう。(隠居の江戸趣味はそれ程酔興なものだったのです。そうして僕のこの推察のあたっていたことは、後に至って分りました。) 僕自身の趣味はどっちかというとエキゾティックな女の方を好くのですが、この女のように江戸趣味としてやや完全なタイプを備えているのを見れば、やっぱり悪い気はしませんでした。勿論完全という意味はその目鼻立ちに欠点がないというのではなく、むしろ多くの欠点がかえって一種の情調を持っていて、いなせな女、意気な女としての効果を強くしているのです。この女がこれだけの美しさを発揮するためには、是非とも必要な欠点があって、しかもそれ以外の無駄な欠点がないという意味なのです。顔の輪廓は卵なりに頤《あご》の方が尖っていて、頬は心持ち殺《そ》げ過ぎていましたけれど、さりとてコチコチした堅い感じではなく、物をいうたびごとに唇《くちびる》の運動に引張られて肉がふっくりとたるむように波を打つ塩梅《あんばい》なぞは、むしろ柔かい、たっぷりとした感じを起させました。額も大分詰まっている方で、生え際も富士額《ふじびたい》といい得る程に揃ってはいないで、富士形の頂上からわずか下の前髪の左右の辺に、両方とも同じように少しく脱け上った箇所があって、それからまたもとの富士形にずうッと眼尻の方へ開いているのでした。が、富士なりの整形を破って、直線がちょいと崩されている部分、真黒な髪の地の間に、白い額の一部分がぼうッと霞んで、青々と湾入しているところ、――それが、面積の狭い額にいい知れぬ変化とゆとりを与えているばかりでなく、髪の黒さを一層引き立たせていることも事実でした。眉は太く吊り上っている方でしたが、幸い頭の髪と反対に毛の地が薄く赤味を帯びているので、そんなに険しい感じを起させはしませんでした。それから鼻の形にしても、高い、筋の通った、好い鼻つきではあるけれど、これも決して欠点がない事はありません。というのは、先の方の尖った部分に少し肉が附き過ぎていて、眉と眉との間から起ってそこまでなだらかな勾配を保っている鼻梁《びりょう》の直線が、小鼻の附け根の辺《あたり》へ来ると脹脛《ふくらはぎ》の肉のような工合に幾分か膨れて鋭さが鈍っているのです。けれども僕にいわせれば、もしこの容貌で、この鼻が全く彫刻的であったら、きっと全体が冷たい顔になったに違いありません。団子鼻という程でも困りましょうけれど、鼻の先がいくらか肥えている方が、何だか暖かみがあって好いように思われました。次ぎには口つきの問題ですが、（こう一つ一つ顔の造作《ぞうさく》を取り立てて、僕の拙劣な文章で説明されては、さぞかし先生も御迷惑だろうと存じます。しかし僕は、出来るだけ精しくこの女の顔を説明しないではいられないのです。富美子がどんな器量の女だったか、それを何とかして先生に了解して戴きたいのです。どうぞ御迷惑でも、そのお積りでも少し辛抱して下さるようにお願いいたします。）卵なりにすぼんでいる頤の中に、釣合よく収まるくらいな可愛らしい小さな口で、殊に最も可愛らしいのは江戸児《えどっこ》の特長ともいうべき受け口の下唇でした。そうです、あの下唇がもし尋常に引込んでいたとしたら、あの顔はもっと端厳にはなっても、あの媚びるような味わいと、狡猾《こうかつ》そうな、利口そうな趣は失せてしまうだろうと思います。利口といえば何よりも利口そうなのはその眼でした。パッチリとした、青貝色に冴えた白眼の中央に、瑠璃《るり》のように光っている偉大な黒眼は、いかにも利口そうに深く沈んでいて、ちょうど日光を透き徹している清冽《せいれつ》な水底《みなそこ》に、すばしこい体をじっと落ち着けて、静かに尾鰭《おひれ》を休めている魚のようでもありました。そうして、魚の体を庇《かば》うている藻のように、その瞳の上を蔽《おお》うている睫《まつ》毛《げ》の長さは、目を瞑ると頬の半ばの所にまでその毛の先が懸るほどでした。僕は今まであんなに立派な、あんなに見事な睫毛を見たことはありません。あんなに睫毛が長くては、かえって瞳の邪魔になりはしないかと思われるくらいでした。眼を睜《みひら》いているると、睫毛と黒眼との繋がりがハッキリ分らないで、黒眼が眼瞼の外へはみ出しているようにさえ見えました。殊にその睫毛と瞳とを際立たせているのは、顔全体の皮膚の色でした。この頃の若い女としては、（殊に芸者上りの女としては、）極めてあっさりとした薄化粧の地肌が、そんなにケバケバしくなく、曇硝子のような鈍味《にぶみ》を含んで、血の気のない、夢のようなほの白さを拡げている中に、その黒眼だけがくっきりと、紙の上に這っている一匹の甲虫のように生きているのです。実際僕はこの女の美を誇張していうのではありません。僕の感じをただ正直に表白しているだけなのです。

いつもなら年始の挨拶もそこそこに引き下るはずなのですが、僕は何だか拾い物をしたような気がして、その日の朝から午後の二三時頃まで、昼飯の馳走になりながら隠居のお相手を勤めました。その女のお酌で隠居も酔いましたが僕も大分酔ったように覚えています。

「宇之さんや、失礼ながら私《わし》はまだお前さんの画《か》いた絵というものを見たことはないんだが、西洋画を習っていなさるんだから、油絵の肖像画を画くことなんかはうまかろうね。」

隠居がふいとこんな事をいい出したのは余程酒が循《まわ》った自分でした。

「うまかろうねだなんて、随分ですわね。あなた怒っておやんなさいよ。」

お富美さんは人懐《ひとなつ》っこい声でこういいながら、長い襟足を捩《よじ》るような工合に、あるいはまた例の受け口の唇で物をしゃくい上げるような工合に、ちょいと首を僕の方へ突き出してみせました。

「うまかろうねといったって、何も私は宇之さんを馬鹿にした訳じゃあごわせんよ。私は御承知の通り旧弊な人間で、油絵なんて物はうまいもまずいも分らない方だもんだから……」

「まあおかしいこと、分らないなら猶更《なおさら》あなた、そんないい方をするッてえ法はありゃしないわ。」

こんな風なませた口ぶりで隠居の言葉を冷やかしたりたしなめたりしているお富美さんは、その時やっと十七の春だったのです。たしなめられるたびごとに隠居は一々弁解しながら、眼元口元に何ともいえない嬉しそうな微笑を浮べます。その嬉しそうな表情が余りムキ出しなので、かえって僕の方が羞かしいくらいでした。時にはまた、

「あははは、そいつぁ一本参ったね。」

といって、頭を掻いてわざと仰山に恐縮してみせたりします。その様子が、すっかりお富美さんの手の中に丸め込まれて、好人物になり切ってしまって、からもう大きな赤ん坊のようにたわいがないのです。ここにいる三人のうち、隠居の年が六十一、僕の年が十九、お富美さんは今もいうように

十七で一番若いのですが、物のいいようから判断すると、ちょうど順序がその逆であるかのように思われました。お富美さんの前へ出ると、隠居も僕も等しく子供扱いにされてしまうような気がするのです。

隠居が突然油絵の話などを持ち出したのは変だと思っていると、結局僕にお富美さんの肖像画を画いて貰いたいのでした。

「うまいまずいは分らないが、油絵の方が何となく日本画よりは本当らしく見えるからね。」

隠居はこういって、出来るだけ彼女の姿を生き写しにしてくれろという頼みなのです。僕には果して老人の註文通り満足な絵が出来るかどうか、そこは甚だ覚束なく感ぜられましたが、これを縁故にお富美さんと懇意になりたいという野心が先に立って、一も二もなく引き受けてしまいました。で、これから当分、一週間に二回ぐらいずつ隠居の家を訪れてお富美さんをモデルに製作をする事になったのです。

東京の下町の、こういう古い商人屋《あきんどや》の造りはどこも大概同じように、間口が狭い割り合いに奥行きが広く、しかも奥へ行くほど光線の工合が悪くて、昼間は穴倉のように暗いものですが、塚越の家もやはりその通りで、隠居の部屋になっている離れ座敷などは、少しお天気が悪いと午後の三時頃から新聞の字も読めないほど暗くなってしまうのです。おまけに正月の日の短い最中でしたから、学校の帰りに僕が廻って行く時分には、表はまだ明るいのに隠居の室内はもう日が暮れかかっているのでした。そういう部屋の中で油絵を画《か》こうというのですから、随分無理な仕事でした。頼りにする光線といっては、わずかに部屋の前にある五坪ばかりの中庭から、力の弱い冬の日ざしが、太陽から置き去りにされたように淋しく薄白く、ぼんやりと反射しているだけなのです。暗い中にじっと据わっているお富美さんの瓜実顔《うりざねがお》と、ぎゅっと肩がもげるくらいに、思い切って抜き衣紋にした襟足とが、そのほんのりした反射を受けて生白《なまじろ》く匂っている光景は、――何といったらいいでしょうか、とにかく悩ましいほど僕の神経を掻き乱しました。絵を画く事なんかは止めにして、その白い柔かい肉の線をいつまでも眺めていたいような気がしました。

いよいよ仕事にかかるという段取りになった時、隠居は気を利かして六十燭《しょく》の青い電球と、その上に瓦斯燈《ガスとう》まで点《とも》して、眼がチカチカと痛くなるほど室内を明るくしてくれました。光線の方はそれでどうやら、――いやむしろ十分過ぎるくらいに補給の道が附きましたけれど、さてその次ぎにモデルのポオズを定めるについて、厄介な問題が持ち上ったのです。隠居の最初の註文が肖像画という話でしたから、僕はその積りで半身像か何かを画けばいいのだと極めていたところ、

「どうだろう、宇之さんや。ただこう据わった形を画いたって面白くもないから、一つこんな工合に、この絵の中にあるような形をさせて、こういう風にした所を画いてお貰い申す訳にゃあ行きますまいか。」

こういって隠居は、地袋《じぶくろ》の底から古ぼけた一冊の草双紙を出して来て、その中に刷ってある挿絵の

一つを明けて見せました。それは種彦《たねひこ》の田舎源氏で、絵はたしか国貞《くにさだ》であったと覚えています。図は一人の若い女、――ちょうどお富美さんのような国貞式の美貌を持った若い女が、遠い田舎路を跣足《はだし》で歩いて来て、今しもとある古寺のような空家へ辿り着いたところが画いてあるのでした。女はその空家へ上り込もうとして、縁側に腰をかけながら、泥で汚れた右の素足を手拭で拭いているのです。上半身をぐっと左の方へ傾《かし》げ、ほとんど倒れかかりそうに斜めになった胴体をか細い一本の腕にささえて、縁側から垂れた左の足の爪先で微かに地面を踏みながら、右の脚をくの字に折り曲げつつ右の手でその足の裏を拭いている姿勢、――その姿勢は、昔の優れた浮世絵師が、女の滑かな肢体の変化にどれほど鋭敏な観察を遂げ、どれ程深甚な興味を抱いていたかという事を証明するに足るだけの、驚くべき巧妙さを以て描かれているのでした。僕が最も感心したのは、女がその柔軟な、なよなよとした手足を多種多様に捻じ曲げているにもかかわらず、ただ徒《いたず》らに捻じ曲げているのみではなくて極めてデリケエトな力の釣合が、全身に細やかに行き渡っている事でした。女は縁側に腰を掛けてはいるけれども、決して安定な姿勢で腰かけているのではありません。今もいったように上半身を左方へ傾け、右の足を外へ折り曲げているのですから、縁に衝いている左の腕をちょいと引張れば、すぐに平衡を失ってすとんと転んでしまいそうな危《あぶな》い恰好《かっこう》をしているのです。で、その危《あやう》さを堪えようとして、きゃしゃな体の筋肉を針線《はりがね》のように緊張させている点に、いい尽せない姿態の美しさが発揚されて、それが全身の至る所に漲っているのでした。例えば落ちかかって来る肩を支えている左の腕の先は、掌《てのひら》がぴたりと縁側の床板に吸い着いて、五本の指は痙攣《けいれん》を起したように波打っています。それから地面へ垂れている左の脚も、ぶらりと無意味に垂れ下がっているのではなく、一杯に力が張られている証拠には、その足の甲が殆んど脛と垂直に伸び、親趾《おやゆび》の突端が鳥の嘴《くちばし》のように尖っているのでも分ります。中でも一番微妙に描かれているのは折れ曲っている右の脚と、その足を拭こうとしている右の手との関係でした。こういう姿勢を取った場合には、必然そうでなければなりませんが、折れ曲がっている右の脚は実は右の手で無理に折り曲げられているので、もしその手を放したら、脚はぴんと地面の方へ弾ね返ってしまうのです。従って、手はその足を拭いているばかりでなく、同時にそれを逃がさないようにと引張り上げていなければなりません。僕はここにも浮世絵師の巧緻《こうち》な注意と有り余る才能とを認めない訳には行きませんでした。なぜかというのに、手がその足を引張り上げるのに、踝《くるぶし》を握るとか甲を摑むとかすれば比較的簡単であるものを、わざとそうは画かないで、足の薬趾と中趾との股の間に手を挿し入れ、わずかに小趾と薬趾と二本の趾を摘まんだだけで、辛くもその脚全体を持ち上げさせているのです。脚は今にも可愛い小さい手の中から二本の趾を擦り抜けさせようとして、圧し着けられたぜんまいの如く伸びんとする力を撓《たわ》めさせつつ、宙に浮いた膝頭をぶるぶると顫《ふる》わせています。こう申し上げたら、僕の説明しようと努めている図面がどういうものであるか、大概先生にもお分かりになったでしょう。美しい姿をした女が、枝垂柳《しだれやなぎ》のようにぐったりと手足を弛《たる》ませて、ぼんやりとたたずんでいる所や寝崩れている所も情趣はありましょうけれど、この絵の如く全身をくねくねと彎曲《わんきょく》させて、鞭のような弾力性を見せている所を、その特有の美しさを傷ける事なしに描き出すのは遥かにむずかしいに違いありません。そこには「柔軟」と共に「強直《ごうちょく》」があり、「緊張」の内に「繊細」があり、「運動」の裏に「優弱」があるのです。たとえば声を振り搾って喉も張り裂けんばかりに囀《さえず》り続けている鶯《うぐいす》の、一生懸命な可愛らしさとでもいうべきものが現れているのです。実際、これだけの姿勢にこれだけの美を与えるためには、その女の手足の一本一本の指先に至る筋肉までも、十分な生命が籠っているように描写しなければなりません。この女のこの姿勢は、強いて嬌態を示さんがために工夫を凝らしたり誇張をしたりしたものでないとはいえますまいが、しかし決して不自然な無理な姿勢ではありませんでした。ただこの姿勢でこれだけの嬌態を示すには、それだけしなやかな、それだけなまめかしい、生れながらにすっきりとした肢体を備えた女であることが必要なのです。もし姿の醜い、脚の短い、頸の太いでぶでぶした女がこんな風をしたら、それこそ眼もあてられない態《ざま》になるでしょう。きっとこの絵を画いた国貞は、かつてこういう美女がこういう姿勢をしていた所を、目撃したに違いありません。そうしてその姿勢のなまめかしさに心を惹かされて、それを何かの際に応用すべく用意していたに違いありません。さもなかったら、単に空想の力によってこんなむずかしい姿勢をこうまで完全に描き得るはずはないだろうと思います。

僕が隠居の註文通りに、お富美さんにこのような姿勢をさせて、それを油絵に写し出すことなどは、到底出来ない相談に極まっていました。よしんば僕の拙劣な技術を以って試みたところで、それがどうして国貞の版画のような美しい効果を挙げることが出来ましょう。なんぼ西洋画の事情を知らない隠居にしても、あんまり虫の好い註文だと僕は思いました。隠居の腹の中では、色彩のない木版刷りの絵でさえこんなに生き生きとした美しさが現われているのだから、生きた人間をモデルにしてこの図を油絵に直したらどんなに美しさが増すだろうと、そんな風に考えたのでしょう。版画ならばこそこうまで巧みに画けたのであって、油絵でこれと同じような効果を出すには、余程の才能と天分と熟練とがなければならないという理由を、僕は懇々と説明して飽くまでも辞退したのでした。が、いくらそういっても隠居は容易に聴き入れません。座敷のまん中へ夏の涼み台に使うような竹の縁台を持ち出して、それへお富美さんを腰かけさせて、彼女が足を拭いているところを是非とも画いてくれろというのです。うまいまずいなどはどうせ自分には分らないのだし、多少でもモデルの姿に似てるようにに出来さえすれば満足するから、ともかくもやってみてくれろ、失礼ながらお礼のお金はいくらでも差し上げる。こういって何度も何度も頭を下げて、実に執拗《しつくど》く頼むのです。

「ま、でもあろうがそういわないでおくんなさい。どうか一つ頼みます。どうか一つ、……」

こういって隠居は、例の「蝦蟇口」の異名を取った大きな口元に気味の悪いにたにた笑いを浮べながら、冗談とも真面目とも附かないような煮え切らない口調で、いつまでも一つ事を繰り返すのです。平生は至極さっぱりとした、物の分った通人ぶりを発揮している隠居に、こういう強情《ごうじょ》ッ張《ぱ》りの一面が潜んでいることを、僕はその時始めて知りました。隠居にこういうねちねちした、変に人の足元へ絡み着いて来るような執念深い性質があろうとは、全く意外な発見でした。それにまた、その時の隠居の顔つきが実に不思議でした。物のいいぶりや、態度などは別に不断と変りはない癖に、いつの間にやら眼の表情がすっかり違っているのです。僕に話をしかけながらも、何かじいッとほかの物を視詰めているような、瞳が眼窩《がんか》の底に吸い着いてしまったような、一種異様に血走った眼つきなのです。それはたしかに、頭の中が急に乱調子になって気違いじみた神経がそこから覗いている事を暗示していました。この眼つきの中には、何かしら尋常でないものが隠れているに違いない。隠居が親類の人たちから忌み嫌われる所以《ゆえん》のものが、あるいはこの眼つきの蔭に醸されているのかもしれない。咄嗟に僕はそう直覚しました。同時に体中がぞっとするようなショックに打たれました。

殊に僕のこの直覚を助けたものは、その時のお富美さんの態度でした。お富美さんは、隠居の眼の色が変わったのに気が付くと、「またか」というような困った顔をして、眉をひそめながら「ちょッ」と舌を鳴らしました。そうしてだだッ児を叱りつけるような調子で、

「何ですねえあなた、宇之さんの方で駄目だというものを、そんな無理をいったって仕様がないじゃありませんか。ほんとうにあなたみたいな分らずやはありゃしない！第一座敷のまん中で縁台へ腰かけたりなんかして、そんな面倒臭い真似をするのは私《あたし》が御免蒙《ごめんこうむ》るわ。」

こういって隠居を睨みつけました。すると隠居は、今度はお富美さんに向って三拝九拝せんばかりに哀願して、煽《おだ》てるやら賺《す》かすやらいろいろ御機嫌を取りながら、何卒《どうぞ》縁台へ腰をかけて足を拭い

ていてくれろと頼むのです。（勿論そういって頼んでいる間でも、顔はにこにこと笑っていましたが、眼だけはますます物凄く血走っていました。）僕は自分の事は棚に上げて、お富美さんに同情を寄せずにはいられませんでした。なぜかというのに、国貞の絵はある女の一瞬時に於ける動作を捕えて描いたものですから、そんなポオズをすることはモデルに立つ人の方でもかなり困難な訳で、恐らくその姿勢を三分とは続けていられまいと思ったからです。にもかかわらず、わがままなお富美さんが案外たやすく隠居の願いを聴き入れて、いやいやながら縁台に腰を据えたのは、――それにはきっと何かしら深い理由がある事だろうと、僕は私《ひそ》かに推量しました。もしお富美さんがどこまでも嫌だといって承知しなかったら、隠居の気違いじみた眼の色はいよいよ募って来て、遂にはその気違いが眼ばかりでなく、何等かの言動となって発作を起しはしなかったろうか？――それを恐れたためにお富美さんは我《が》を折ったのではなかろうか？　僕には何となくそういう風に考えられました。

「ほんとうに宇之さんにはお気の毒ですけれど、この人は気違いなんだから手が附けられないいんですよ。まあ画けても画けないでも構いませんから、当人の気の済むように真似事だけでもしてやって下さいな。」

お富美さんは縁台に腰を卸《おろ》しながらこんな捨《す》て台辞《ぜりふ》をいったので、尚更《なおさら》僕の推測はあたっているように感ぜられました。

「そうですか、じゃともかくもやってみましょう。」

といって、僕もよんどころなく画架《がか》に向いました。無論真面目でそんな決心をしたのではなく、お富美さんの旨を啣《ふく》んで隠居に逆わないようにと思っただけなのです。

やがてお富美さんは、隠居の示す草双紙の絵の中の女を真似て、左の腕を縁台につき、くの字なりに折り曲げた右の脚の趾先を右手で摘みあげて、原画と少しも違わぬような姿勢を取ってみせました。と、そう簡単にいっただけでは、到底その時の僕の驚きをいい現わす事は出来ません。お富美さんは縁台に腰をかけてその姿勢を取るや否や、直ちに国貞の描いた女に化けてしまった、とでもいう方があるいはいくらか真相に近いだろうと思います。僕はさっき、この姿勢でこれだけの嬌態を示すには、生れながらにすっきりとした、なまめかしい肢体を備えた女であることが必要だといいましたが、その言葉は今や期せずしてお富美さんの手足のしなやかさを形容する、最も適切な文句となって来るのです。お富美さんのようないなせな体つきの人でなかったら、どうしてこうまで易々と、こうまで完全に画面の女になり切る事が出来るでしょう。彼女は芸者をしていた時分に、踊りが得意だったそうですが、なる程そうに違いありません。さもなければ、普通のモデル女などに真似の出来ないむずかしい姿勢を取りながら、こんなに優しくしとやかにしかも楽々と体をこなす事は出来ないはずです。僕はしばらくうっとりと酔ったような心持ちで、絵の中の女とお富美さんとを幾度も幾度も見較べました。――どっちが絵でどっちが人間だか分らなくなるほど見較べました。そうです、眺めれば眺めるほどどっちが絵だか人間だか、たしかにそれは分らなくなってしまうのです。お富美さんの体、——絵の中の女の体、お富美さんの左の腕、——絵の中の女の左の腕、お富美さんの左足の親趾の突端、——絵の中の女の左足の親趾の突端、——そういう風に一つ一つ検《しら》べて行くと、どっちにも同じ部分に同じような力が籠り、同じような緊張さがあるのでした。くどいようですがお富美さんの体つきがいかになまめかしいかという事を、ここでもう一遍いわせて貰います。普通のモデル女でもこの絵の女の姿勢を真似ることは、必ずしも不可能ではないでしょうけれど、その姿勢を真似た上に、細かい筋肉の曲線の一つ一つが持っている美と力とを同じように表現することは、お富美さんでなければとても真似る訳には行きません。僕はむしろお富美さんが絵の女を真似ているのではなく、絵の女がお富美さんを真似ているのだといいたいくらいでした。国貞はお富美さんをモデルにしてこの絵を画いたのだといってもいいくらいでした。

それにしても数ある草双紙《くさぞうし》の挿絵の内から、隠居が特にこの図を選んで、お富美さんにあてはめたのはどういう訳かしらん？　どうしてこの姿勢がそれほど隠居の気に入ったのだろうか？　隠居の熱望の度が激しかっただけに、僕はふとそんな事を考えさせられました。勿論こういうポオズをすれば、お富美さんの体の妖艶な趣が、平凡な姿勢よりも一層よく発揮されるには違いありませんが、ただそれだけの理由で、隠居があんな気違いじみた眼つきをするほど、夢中になって上《のぼ》せ返ったのだとは思われませんでした。あの隠居の「眼つき」についてある疑いを抱き始めた僕は、このポオズの中に、何か老人の心を惹くものが潜んでいるに違いなかろうと、早くもそんな想像を廻《めぐ》らしました。で、そこに普通のポオズでは現われない女の肉体美の一部が出ているとすれば、それはいうまでもなくはだけかかった着物の裾からこぼれている両脚の運動、――ちょうど脛から爪先に至る部分の曲線にあるのです。僕は一体子供の時分から若い女の整った足の形を見ることに、異様な快感を覚える性質の人間でしたから、実はとうからお富美さんの素足の曲線の見事さに恍惚となっていたのでした。真直ぐな、白木《しらき》を丹念に削り上げたようにすっきりとした脛が、先へ行くほど段々と細まって、踝の所で一旦きゅっと引き締まってから、今度は緩やかな傾斜を作って柔かな足の甲となり、その傾斜の尽きる所に、五本の趾が小趾から順々に少しずつ前へ伸びて、親趾の突端を目がけつつ並んでいる形は、お富美さんの顔だちよりもずっと美しく僕には感ぜられました。こんな形の整った立派な「足」は今まででかつて見たことがありません。甲がいやに平べったかったり、趾と趾との列が開いていて、間が透いて見えたりする足は、醜い器量と同じように不愉快な感じを与えるものです。しかるにお富美さんの足の甲は十分に高く肉を盛り上げ、五本の趾は英語のmという字のようにぴったり喰着き合って、歯列《はならび》の如く整然と列んでいます。しんこを足の形に拵えて、その先を鋏《はさみ》でチョキンチョキンと切ったらばこんな趾が出来上るだろうかと思われるほど、それ等は行儀よく揃っているのです。そうして、もしその趾の一つ一つをしんこ細工《ざいく》に譬《たと》えるとしたならば、その各々の端に附いている可愛い爪は何に譬えたらいいでしょうか？　碁石を列べたようだといいたいところですが、しかし実際は碁石よりも艶があり、そうしてもっとずっと小さいのです。細工の巧い職人が真珠の貝を薄く細かに切り刻んで、その一片《ひとひら》一片を念入りに研き上げて、ピンセットか何かでしんこの先へそっと植え附けたら、あるいはこんな見事な爪が出来上るかもしれません。こういう美しいものをみせられるたびごとに、僕はつくづく、造化《ぞうか》の神が箇々の人間を造るに方《あた》って甚だ不公平であることを感じます。普通は獣や人間の爪は「生えている」のですが、お富美さんの足の爪は「生えている」のではなく、「鏤《ちりば》められている」のだといわなければなりません。そうです、お富美さんの足の趾は生れながらにして一つ一つ宝石を持っているのです。もしその趾を足の甲から切り放して数珠《じゅず》に繋いだら、きっと素晴らしい女王の首飾が出来るでしょう。

その二つの足は、ただ無造作に地面を蹈み、あるいはだらしなく畳の上へ投げ出されているだけでも、既に一つの、荘厳な建築物に対するような美観を与えます。しかるにその左の方は、横さまに倒れかかろうとする上半身の影響を受けて、ぐっと力強く下方へ伸ばされ、わずかに地面に届いている親趾の一点に脚全体の重みをかけて、趾の角でぎゅっと土を蹈みしめているのです。そのために足の甲から五本の趾のことごとくが、皮膚を一杯に張り切っていると同時に、またどことなく物に怯えてぞっとしたような表情を見せつつ竦《すく》み上っているのです。(表情という言葉を使うのは可笑しいかもしれませんが、僕は足にも顔と同じく表情があると信じています。多情な女や冷酷な人間は、足の表情を見るとよく分るような気がします。) それはちょうど、何物かに脅やかされて将《まさ》に飛ぼうとしている小鳥が、翼をひしと引き締めて、腹一杯に息を膨らました刹那の感じに似ていました。そうして、その足は甲を弓なりにぴんと衝立てているのですから、裏側の柔らかい肉の畳まった有様までが、剰《あま》す所なく看取されました。裏から見ると、ちぢこまっている五本の趾の頭が、貝の柱を並べたように粒を揃えているのでした。もう一本の足の方は、右の手で地上二三尺ばかりの空間に引き上げられているのですから、全く異った表情を示していました。「足が笑っている」といったら、あるいは普通の人には腑に落ちないかもしれません。先生にしても、ちょっと首を捻って変な顔をなさるでしょう。しかし僕は、「笑っている」というより外にその右足の表情をいい現わすべき言葉を知りません。ではその足はどんな形をしていたかというと、小趾と二本の趾を撮《つま》まれて宙に吊るし上げられているためにに、残りの三本の趾がバラバラになって股を開き、あたかも足の裏を擽《くすぐ》られる時のように、妙なしなを作って捩《よじ》れているのでした。そうです、足の裏が擽ったい時などに、甲と趾とはしばしばこういう表情を見せるのです。擽ったい時の表情だから笑っているといったって少しも差し支えはないでしょう。僕は今も、しなを作っているといいましたが、趾と甲とが互いに反対の方角へ思い切り反返って、その境目の関節深い凹《くぼ》みを拵えている形、――足全体が輪飾りの蝦《えび》の如く撓《たわ》められている形、それはたしかに見る人の眼に一種の媚びを呈するものだと、僕は思います。お富美さんのように踊りの素養があって、体中の関節が自由にしなしなと伸び縮みするのでなければ、とてもあんなになまめかしく足が反り返るものではありません。そこには阿娜《あだ》っぽい姿の女が、身を翻して舞っているような嬌態があるのです。それからもう一つ見逃す事の出来ないのは、その円くふっくらとした踵《かかと》でした。大概の女の足は、踝から踵に至る線の間に破綻がありますけれど、お富美さんのはほとんど一点の非の打ちどころもないのでした。僕は幾度か用もないのにお富美さんの後ろへ廻って、前からは十分に翫賞《かんしょう》する事の出来ないその踵の曲線を、こっそりと、しかし頭の中に焼き付けられるまでしみじみと貪り視ました。下にどういう骨があって、それにどういう風に肉が纏い附いたら、こんな優しい、円ッこい、つやつやとした踵が結ばれるのでしょう。お富美さんは生まれてから十七になるまで、この踵で畳と布団より外には堅い物を蹈んだ事がないのでしょう。僕は一人の男子として生きているよりも、こんな美しい踵となって、お富美さんの足の裏に附く事が出来れば、その方がどんなに幸福だかしれないとさえ思いました。僕の生命《いのち》とお富美さんの踵と、この世の中でどっちが貴いかといえば、僕は言下に後者の方が貴いと答えます。お富美さんの踵のためなら、僕は喜んで死んでみせます。

お富美さんの左の足と右の足、——こんなに似通った、こんなにも器量の揃った姉と妹とがまた二人あるでしょうか？　そうして二人は、お互いに思い思いの姿をして、その美を競い合っているではありませんか。——僕はその美を高調するのに余り多くの文字を費しましたが、最後に尚一と言附け加えさせて貰いたいのです。それは今いった美しい姉妹、彼女の二つの足を蔽うている肌の色です。どんなに形が整っていても、皮膚の色つやが悪かったらとてもこうまで美しいはずはありません。思うにお富美さんは、自分でも足の綺麗な事を誇りとしていて、お湯へはいる時などに、顔を大事にすると同じように足を大事にしているのでないでしょうか？　とにかくその肌の色は、年中怠らず研きをかけているに違いない潤沢と光とを含んで、象牙のように白くすべすべとしていました。いや、実をいうと、象牙にしたってこんな神秘な色を持ってはいないでしょう。象牙の中に若い女の暖い血を通わせたらば、あるいはいくらかこれに近い水々しさと神々しさとの打ち交った、不思議な色が出るかもしれません。その足は、白いといってもただ一面に白いのではなく、踵の周りや爪先の方がぽうと薔薇色に滲んで、薄紅い縁を取っているのです。それを見ると、僕は覆盆子《いちご》に牛乳をかけた夏の喰物を想い出すのでした。白い牛乳に覆盆子の汁が溶けかかった色、――あの色が、お富美さんの足の曲線に添うて流れているのでした。これは僕の邪推かもしれませんけれど、彼女は事によるとこの素晴らしい足を見せびらかしたいために、こんな窮屈なポオズをすることを、案外容易《たやす》く引き受けたのではないだろうかとも思われました。

異性の足に対する僕のこういう気持ち、――美しい女の足さえみれば、たちまち已《や》み難い憧憬の情を起して、それを神の如くに崇拝しようとする不可思議な心理作用、――この作用は、幼い時分から僕の胸の奥に潜んでいましたが、子供心にも忌まわしい病的な感情である事を悟って、なるべく人に知られないように努めていたのでした。しかるに、この気違いじみた心理作用を感ずる人間は単に僕一人ではないということ、世の中には異性の足を渇仰《かつごう》する拝物教徒、――Foot-Fetichist の名を以て呼ばるべき人々が、僕以外にも無数にあるという事実を、つい近頃になってある書物から学んだ僕は、それ以来自分の仲間がどこかに一人ぐらいはいそうなものだと、内々気を附けて捜していたのでした。

ところが早速、ここに塚越の隠居が現れて僕の仲間に加わって来たのです。無論 Foot-Fetichism という熟語を知ろうはずはなし、自分の仲間が世間に沢山いようなどとは、夢にも思ってはいなかったでしょう。恐らく僕が子供の時代に考えたように、自分だけがそんな忌まわしい性癖に祟られているのだと信じていたでしょう。殊に僕のような青年ならば知らぬこと、洒落《しゃらく》な江戸児を以て任ずる隠居の胸に、そういう近代的な病的な神経が宿っている事は、それ自身が一つの時代錯誤でした。「おれのような通人が、どうしてこんな変《へん》てこれんな病を持っているのだろう。」と、隠居は定めし眉をしかめて、人に知られたら随分極まりが悪い事だと、心配していたに違いありません。もしも僕が同じ病に呪われていず、あらかじめ疑いの眼を以て隠居の行動を観察しなかったら、隠居は多分僕に対して永久に、心の秘密を暴露せずにしまったでしょう。最初からの老人の素振りに、何となく尋常でないものが潜んでいる事に気が付いていた僕は、彼がおりおり偸《ぬす》むようにしてお富美さんの足の恰好を視ている眼つきを、いかにも怪しいと感じたので、

「失礼ですが、この方の足の形は実に見事なものですなあ。僕は毎日学校でモデル女を見馴れていますけれど、こんな立派な、こんな綺麗な足はまだ見たことはありません。」

こういって、わざと隠居の気を引いてみました。すると隠居は俄《にわ》かに顔を赧《あか》くしながら、例の気味の悪い眼球《がんきゅう》をぎょろりと光らせて、極まりの悪さを押し隠すような苦笑いを浮べました。が、僕の方から積極的に出て、足の曲線が女の肉体美の中でいかに重大な要素であるかを説き、美しい足を崇拝

するのは誰にも普通な人情であると語り出すと、隠居はだんだん安心して来て、少しずつ臀尾《しっぽ》を露《あら》わし始めました。

「ねえ御隠居さん、僕はさっき反対をしましたけれど、御隠居さんがこの方にこういう姿勢を取れと仰っしゃったのは、たしかに一理ある事ですよ。こういう姿勢を取ると、この方の足の美しさが遺憾なく現われますからね。御隠居さんも満更絵の事が分らないとはいわれません。」

「いや、有り難うがす。宇之さんがそういってくれると私は真《まこと》に嬉しい。なあにね、西洋の事ぁ知らないが、日本の女だって昔はみんな足の綺麗なのを自慢したものさ。だから御覧なさい、旧幕時代の芸者なんて者あ、足をみせたさに寒中だって決して足袋《たび》を穿かなかった。それがいなせでいいといってお客が喜んだもんなんだが、今の芸者は座敷へ出るのに足袋を穿いて来るんだから、全く昔とあべこべさね。もっともこの頃の女は足が汚いから足袋を脱げったって脱ぐ訳にゃ行きますまいよ。それで私は、このお富美の足が珍しく綺麗だから、どんな時でも決して足袋を穿かないようにッて、堅くいいつけてあるんだがね。」

　こういって隠居は、恐悦らしく頤をしゃくってやに下りました。

「その心持ちが宇之さんに分ってくれりゃあ私は何もいう事ぁごわせん。絵の出来栄えが悪くったってそんな事ぁ構やあしない。だからね、もし面倒だったら余計なところは画かなくってもいいんだから、あの足のところだけ丁寧に写しておくんなさい。」

しまいには図に乗ってこんな事をいうのでした。普通の人なら顔だけ画いてくれろというのが当たり前だのに、隠居は足だけを画いてくれろというのです。彼が僕と同じ病を持った人間であることは、もうその一言で疑う余地はありませんでした。

僕はその後、ほとんど毎日のように隠居の許へ通いました。学校にいてもお富美さんの足の形が始終眼の先にチラチラして、仕事がまるで手に附きません。そうかといって、隠居の所へ行っても頼まれた仕事に精を出す訳ではなく、絵の方は好い加減に誤魔化して、お富美さんの足を眺めては隠居と二人で讃美の言葉を交換しつつ時を過すのです。隠居の病癖をよく呑み込んでいるらしいお富美さんは、退屈なモデルの役を勤めながら、時々厭な顔をすることもありましたけれど、まあ大概は黙って二人の言葉を聞き流していました。モデルといっても描かれるためのモデルではなく、気違いじみた老人と青年との四つ眼から浴びせられる惚れ惚れとした視線――当人になってみれば随分気味の悪い視線――の的となって、崇拝されるためのモデルなのですから、お富美さんの立ち場はかなり奇妙なものであったといわなければなりません。こうなって来ると、なまじ美しい足を持って生れたのが、とんだ迷惑だったでしょう。ひと通りの女ならこんな馬鹿馬鹿しい役目は御免蒙るところでしょうが、そこは利口者のお富美さんのこと故、おとなしく老人の玩具《おもちゃ》になってしらばくれているのでした。玩具になるとはいっても、ただ素足を見せて拝ましてやりさえすれば、それで相手は気が遠くなる程喜んでいるのですから、心の持ちようによってはこんな易《やさし》い役目はないのです。

隠居と僕との交際に遠慮がなくなって行くにつれて、隠居はだんだんその病癖を露骨にさらけ出すようになりました。僕は一種の好奇心から、老人をそこへ惹き込むようにと殊更に仕向けて行ったのでした。そうするためには、無論僕の方からも、進んで自分の浅ましい性質を打ち明ける事が必要でしたが、僕はむしろ必要以上に誇張され醜くされた過去の経験を物語って、隠居の頭から出来るだけ羞恥《しゅうち》の観念を取り除くように努めました。今考えてみると、その時の僕は他人の秘密を知りたいという単純な好奇心のみからではなく、もっと胸の奥深くに潜んでいる已み難い欲求に駆られていたのかもしれません。僕は隠居と道連れになって、相率いて忌まわしい感情の底を捜ろうとかかっていたのかも分りません。僕の打ち明け話を聞くと、隠居はひどく同感してそれに似たような彼自身の経験を、包むところなく話してしまいました。子供の時から六十余歳になるまでの長い間の経験は、滑稽と醜悪と奇抜《きばつ》との点に於いて、僕のよりも遥かに豊富な材料に充ちていたのです。それを一々ここに書き記すのは大変ですから、残らず省くことにしてしまいましょう。ただその奇抜さの一例を挙げると、隠居がモデル台の代りに使った竹の縁台は、今度の事で始めて座敷のまん中へ持ち出されたのでなく、彼は前からしばしば密閉した部屋の内でその縁台にお富美さんを腰かけさせ、自分は犬の真似をして彼女の足にじゃれ着いた事があるのだそうです。お富美さんから旦那としての取り扱いを受けるよりも、そういう真似をする方が遥かに愉快を感ずるのだと、隠居はいいました。……

ちょうどその年の三月の末に、隠居はほんとうに「隠居」の手続をして、質屋の店を娘夫婦に譲り渡し、七里が浜の別荘の方へ引き移ったのでした。表向きの理由は、糖尿病と肺結核とがだんだん重くなって来るので、転地をしなければいけないという医者の勧告によったのですが、実は世間の人目を避けて、お富美さんと誰憚からずふざけ散らして暮らしたかったのでしょう。しかし、別荘の方へ移ると間もなく、隠居の病勢はいよいよ昂進して来たので、表向きの理由はやがて実際の理由らしくなってしまいました。病気に対してはかなり気の強い人で、糖尿病だというのに大酒を呷《あお》ったりするのですから、悪くなるのは当り前でした。それに糖尿病よりは肺病の方が日増しに心配な状態になり、夕方になると三十八九度の熱が毎日続くようになりました。以前から少しずつ痩せ始めていた体は、急にげっそり衰えて、半月ばかりの間に見違えるほどやつれてしまい、お富美さんとふざけ散らすどころの騒ぎではなくなって来たのです。別荘は海を見晴らす山の中腹に建っていて、南向きの、日あたりのいい十畳の広間が主人の部屋にあてられていましたが、明るい縁側の方を枕にして隠居は床に就いたきり、三度の食事の時よりほかには起き上る気力もないという風でした。おりおり喀血をした後などには、真青な額を天井の方に向けて、じっと死んだように眼を瞑ったまま、既に覚悟を極めているらしい様子が見えました。鎌倉の○○病院のSという医学士が一日置きに診察に来てくれて、「どうも容態が面白くない。これで熱が下らなければ存外早いかもしれないし、それでなくても一年とは持たないだろう」と、お富美さんにそっと注意を与えるような始末でした。病勢が募るにつれて老人は次第に気むずかしくなり、食事の際などに料理に味の附け方が悪いといっては、小間使いのお定を捉《つか》まえてしばしば叱言《こごと》をいいました。

「こんな甘ったるいものが喰えると思うかい？　手前はおれを病人だと思って馬鹿にしていやぁがる……」

こういって、皺嗄《しわが》れた苦しそうな声で口汚く罵っては、塩が利き過ぎたの味醂《みりん》がはいり過ぎたのと、持ち前の「通」を振り廻していろいろの難題をいいかけるのです。が、もともと体の工合で舌の感覚が変ってしまったのですから、いくら旨い物を喰べさせたって病人の気に入るはずはありません。そうなると隠居はいよいよ癇を昂らせて、三度三度お定を叱り飛ばします。

「またそんな分らないことをいってるんだね……喰物がまずいのはお定のせいじゃありゃしない。自分の口が変ってるんじゃないか。病人の癖に勝手なことばかりいっているよ。――お定や、構わないから打ッちゃっておおき。そんなにまずいなら喰べないがいい。」

あまり隠居が焦立って来ると、お富美さんはいつもこういって怒鳴りつけました。彼女に怒鳴り付けられると、ちょうど蛞蝓《なめくじ》が塩を打《ぶ》っかけられた如く、老人はすうッと消えてしまいそうに眼を塞いで大人しくなります。そんな時のお富美さんは、まるで猛獣使いが猛り出した虎やライオンを扱うような工合なので、傍で見ている者はハラハラせずにはいられませんでした。

わがままで手の附けられない老人に対して、いつの間にやらこれほどの権威を振うようになっていたお富美さんは、その頃時々病人を置き去りにしたまま別荘を明けて、どこへ姿を消すのだか半日も一日も帰って来ないことがありました。

「ちょいとあたし、買物がてら東京まで行って来るわ。」

こんな事を、独言《ひとりごと》のようにいって、隠居がいいとも悪いともいわないのに、構わずせッせと支度をして、買い物に行くにしてはお化粧や身なりに恐ろしく念を入れて、ぷいと出て行ってしまうのです。お富美さんのこの乱行（？　そうです、それは乱行に違いなかったのです。隠居が死ぬと程なく彼女は少からぬ遺産を手に入れて、旧俳優のTと結婚しましたが、恐らくあの時分から人目を忍んでその男に会っていたのでしょう。）は、随分傍若無人《ぼうじゃくぶじん》なものでしたけれど、本家や親類の人たちはもうその前から隠居の痴情に愛憎《あいそ》を尽かしていたのですから、だれも何ともいう者はなかったのです。今日明日をも計られぬ病の床に臥しているこの老人が、今となって薄情な妾から虐待される運命に陥ったのも、自業自得《じごうじとく》だから仕方がないと、そういう風に親類の人たちは考えていたのでしょう。それにまた、お富美さんの身になれば、今の若さにあれだけの器量を持ちながら、骸骨に等しい老人の側にばかりいて、毎日毎日単調な海の色を眺めつつ日を暮らすのは、全く気がくさくさしたに違いありません。始めから愛情などというものは微塵《みじん》もなかったのですし、搾り取るだけのものは搾り取ってしまったし、隠居が親類から見放されて、身動きのならない大病に罹ったのを幸いに、もういい時分だと見切りを附けて、老人の死ぬのを待ち切れずにそろそろ本性を露わして来たのでした。

そんな訳で、お富美さんは五月に一遍ぐらい必ず消えてなくなりましたが、そういう日に限って病人は特に機嫌が悪かったのです。お富美さんに何かいわれるとひとたまりもなく縮み上って、猫のように大人しくなる癖に、彼女の姿が見えなくなるや否や、ムラムラと癇癪《かんしゃく》を起して女中にあたり散らします。が、あたり散らしている最中にでも、お富美さんの帰って来る下駄の音が聞えたりすると、隠居は急に叱言を止めて知らん顔で寝たふりをしてしまいます。その態度の変り方があまり不思議なので、女中のお定も吹き出さずにはいられなかったそうです。

別荘は隠居とお富美さんのほかに、この小間使いのお定と、飯焚《めしたき》のおさんどんと、風呂番の男と、都合五人暮らしでした。お富美さんは今もいうようにろくろく病人の世話をしませんでしたから、看護の役を勤めた者はおもにお定一人だったのです。医者は看護婦を置くように勧めましたけれど、隠居は決して承知しませんでした。なぜかというと、――隠居は未だに、じっと床の上に倒れたきり起き上れない体でありながら、未だに例の秘密な癖を止めなかったので、看護婦がいれば楽しみの邪魔になると思ったのでしょう。この事実を知っている者は、当の相手、――美しい足の所有者たるお富美さんと、かくいう僕と、それからお定と、三人だけでした。僕は隠居が鎌倉へ引き移って以来、お富美さんが恋しいというよりはむしろお富美さんの足が恋しさに、始終別荘の方へ遊びに来ていました。お富美さんもそう毎日は出歩く訳にも行きませんし、話相手がないと退屈で困るものですから、僕が訪ねて行けばいつも大概歓迎してくれました。僕は学校の方を休んで、二日三日も泊り続ける事がしばしばあったのです。しかしお富美さん以上に、僕の来訪を歓迎したのは隠居でした。それは全く無理もないので、僕がいなかったら隠居はあるいは、その秘密な欲望を十分に満足させることは出来なかったかもしれません。病床にある彼にとっては、僕の存在はお富美さんと同じ程度に必要であったとも、いわれないことはありますまい。何しろ隠居は背中に床擦れが出来るという状態で、便所へも行かれないような体になってしまったのですから、もう犬の真似をする訳には行かず、折角お富美さんの足を見ながら、自分ではどうする事も出来ませんでした。で、よんどころなく、例の竹の縁台を自分の枕元へ持ち出させて、それへお富美さんを腰かけさせて、僕に犬の真似をさせながら、その光景をじっと眺めているのでした。この場合、それを眺めている隠居は、衰弱した体力では受け切れないほどの強い刺戟《しげき》を感じ、さながら胸を抉《えぐ》られるような快感に浸っただろうと思いますが、同時に犬の真似をさせられている僕自身も、隠居と同じ刺戟を受け、同じ快感の刹那を味わい得たのです。だから僕は喜んで隠居の依頼に応じました。どうかすると頼まれもしないのに自ら進んでいろの真似を演じてみせました。それ等の光景の一つ一つは、今この話を書きながら想い出しても、何だかこう、ありありと浮んで来るような気がします。……あの、お富美さんの足が僕の顔の上を踏んでくれた時の心持ち、——あの時僕は踏まれている自分の方がそれに見惚れている隠居よりもたしかに幸福だと思いました。——要するに僕は隠居の身代となって、お富美さんの足を崇拝し、神聖視する仕業を彼の面前で沢山やって見せたのです。もっともお富美さんの方からいえば、二人の男が自分の足を玩具にした訳で、酔興な奴もあるものだと考えたかもしれません。

隠居の狂暴な性癖は、僕という適当な相棒を見出したために、肺結核の病勢と相俟って日に増し募って行きました。あの憐れな老人をそこまで引き擦り込んだについては、僕の方にも罪がないとはいわれません。が、隠居はやがて、僕の仕業を見物するだけでは満足が出来なくなり、自分も何とかしてお富美さんの足に触りたいと願うようになったのです。

「お富美や、後生だからお前の足で、私の額の上をしばらくの間踏んでいておくれ。そうしてくれれば私はもうこのまま死んでも恨みはない。……」

痰《たん》の絡まった喉を鳴らしながら、隠居は絶え絶えになった息を喘《あお》がせて、微かな声でこんな事をいう折がありました。するとお富美さんは美しい眉根をひそめて、芋虫《いもむし》でも踏んづけた時のように苦り切った顔つきをして、病人の青褪《あおざ》めた額の上へ、その柔かな足の裏を黙って載せてやるのです。色つやのいい、水々と膩《あぶら》脹《ぎ》った足の下に、骨ばった頬を尖らせて静かに瞑目《めいもく》している病人の顔、――土気《つちけ》色《いろ》をして、何等の表情もない病人の顔は、朝日の光に溶けて行く氷のように、無上の恩寵を感謝しながらすやすやと眠るが如く死んで行くのではあるまいかと思われました。時とすると、そういう風にしたまま、痩せ衰えた両手をそろそろと頭の上に持って行って、お富美さんの足の甲を触ってみることなどもありました。

医者の予言した通り、今年の二月になって隠居は遂に危篤の状態に陥りました。しかし意識は割り合いにハッキリしていて、時々思い出したように妾の足のことをいい続けるのでした。食慾などはまるで無くなっていましたけれど、それでもお富美さんが、例えば牛乳だとかソップだとかいうようなものを、綿の切れか何かへ湿して、脚の趾の胁に挟んで、そのまま口の端へ持って行ってやると、病人はそれを貪るが如くいつまでもいつまでも舐《ねぶ》っていました。このやり方は、最初隠居が考え附いたので、病が重くなってからはずっとそういう習慣になっていました。そうして喰べさせなければ、誰が何を持って行っても一切受け附けませんでした。たとえお富美さんでも手を使わないで足でやらなければ駄目だったのです。

臨終の日には、お富美さんも僕も朝から枕元に附きっ切りでした。午後の三時頃に医者が来て、カンフル注射をして帰った後で、隠居は、

「ああ、もういけない。……もうすぐ私は息を引き取る。……お富美、お富美、私が死ぬまで足を載っけていておくれ。私はお前の足に踏まれながら死ぬ。……」

と、聞き取れないほど低い調子ではありましたけれど、しッかりした語呂《ごろ》でいいました。お富美さんは例の如く黙って、不愛憎《ぶあいそ》な面持ちで病人の顔の上へ足を載せました。それから夕方の五時半に隠居が亡くなるまで、ちょうど二時間半の間、蹈みつづけに蹈んでいたのですから、立っていては足疲《くたび》れてしまうので、枕元へ縁台を据えて腰をかけたまま、右の足と左の足とを代る代る載せていたので

した。隠居はその間にたった一遍、

「有り難う……」

と、微かにいって頷きました。お富美さんはしかし矢っ張り黙っていました。

「まあ仕方がない。もうこれでおしまいなんだから辛抱していてやれ。」というような薄笑いが、僕の気のせいかもしれませんが彼女の口元に見え透いているように思われました。

死ぬ三十分ほど前に、日本橋の本家から駆け付けた娘の初子は、当然この不思議な、浅ましいとも滑稽とも物凄いともいいようのない光景を、目撃しなければなりませんでした。彼女は父親の最後を悲しむよりは、むしろ竦毛《おそげ》を顫ったらしく、面を伏せて座に堪えぬが如く固くなっていました。しかしお富美さんの方は一向平気で、頼まれたからしているのだといわんばかりに、老人の眉間《みけん》の上に足を載っけていたのです。初子の身になったらどんなに辛かったかしれませんが、お富美さんはお富美さんで、本家の人々に対する反感から、彼等にする積りでわざとそんな意地っ張りをしたのかも分りません。が、その意地っ張りは、期せずして病人にこの上もない慈悲を与える事になったのです。お富美さんがそうしてくれたお蔭で、老人は無限の歓喜のうちに息を引き取ることが出来たのでした。お死んで行く隠居には、顔の上にある美しいお富美さんの足が、自分の霊魂を迎えるために空から天《あま》降《くだ》った紫の雲とも見えたでしょう。

先生

塚越老人の話はこれで終わりを告げたのでございます。僕はただ簡単に筋をお知らせする積りでしたのに、つい引張られてこんな冗漫な書き方をしてしまいました。僕の下手な長談義のために、多少でも先生の貴重な時間をお割《さ》かせ申したのは、非常にお気の毒に存じます。しかし、上に述べた老人の物語は、果して一顧の価値もないものでしょうか？　たとえば人間の性情の根強さというような事、そういう事の暗示が、この物語の中に潜んではいないでしょうか？　僕の文章は極めて拙劣ですけれど、先生の筆を以てこれに粉飾を加え、訂正を施して下すったなら、以上の話だけで立派な小説が出来上るだろうと、僕は固く信じているのでございます。

終りに臨んで、僕は心から、先生の筆硯《ひっけん》益々御多祥ならんことを祈ります。

大正八年五月某日　　　　野田宇之吉

谷崎先生

御座右

彼等［THEY］

稲垣足穂《いながきたるほ》

「舌を出していたかい？」「眼だよ！」「――だからきれいが掛けてあったんだね」――春の目ざめ第三幕第二場

一

私はずっと以前、小さな六角柱型の香水壜《こうすいびん》をもっていた。壜口には朽葉色のリボンが結ばれ、浮出しの鷺《さぎ》がついた金色レッテルがついていたが、内容の液体はとっくの昔に蒸発していた。しかしこの小さな硝子容器の共口を取って、鼻先に当ててみると、後年、あのユーカリ樹に囲まれた寄宿舎の青い明方の窓辺に覚えたような、――躯《からだ》のふしぶしが次第に融けて隠密なある物の差迫りが感じられるような、――ビュカナン先生のいわゆる The joy of grief かも知れぬ、そんな戦《おのの》きがして、一群の白い顔々が私の前に現われて、「春の目覚め」のモーリッツが夢に見た首無し女王のように、頻《しき》りにこちらに向って目配せするのだった。

ある日、隣りの家へはいって行くと、其処《そこ》に坐っていた、いやに頭髪をチックで光らせた人物が、ひどく周章《あわ》てた風をして、これを捨てて下さいと云って、いまの六角壜を差出したのである。何の理由かは判らず終《じま》いだが、液体はまだ半分残っていたし、細い絹リボンがついていたから、私はそれを蔵《しま》って置く気になった。それのみか、夕方お湯から上った時に、自分の襟元へほんの少うし振り撒いてみた。

こんな薄紫色の刻限になると、きまったように、山ノ手からわれわれの街に遊びにやってくる同年輩の少年があった。彼は私の近所に住んでいる少女の一人と肩を並べて、西洋人がよくやっているように、行ったり来たりしていたが、彼に近づくと、どういうわけか薄荷《はっか》の強い香りがするのだった。自分の香水はあの薄荷より余計に相手に買われるだろうか、と私は考えたのであるが、実地効果を験《ため》してみるよりも早く、先方の少女が叫んだ。「あらッ、あんた香水をつけてんのね」「違う！」と云ったまま私は、自分の家の方へ逃げて帰った。折柄籐椅子に倚《よ》って、印刷インキの香がする夕刊をひろげていた父が、ピクピクと小鼻を動かしたかと思ったら、眼鏡越しにじろッと私を見て、「何だ、お前は何をつけているのだ」「違う！」と云い棄てて私は再び飛び出した。

このかおりが明朝学校へ行った時にも残っていたらどうしよう、と私は思った。けれども既にふりかけてしまった分はどうにも致し方なく、その傍ら、愛らしい共口の硝子壜はやはり取って置こうと考えて、袋戸棚の隅っこに匿った。——以上のような来歴に気が付いて、思い出したように取り出して壜口に鼻を当てる折に、先ず私の頭に浮かぶのは、ちょうど前年の、青い帷子《かたびら》の蜻蛉《とんぼ》と赤い土耳古《トルコ》帽の蛍の季節のことだ。

　雨が降って、その一すじずつに街の灯が映っている辻の向うを、相合傘で通って行く連れを見た。その片方が級友だったので、私は次の日たずねてみた。「ゆうべいっしょに歩いていたのは誰なの」「あれか、あれ今度この学校へ移ってくるか知れないよ」と友は答えたが、彼は、私も曾《かつ》て住んでいたことのある東方の大都会から一年ほど前に転校してきたのだった。私はこちらへ越した当初、色が白いと云って評判になり、受持先生は「何処《どこ》か悪いのか」とたずねてくれたりしたものだが、あとからきた友の方はそんなでも無かった。今度の転校生はどうであろうか？

　こんないきさつを大方忘れた頃になって、ある朝、藤色の着物を着た女の人が校庭に佇《たたず》んでいるのを見た。一時間目の授業が終った時、真白いケンブジッジ帽をかむった色の白い少年が、朝がたの女の人の前に立っていた。そんなハイカラーな型の学生帽を持っている者はいなかった。もっとも私を合わした数名だけは、夙《はや》くからその同じケンブリッジ型学帽をかむり、黒繻子《くろじゅす》の書生袋に学校用品を入れていたけれども、帽子は普通の黒羅紗《くろらしゃ》製で、今度見たような真白なそれではなかった。見知らぬ二人は小声で語っていたが、片方が、何時《いつ》か耳にした転校生であることには間違いない。其後、たとえば授業中に何かの用事があって廊下へ出た折など、私は一つ置いて隣の、自分よりは一つ上級の教室を窺《うかが》ったことを憶えている。新規に移ってきた少年は一体どこにいるのか、休みの時間にはいっこうに姿が見えなかったからである。ある時向うから廊下を戻ってきた私は、ちょうど其処へ溢れ出た四年級の渦に巻き込まれ、わけても白いケンブジッジ帽のあるじとぶッつかり相になったが、途端相手の唇に黒い鉛筆の芯《しん》をねぶった痕があるのを、はっきりと眼にとめた。そろそろ季節は暑くなって学課はお午《ひる》までだった。この日も私は海水浴場へ出かけた。そんな自分をぼんやりさせて、行き過ぎた欧州航路船の煙が残っている水平線をいつまでもうつろな眼差で眺めやらせたのは、お午まえ学校の廊下であの白い夏帽の子と擦れ違いさまに、強く自分の鼻を打った香水なのである。しかもそれは、後日、思いがけなく手にしたあの鷺香水のかおりであった。

初秋になった。学校の庭に黄色のカンナは咲き残っていたが、香水をつけている少年の姿は何処にも見えなかった。日曜の午後、友達と歩いていると、向うの白楊の木に囲まれた一軒屋の丸窓から、此方へ向って声がかかった。呼声の主はあの春雨の宵を相合傘で通っていた級友だと判ったが、彼と並んだもう一つの白い顔が、あとを受けて何事かを呼ばわった。そしてこの緑蔭の家は級友の住いではなかったから、あの新入生の家だときめてよかった。それで、これなら、こんな具合であったなら、白ケンブリッジ帽は何かの都合で学校を休んでいるまでのことだから、やがて姿を見せるに相違ない。こう思って私は元のように歩き出した。私は多分その時、眼前の小流れを飛び越えて、畦道《あぜみち》づたいに丸窓の下まで行ってみたいと希っていたのであろう。あんなに若くて綺麗《きれい》なお母さんがあって、しかも登校前に香水をふりかけて貰っているのでもあろう彼が、いまし方自分に向って何かを呼びかけたことに間違いはなかったからだ。けれども私の手には青いパラピン製の兵士が握られていた。これが軟らかくなってほとんど形を崩し相になっていた。それで帰る時まで、どこか涼しい場所に隠して置こうと、そんな日蔭を捜していた場合だったから、その方に私は気を取られていた。

香水臭い少年は、待っていたけれども、いっかな学校に姿を見せなかった。心の奥底で縺《もつ》れ合っている気懸りについて、私は思い切って口に出した。「何、Fかい」とそれを耳にするなり友達は急に改まった。「Fはいま病院にはいっている、なかなかたいへんなんだぞ」――十月のよく晴れた日、朝会で一等おしまいに校長さんが告げた。「今日はまことに可哀想《かわいそう》なことをお伝えせんければならぬ。それは極めて短かい期間であったから、あるいは知らない人もあるであろうが、一学期の終り頃に大阪の方からこちらへ転校してきた四年級のFという生徒が、その後赤十字病院で加養中だったところ、今回亡くなったとの報《しら》せがあった。折角これから共々に学ぼうと思っていた矢先に返す返すも残念千万な次第である。皆さんは心からして遺族の方にお悔みをせんければならぬ」

軽いどよめきが起って、私は、近くの列にいる女の子のある者がうなずいているのを目に止めた。万事休す！　であった。けれども、これでよかったというホッとした気持ちも確かにあった。級長らはこの午後、先生に伴われて小川べりの家へ出掛けた。別に用事があって遅くまで居残っていた私は、折から戻ってきた自分のクラスの級長が遊動円木に乗っているのを見つけて、今日の葬式の模様について何か聞き出そうとした。それより早く級長は云った。「何某君は棺をあけて見せて貰ったんだって。そうすると髪の毛の薄い頭があって……」とそこで言葉を切って、彼は、私に向き直りながら目玉を剥《む》いてペロッと舌を出した。

級長の表情が頭の中に残っていた。例の夕刻の集りの時、私は幾度もためらった末に、Fのことを持ち出してみた。「うち、知っているよ」一人の少女がこう云ったので、私の口から用意されていた件が出ようとしたが、途端、やはりこれは心の底に取って置こうと思い直した。級長が多分想像で真似てみた目を剥いた死顔には、その唇《くちびる》に、あの鉛筆の痕が黒くついているように思われたのだが、これについての表現は口では難かしいという気がしたからだ。私はしかし一人でいる折には、幾度となく自らそんな死顔の真似をして、まだ見当のつかない何事かを其処に解釈しようと焦《あせ》った。――ずっと後日、ウェーデキントの少年悲劇を読んだ時に、――「舌は出ていたかい」「眼が飛び出していたさ」「首が無くなっていたとも云うよ」ピストル自殺した級友を評議する仲間の会話の中に、二十年昔の香水少年の死顔が喚《よ》び起された。目玉が飛び出し、そして下唇に鉛筆の芯をなめた痕があるモーリッツの面貌が、私の夢に現われた。「お月様は雲に隠れたと思ったら、再び髪の毛の一本もこれ以上はっきりと数えられぬくらい澄み渡った」と呟《つぶや》いて、首無し幽霊が小脇にしている白粉塗《おしろいぬり》のように真白な首が、笑った……

次の春だったか、私は例の白楊の木立の前に差しかかると、客人だと窺われる水兵服の男の子とその妹らしい和服姿の女の子とが門わきに佇んでいた。小流れの架橋から門まで続いている径《みち》の両側にいまを盛りと紫雲英《れんげ》が咲いて、それをいっそう鮮やかな紅に夕陽が染めていた。

二

松浦《まつうら》さんと香水とはどこで繋りを持っているのか？　それはむしろ彼女のお母さんの方だが、でも彼女の上についても云えないことはない。松浦さんの上には、あの、緑も深き白楊の蔭は旅路の宿りにて……という不如帰《ほととぎす》の歌を想わせる可哀想な何物かがあったからだ。この聞覚えの歌詞を私はいつか大声にうたっていて、「そんなもの、子供がうたうものでない！」と云って、母に叱られたことがある。松浦さんは、草色のマントーをかぶり、踵《かかと》の高い靴をはいて、師範学校附属小学校へ通っている年上の少女であった。ユーカリの実の匂いがする五人組が、勿論松浦さんをまじえ、横隊を組んで、あたりを払って、学校から帰ってくるのを見たら、誰だって道を避けねばならぬ程であった。私にはしかし特別の事情があった。それは彼女がいつも謡会に顔を出していたからだ。いま云った香水でプンプンしているお母さんに用事が出来て、しかもその姿が見付からぬ折には、その由を私が松浦さんに知らせるのであった。私は楽屋付きなのである。松浦さんは私のように仕舞をやるわけでない。また二時過ぎに配られるお菓子を狙っているふうでもなかったが、白い丸石だの、苔の生えた灯籠だの、大きな松の木だのがある場所に彼女は似合うように受取れた。独吟がお得意らしいお母さんは、その前で笑ったり澄し込んだりするための紳士連を持っていたせいであろうか、私などに対して別に愛相がいいわけではなかった。松浦さんに対してもその通りだった。だから、松浦さんは本当の子供でないと云っている人があったが、実際彼女とお母さんが並んでいるのを見ると、まるで腹違いの姉妹のようであった。

松浦さんの姓と名前を、道を歩いている折などに思い出すと、私はさっそく口の中で唱えてみる。向うからやってくる車なり人なりがあの郵便ポストの前まで来ないうちに、早口のつぶやきが十回か二十回か繰返されなければ、万事休す！　ということになっていた。この強迫観念がある時、教科書の裏にその同じ姓名を、短時間中に墨でもって麗々しく私に書きつけさせた。この本が彼女の所有品だとしたら、この四字は彼女自身にどんなふうに映じるだろうかを瞑想してみるためだったようであるが、こんな実験のさいちゅうに私は坐を離れた。すると先刻の場所から父の声が懸った。「これはお前、××××としてある。松浦さんの本と取り違えたのか」「いや、――うん」と私は苦しい返事をして胡魔《ごま》かしたが、父はどうやら、――松浦さんが私より年上で、かつ余所の学校の生徒だということは知っている筈であるが、その時は一向その点には気付かないようであった。

日曜の午後、私は海岸の別荘の門ぎわで少時彼女と話を交したことがある。私はまともに顔が上げておられなかった。ただこうして接近してみると、生毛が一面に生えていることが判るその玉子形の、いや、いま少し細長いから、よく人々が云っている瓜《うり》ざねであろう、そんな顔を意識しながら、足元に敷詰められた丸い小石を見つめていた。石々は対岸の五色ケ浜《ごしがはま》から運ばれた筈だった。そう云えばこの別荘の当主が聞かせてくれた。この館にアドミラル・トーゴーが泊った時、提督の双眼鏡を覗かせて貰ったところ、驚いたことに、ここからは濃緑色のヴェルヴェットの山肌とその襞しか見えない島山の、そこにある道路を通っている牛と人とが認められた。――そういうことを、私は松浦さんに話して、傍ら、われわれがいまこうしているのは何か小説の一場面のようだな、と思ったりしていた。

時折街で出食わす赤沢《あかざわ》さんという少女が、やはり一つの物語を、従って鷺香水をも私に連想させていた。

彼女は、松浦さんとは反対に、私より二つばかし年下であったが、学校へは上らずに家庭教師に随《つ》いて勉学しているのだとのことであった。そんなにからだが弱く、私は時たま見かけるように、日傘を差しかけた女中に附添われ、そして自身は黒眼鏡をかけて、静かに歩いている以外、どこにも姿を見ることがなかったからである。

三

この弱々しげな女の子の存在に気がついたのは、紺と褐のつばくろが渡ってくる頃で、よく雨が降った。多分郊外の青田や木立が煙っているであろう日曜日の所在なさに、白と紫の絞りになった花弁を雨粒に打たせて頻りにお辞儀を繰返している前栽のあやめを見る時、色白の赤沢さんも、やはりこんな雨のすじやそれに打たれている花を、黒眼鏡はかけないで、座敷の中から眺めているのであろうか、——熱がある折には水枕の護謨《ゴム》の匂いや朝刊の印刷インキの香が頭に泌みるものだが、彼女も、何かの拍子に自分の傍へ持ってこられた新聞紙の香に悩むのであろうか……それは、けさ方余りに鮮やかに眼に映じた色鉛筆の軸の色の方であったろうか、などと思ってみる。かたつむりがどこかに匍《は》い上っている日の幻想は、舞子浜《まいこはま》の鼻を行く赤い腹の汽船であり、群れ散る白鳥であったりしたが、其処にはまた、年に一度の棚機《たなばた》の短冊に何かの願いを懸けるより他はないような赤沢さんが、含まれていた。こんな有本芳水《ありもとほうすい》情緒がいつしか三津木春影《みつきしゅんえい》の冒険譚に入れ変っていた。私は、自分が勇敢な頼もしい少年であり、悪い伯父さんか誰かのために座敷牢に入れられているみなし子の乙女を救い出そうとしているのだが、という風に思い込もうとつとめていた。

港口正面の掘割の岸にある彼女の家は、荷揚場の往来から、それに平行した町中の本町通りまで続いているくらい広大で、従って上部に釘の並んだ黒板塀に添うてぐるりを一巡してみても、いったいどの辺に彼女の居間があるのか、見当などは付けられないのだった。「かはたれ時」という言葉を少年雑誌のページで知ったのは、この頃の話である。黄色い薄暮の高い窓辺から往来を眺めている少女の物語の中に、私は「かはたれ時」という言葉を発見した。夕暮には行き交う人々の顔がぼやけて、「彼は誰であるのか?」と疑われるところからそう云われるのだ、と家の書生が教えてくれたが、当初、かはたれという奇異な語音の中には、河童の連想があった。それにこの刻限は、すでに知っていた「逢魔《おうま》ケ時」と一致するのであったから、私は、夕方に歩いていると覚えもつかぬ区域に自分が紛《まぎ》れ込んでしまい、どこが入口なのか判らぬようなおおきな屋敷の高い窓辺に、赤沢さんめく幽閉少女の白い顔を認めるような気がしたものである。

赤沢さんや松浦さんの上に感じたものは、女の子を対象にしている。では、雑誌の画入りページに読んで憶えている次の文句は、自分の身辺に何事を見つけさせるのであろう？ 「——お伽噺《ときばなし》黄金丸を伏せて草之助は顔を上げた。涙を宿したまつげのひまに深い藍色の山が横たわった。あの山の向うには、緑の野と、小鳥と、そして自分のような少年が住んでいるのだ、と彼は考えた」さしずめ発《ハッ》ちゃんがいる。彼がどこからきたかはっきりしない。お昼休みにはそう遠くない自宅へ食事に帰る連中のなかに、私は、いつも針金細工の柄を片手に鉄輪を転がして街を走っているケンブリッジ帽の少年を見付けたのだった。

自分よりたった一つ上級なのに、彼の上には何か兄さんめくものが覚えられた。一つに、彼の場合、「お父さんとお母さんは天国にいる」のであり、夕方になっても灯の点《つ》かぬような片ほとりの長屋の一つに、叔母さんだとかいう人と二人暮しをしていたせいであろう。この発ちゃんの場合ほどに、まんなかで結んで背中へはね上げた、紺絣《こんすがり》羽織の白い毛糸あみの長い紐と、太い朴歯《ほおば》と太い白鼻緒が付いた下駄をはいた白い脚とが調和していることはなかった。その発ちゃんの手が皹《ひび》だらけなことに気づいて、彼はきっと辛い用事をさせられているのだ、と私は思っていた。ある時、いっしょに観《み》ていた活動写真に、新橋《しんばし》芸者の手踊りが出てきたことがある。発ちゃんは手を拍いた。そんなことは他の者の上には決して見られない。それで、彼のお母さんはまだこの世にいて、しかも何処かの芸者であるまいかという気がしたくらいだ。——だとすれば、冬になると彼が頸《くび》に巻付けている白い絹は、別に香水の匂いはしていなかったが、きっとそのお母さんから送ってきたものに相違ない。発ちゃんの兄さんが東京の大学校の野球選手だということは、信じてよかった。なぜなら、発ちゃんは輪ころがしの鉄輪の他に、当時は極めて稀《まれ》らしいものに属したグローヴとバットを持っていたし、兄さんの写真を見せてくれたこともあるからである。ベースボールの選手というものには直ぐ寝そべったり、人に凭《もた》れかかったりする風習があるということを、私はこの時初めて知った。発ちゃんの兄もまた、あたかも水師営《すいしえい》会見の写真に見るロシア将兵のように、互に肩に手を廻したり、だらしなく足を投げ出したりしている群中の一人であったから。——発ちゃんはしかし、私はやっと親しくなった頃に、神戸へ去ってしまった。その次第を誰よりも先に私は家の書生に告げねばならなかった。というのは、書生は、私をそっちのけに、発ちゃんの機嫌ばかり取り結んでいたからだ。私は発ちゃんの注意を自分へ向けるために、何事か話に実の入ったらしい彼らの前に椅子を二つ重ねて、その上に曲芸のように突立ってみせた。書生が申しわけだけの拍手を送ったので、以来発ちゃんは、書生を私の兄だと受取ったふうであった。——で今度のお別れをどんなに受取るであろうかと思ったのであるが、書生は、「あの子はなかなか愛嬌があったね」と一言洩したきりであった。あいきょうとは何であろうと改めて考えた。字引をひいてみた。けれども、自分が漠然とその言葉について思っている以上の発見はなかった。

年月が経った。ディアボロ遊びも輪転しも、すでに見られなくなり、その代りにバットやグローヴはほんの小さい子供らも手にするようになった。香水壜など勿論とっくの昔に失われていた。

私が少年雑誌で見る美津濃運動具店の広告が好きになったのは、発ちゃんのお兄さんは野球選手だと耳にして以来である。そのお兄さんは菅瀬だの小山だのとは同じチームで、右翼だった。明治四二年秋のウィスコンシン大学との第一試合は三回とも慶応が勝っている。

四

ある正午、舞子の鼻のインジゴーの水平線を、神戸港へ向う赤い腹の大汽船が過ぎて、帰省して二度目の夏が来た。新暦の盂蘭盆《うらぼん》をひかえて、近所のお寺の玄関口に佇《たたず》んでいる折柄であった。向うの墓地への入口から、麦藁帽《むぎわらぼう》をあみだにかむった、しかし黒っぽい単衣物なので、顔の白さが余計に引立っているように思える、――日除けの簾越《すだれご》しに目にとめた途端胸がハッとなったような、女の子が出てきた。これは室町時代の物語の主人公が覚える感情だな、内心にそう思ったが、ハウプトマンの「希臘《ギリシア》紀行」の中に、ちょうどそんな少女めく美しい少年が僧服を纏《まと》い、父兄に附添われて静々と行き過ぎるのを目撃する箇所がある。あの著者の感動だったと云っても差支《さしつか》えない。ところで簾の横から首を出して、相手が袴《はかま》をつけた少年であることが判ったので、私は更にびっくりした。昔ならばさしずめ、「かの児《ちご》は小鳥か横笛を愛するに相違ない」とでも綴《つづ》るところだが、大正の終り頃の話であるから、先方は多分図画が好きで、それも沓《くつ》ぬぎ石の傍に落ちた桐の葉の陰影だとか、あるいは片隅に咲いた名も知らぬ小さい草の花だとかいう類を描いているように、私には受取られたのだった。もし赤沢さんが白い鳥に惹《ひ》かれて、砂浜に足跡を残して行く人であるならば、此方は、緑色の旗を立てた砂丘の上で月の出を待ちかねる子だとも云えよう。もっともその後、彼はいつだってそんな事柄は口に出さなかった。一度「若葉に隠れている家から琴の音が聞えてくるのは奥床《おくゆか》しいな」と洩《もら》したことがあるだけだ。けれども最初に脳裡に浮んだイメージは、私をして、傍に居合わせた見知り越しの掃除番に向って、あれは墓参にきた人なのかどうかと訊《たず》ねさせないでは置かなかった。ご存じないのですか？　という風に寺男の皺《しわ》だらけの面が上げられた。――このお寺の坊ちゃんですがな、ほれ、毎朝早くお宅の前を通ってステンショへはいって行かれる。そう云って、この春、中学校の入学試験がうまく行かなかったので、いまは神戸の予備校へかよっていなさるのだ、ということまで彼は附加えた。

私は毎夜一時頃に外から戻ってきて、それから本を読んだり、取り止めもないことを書いたりして、明方近くに、近所の寺から伝わってくる鐘の音を聞いて寝床にはいる習いだったが、どうかすると四辺が明け放れ、勤人や通学生が程近い停車場へ急ぎ出す頃まで起きていて、表へ出てみることがある。そんな折、白い教科書の包みを小脇にして、前屈《まえかが》みに、ちょっとイケズな女の子のような足運びで、家の前を行過ぎる十三、四歳の少年があった。私が床を離れるのはお午すぎであるが、三時になると、思い出したように停車場まで出向くことがあった。行きがけは何か思いつめたようにせっせと通って行く少年が、今度は映画のビラの前に立止ったり、子供らが群がっている物売車を覗いたりして、ふらりふらりと帰って行くために、もうじき改札口から出てくるであろうからであった。その俯向《うつむ》き加減の白い首筋に視線を注ぎながら、私は彼のあとを跟《つ》けないわけではなかった。駅前通りを海の方へ下って、右への曲りかどにある洋品店のあたりまでくると、其処から先は遊廓への通路に当って屋台店が昼間から並んでいたので、いつもここで相手の姿を見失ってしまうのだった。けれども寺男の話によって判明した。今しがた眼にとめた少年が、実は自分が注意していたのと同じ人であり、かつ彼の羚羊《かもしか》のような眼差は、噂《うわさ》に聞く「ヴェネチャの君」を十分に察せさせたからだ。ヴェネチャとは、私が知っているある奥さんのもとへ集る三人組中のひとりである。青い風呂敷の旗じるしが物干場に立てられると、向うの丘上の女学校の庭からその合図が見えて、午後には奥さんの住いで例会が催される手筈になっていた。私はしかしその三人組の中の二人はまだ知らなかった。

明方の鐘の音が依然とは異った韻を含めているように思われた。ああもう起きなければならぬのだな、と私は、それが少年の身の上への同情であるとも、鐘つく人への思いやりであるともなく、今し方潜り込んだ寝床の中で思ってみる。そして曾《かつ》て自分にもあったこんな辛い通学の朝々、今日のような都合のよい汽車がなく、従って夏期には四時に起きて、睡《ねむ》い眼にとめた電灯を、どれにも淡い円光が懸っていた家の内外の灯火のことを、昨日の話であったかのように浮べてみるのだった。そうかと思うと、数日前に何気なく境内へはいって行ったら松葉牡丹に縁取られた石甃《いしだたみ》の脇で、近頃貰ったらしい、耳の垂れた茶色の小犬をあやしていた少年の仕ぐさを、今更のように眼前に呼び起して、先方の表情を真似ているのだった。——角谷《かどたに》さんを見付けたのは、同じ用件でステーションの入口に立っていた午後のことである。

五

待合室の前をぶらぶらしていた時、私は、緑色の袴《はかま》をつけた、ひとみのパッチリした、睫毛《まつげ》の長い、まるで混血児のように色の白い少女が、何か少女雑誌を携えてお連れと話しているのをみとめた。きょうはどうあっても家を突き止めようと自分に決心させた少年の件があったとは云え、此方の人もまた私の心の蝋燭《ろうそく》への点火者でなければならなかった。

耳隠しという髪の結い方がその頃流行していたが、この少女をもう少し大きいひとに見立てたところで、そんな耳かくしは彼女にふさわしくない、と考えられた。もっとハイカラーな結い方を要求するある物が其処にあった。若い人々のあいだを風靡《ふうび》していた高畠華宵《たかばたけかしょう》の絵は、私は好まない。けれども奮発して買ってみろと云われたならば、華宵の人物画には新ヘレニズムの萌芽があることを指摘しよう。そういう意味で、彼女が現時流行の挿絵とそっくりなのを見て取って、芸術模倣の生ける例証を眼前にした私は驚かずにいられなかった。その後あの赤沢さんの家の前にある掘割の橋上で、彼女と出食わした時、折からの夕陽が大理石のような彼女の横顔を桃色に染めて、まつげの長いひとみがびっくりしたようにこちらに向って見張られたとたん、それが本当に耳隠しの彼方を宣言しているることを知った。彼女はどこかの基督《キリスト》教女学校のピンポンの選手でもあろうが、それと同時に、黒《くろ》天鵞絨《ビロード》のパンツに革ゲートルをつけて、紅色に塗られたモーターサイクルに跨《またが》る人でもあった。潤一郎のナオミズムはここにはすでに止揚され、しかも白扇を拡げて、「されど我が日の本の美しき乙女なりと知るべし」と大声に触れ廻ってみたい類いなのであった。

彼女はしかし女学校へ上がっているわけではなかった。一日置きに兵庫の電話交換局へ通っているのであり、住いはこの町の西寄りの掘割ぎわにあって、釣道具を売っているのだということが、追々私に知れてきた。同じ汽車通勤の生徒や鉄道管理局の給仕連の間で彼女が評判になっていたからであるが、私の友人がとうとうその仲間入りをしてしまった。彼は神戸から私の町の市役所に通っていたが、隔日の朝ごとに、汽車から降りた時には、休養のために帰宅する少女といっしょになって、緑色の袴の裾《すそ》をかわるがわるに蹴《け》って行くその白い脚元に目を注ぎながら、掘割近くの曲りかどまで先方に跟いて行くことができたからである。「こっちのことはもう先方に判っているよ」と彼は私に洩《もら》した。

「何か一言、声を掛けたらいっぺんやな。向うはそれを待っておる」

この友人は、春休みのポカポカしたお午頃だったが、折から新学期教科書売出しで雑沓している神戸元町《もとまち》の本屋の廂《ひさし》に、ずらりと大文字で並べられた各女学校の名を見て、一度にそれらが頭にきて、ふらふらとその場に卒倒しそうになったのを、私は知っている。

六

飲み仲間の若い歯医者が云った。

「Mに頼んでみろよ。あれの家は檀家で和尚とは心安いから、何とか話をつけてくれると思うがナ」

寺には毎年京都から避暑地があることを私は知っていた。それで勉学を名目に一部屋が借りられないものだろうか、と考えたのである。そしてコツコツと模型飛行機を作ってみようと計画した。最初はヒコウキを飛ばせて境内の松の枝にひっかからせようという案だったが、それよりもお寺の内部へ入り込んでしまった方が有利だと考え直した。Mというのは、歯医者の向う隣りのしもた屋の息子で、色襯衣《いろシャツ》の背を風にふくらませて、一日じゅう自転車を乗り廻しているような若者であった。私が一件を口に出すと直に心得て、その晩いっしょに寺までついてきてくれた。

——お宅からは、いつもええ鼓《つつみ》の音がしてますな。……さようさよう、そりゃようこそ……座敷は生憎と今のところ約定済みやけど——。庫裡《くり》の方に部屋はないことはないが、薄暗うてな、おまけに無人やさかい掃除もしてあげられへんが……それでもまあええのやったら、という所から話に枝が出た。和尚さんは、今夜は奥書院で句会があるとかでたびたび座を外しながらも、直ぐ戻ってお茶の入替をしたし、その傍には少年がきちんと膝がしらを揃えて坐り込み、私の口の動きを見守っていた。もう寝よといくら促がされても、彼は一向に動こうとしないのだった。夜更けの街に出た時、それまでは、私と並んで、まるで物置のような畏《かしこ》まっていたマア公がやっと口を切った。

「あの坐り方がええやないか。女の子みたいで——」

「何某さんは飛行機飛行機でお父さんを十二時まで引張ってしまった、と山路《やまじ》さんが云っていたワ。その心臓を黒ダイヤと云うのよ」と、幼馴染の奥さんが云った。

私はしかしそんなことよりも、この家の花ちゃんを今度借りて行こう、と考えているのだった。和尚が近くお迦噺の先生を招いて、子供会を催そうとしていることを私は知っていた。元々そんな類いが好きらしかった。山門のわきに、「境内にて遊ぶことを禁ず」との立札があったが、行を変えて

「やがて法規の出来るまで」などと註がついていた。私には部屋を借りる必要がなくなっていた。子供の会があった次の日、少年を舵の所に坐らせて、私はボートを漕いでいたからだ。向い合った紺色の水着のわきから出ている細い腕の中程に、種痘の痕にまじって、梅の花の形をした紫色の痣《きず》があった。そこどうしたの、と訊ねたら、吸うてましたらこないなってしもて、癒《なお》らへんのです、お父さんにきつう叱られてしもた、と少年は答えた。――あとが悪いぞ、と友人が云ったのは本当であった。子供会の夜、私は遅く帰ってきて、上首尾を自ら祝って、台所の一升壜から冷酒を一杯ついで飲んだが、途端、銀色の小さい蛾がコップの中へ落ちた。あれが悪い前触れだった。砂丘に立てた旗竿はそのまま残っていたけれども、友情は小舟の上をかすめた鷗《かもめ》の影のように、束の間に過ぎ去った。

思へども、君はわが少人と為し難し
君は語らず、われ語れども答へもせず
贈物を受けもせず
（希臘《ギリシア》詩《し》華《か》集《しゅう》・読人不知《よみひとしらず》）

七

「これはひとまずお返しするそうです」と九月のある午前、奥さんは私の前にスケッチ板の風景画の嵌《はま》った額縁を置きながら云った。

「――けれども、弟がこれをほしがっていることはようく判っているって。何のお話だか私には呑みこめないけれど、姉さんがそう云って、ゆうべこれを持ってきたのよ」

「そうですか。そんならこの絵はここへ置いといて下さい」

私はそう返事しながら、長らく留守にしていた東京に気がついた。

もう何事にも興味はないけれど汽車の窓べを飛去る風景にだけは心を惹かれる……こんな閨秀《けいしゅう》未来派マダム・サンポワンの詩があった。あの一句は、次々にやってくる電柱の櫛に梳《す》かれて上下する五線譜のような電線の無韻の唄と、モノトーンなジョイントの連続音を聞いている私にふさわしいものだった。そんな自分であったが、丸一年以上も留守にしたとあれば、逢いたい人や出掛けねばならぬ所があって、当座はともかく角谷さんも少年も忘れがちであった。

さて翌年の若葉の頃になっていただろうか。奥さんからの便りに次のようにあった。山路さんの弟はいま東山《ひがしやま》中学にはいって黒谷のお寺にいますが、自分から玄関に出てお客様の取次振りなどもはきはきして、以前とは違った、すっかり良い子になっているそうです。お休みには帰ってきますが、ステーションまで送って行って窓からさようならを云うときなど、弟さんのひとみが潤んで、恋人と別れるのはこんな気持のものか知らんなどと姉さんは云っています。

角谷さんについては、鉄道局の給仕の一少年から次のように知らせて寄こした。先日汽車の中で思い切っておじぎをしてみたら知らん顔をしていたので、こっちが真赤になってしまいました。

これからすでに二つ目のお正月になった。

私は旧臘《きゅうろう》に人から貰った絵葉書の一枚を、海辺の寺の少年への年賀状に当てたが、折返し姉なる人から葉書がきて、新玉のことほぎ芽出たく申し納め候と、細い墨の字で認めてあり、傍らには、弟は昨夏亡くなりました、いろいろと生前の御厚誼を感謝いたします、と書添えてあった。

早かった！　と思ったけれども、報せは自分に取って全く意外なものではなかった。でもこの気持はいったい何に依るのであろうか、と私はむしろそのような自身に不審を覚えて、内心に問いただし、そして去年の春には逢っていたのだからな、と思い当ったのだった。

前年の三月初旬に、ひょっくりと少年は、滝《たき》ノ川《がわ》の奥にある私の住いを尋ねてきた。この近くの宗教大学にいる兄さんの許へ、というのは姉の許嫁《いいなずけ》の人物のことであるが、其処へ遊びにきたのだと彼は告げた。袖口に覗いている寸の詰ったジャケツは純白だった。また、片手にしていたカーキ色の外套は、学校の規定服を自分の好みに仕立てさせたということを示し、数年前の夏の夜ごとに彼の手のうちに取替えられていた女持扇子のことを、私に喚《よ》び起させた。その後について耳にしていたのは次の通りである。折角具合よく行きかけていた京都の学校も止してしまったのだった。そして再び神戸附近の二流中学校を転々とし、いまではどこへも籍を置かずにぶらぶらしていると。——それにつけても、そんな数年の日数を距《へだ》てた少年の顔色は、いよいよ抜けるような白さを加え、ひたい際には葡《ぶ》萄《どう》色の静脈が透けて見えた。羚羊のひとみは昔通りだと云えるが、その辺には険が含まれて、差向っているとと何か怕《こわ》いようなものが感じ取られるのだった。たったいま品川駅《しながわ》から自動車を乗りつけたが、五円取られたとか、帰ったならばさっそく東京弁を使ってやるつもりだとか、またその目的のために出向いてきたと云ってもよいのだとか、ついこの先の所で、与太者らしい連れに番地を訊ねたら、知らぬと云う、舞踏教習所を知らぬ筈はなかろうと云い返すと、それがどうしたと突ッかかってきやがった、ついでに片付けてやろうかと思ったが、それは馬鹿らしいので思い止まったとか、こんな事共が並べられるのを聞いていると、彼の眼の辺の凄味も青年期に足をかけた少年には何も稀らしいものでないと見直され、此方が思い過しているのかなと反省されるのであったが、しかしそうだとも決められない。私には、この少年の上に、近いうちに何事かが起るという予感を退けることが出来ないのだった。——近頃駅前通りの喫茶店にモンパリーという女の子が出没して、みんなに騒がれている。そんな名で呼ぶ理由は、彼女が宝塚《たからづか》の主役に似通っているからだ、などと問わず語りに述べられる題目の中にも、不安なものが仄《ほの》めいていた。其処には、彼が今後に迎えるであろう、そして避けることはもはや不可能な暗影があった。坐っているかと思えば立上り、出て行ったと見ると表から引返してくるのは、彼の以前からの癖であったが、この日も、まだ一時間も経っていないのに出て行ってしまった。手のつけてないスターの紙函が一箇、私のために畳の上に残されていた。

次の日にやってくるかと心待ちにしていたが、彼はもう前晩に、品川へ着いた日の夕方に、再び汽車に乗ってしまったのであった。静岡県で投函された手紙がその事を知らせた。万年筆の、輪郭の崩れた字が書いてあった。「今は真夜中、あなたの部屋では今頃星がダンスをしていることでしょう。向い側にちょっとシャンな女の子がいる。どれこの手紙を赤帽に頼んで、そろそろモーションをかけてやろうかな」

八

大塚辻町《おおつかつじまち》の漫画雑誌を出している人の家で、私はある晩ひょっくりMと顔を合わした。投稿から認められて、今後は東京にとどまって挿画家として修業する心算《つもり》だとのことであった。海峡の町の喫茶店の話が出たので、山路君はいったいどこが悪かったのか、君の方に何も聞えていないか、と私は訊ねてみた。

「脳梅毒です」とマア公はきっぱり云って、さも消息通らしい様子を示しながら、金蝙蝠《ゴールデンバット》の薄青い煙を輪に吐いた。「モンパリーという女から貰《もろ》うたんや、山路君と大あツあツやったからな。けんどその女に手をつけた者は他にもたんと居るらしい。みんながおれもだおれもだと云い出しておる」

これは然《しか》しあながちマア公の脚色だとばかり云えなかった。その夏になって私は久振りに海峡の町へ帰ったが、ある夜近所のカフェーの椅子に倚《よ》っていた時、向うの方で常連らしい男に云いかけている女給の言葉を耳に挟んだからである。

「――まあそのモンパリーで呆《あき》れたワ。あの市場の二階の倶楽部《クラブ》ね、あしこへ毎晩遊びにきていたが、だれにでも！　ですって。それがあんた、うどん一杯おごっただけの人もいんのよ」

「ふーん、それこそ公設市場やな」

「ほんまにそうやし、あんた」

この晩遅く、例のお寺の門前にあるスタンドで、私は話に出してみた。時計の針が上方に重なろうとして客足が途絶えた時、安禄山めく太っちょの主人は、錫《すず》製大徳利の浸り加減を調べながら、「あのお子さんも思えばまことに可哀想なもんでしたわ。女との事は新聞にも書かれて、そんなわけでお家にも居つかれませず、夜なんか城内の公園のベンチに寝ていやはるのをお巡《まわ》りさんが起して、おうちへ連れてきたということもおましたワイ。もういよいよあかんという折に女がたずねてきましたが、お父さんはとうとう逢わせておやりにならなかった。なんでもその時分は、御自身のしもの方も覚えがなくなっていたといいますが、葬式の日には、学校から二三人お連れが見えましたかな。何でそんなことで、わたしら此処から見とりましたが、まことに淋しいもんでおましたわ」

この数日後に、酔払ったちょび髭の歯科先生が、史蹟考証の要ありと云って、私を駅前横丁の小さな茶房へ連れ込んだのであった。

「あの女も母親といっしょに一年ほど、この先の踏切を越したところの借家に住んでおりましたかな」

カウンターの向うで、胸元に刺青を覗かせたあるじが、私の方へ口を切った。

「なんでも十三四の折に男に騙《だま》されたとやらで、それ以来、世の男という男に復讐してやるのだと云い出したのだそうですが、この店へも毎日のようにはいってきて、相手を見付けると、その、ウインクとやらいう西洋の合図をして、自分が先に立って出て行きよりました。みんながそれに引ッかかりましたな。――兵児帯《へこおび》なんか締めてまるで子供に見えたが、あれでちゃんとした装《よそおい》をさせたら仲々どうして！　あんなのは東京にでもちょっとおまへんやろう。それであっしは、芸者にでもなる気があるなら世話をしてやろうかとも思っていたんですがな……」

――「俺の聞いているところでは、咽喉結核だというがね」これは他日、私の友人である、やはり少年の寺と同じ宗旨の若い和尚の話だった。

「どっちでもよいじゃないか。まあ蝶々が死んだようなもの！　あの男それでいったい幾歳になっていたんだい？　死ぬ前に俥を呼んで岩屋さんの夏祭に乗りつけて、なにやら子供の玩具みたいなもんを風呂敷いっぱい買うて帰ったちゅうわい、ハハハハ」そこで持前の癇性《かんしょう》が起きてきたらしく、ピクピクと小鼻を動かせてたたみ重ねてきた。「いったい何の病気で死んだと、そんなことをお前、医者が関係もない余所の者に喋るとでも思っているのかい。あの姉のことにしてもそうや。宗大におった許嫁のもとから帰ってきておるというのは事実らしいが、それが丸兼の一件に依るとは云えまい。そりゃあの和尚が、本山の祭のときに、京都の宿屋で娘を給仕役くらいには出したかも知れん。何と云うても丸兼は一番の総代やないか。そこで二人きりにしてわざとほっておいたなんて、そんなことを誰が見ていたんだい。よしんばそういういきさつがあって、お気の毒だから和尚さんこれでもまあ納めておいて下され、と云って丸兼が金を出したのかも知れん。その金に零が四ツ付こうと付こうまいと、余計な穿鑿《せんさく》じゃないか。君には悪いかも知れんが、駅前あたりにトグロを巻いとる生白い絵かきや、女に振られて狂言に毒を嚥《の》んだとかいう歯医者や、銀たんぽの安禄山の云いそうなこッちゃわい、実際！」

丸兼云々とは、半島通いの漁船から身を興して、今は大捕鯨船の数隻もかかえようかという老人のことで、町の城址に立っている成功者の銅像について、口さがない連中のあいだに上る噂を指すのである。

話題の人の眼を射る雛罌粟《ひなげし》色のパラソルは、私も街で二三回見うけたが、まだ正面から行き合ったことはなかった。

「山路さんの気持だけはどうしても判らないと、みんなが揃ったときには話してんのョ」とは奥さんの言葉だったが、そのように、ヴェネチャの君は今は三人組に属していなかった。そしてこの頬紅き人は先年、とうとう嫁《とつ》がずじまいに、対岸の灯台が真白く光る海ぎわの寺院の一室で亡くなった。あとに残ったまだいとけない妹のショールの掛け具合、その弟の太目のズボン、外套の着こなし、稚《おさな》いながらのお洒落《しゃれ》振りを、私は街ですれ違う折に愛《かな》しと見るのだった。

この頃友人の寺に出入りする世話役の婦人から、角谷さんがずっと前に、それは私が東京へ去ったあの秋から半年も経たぬうちに、肺炎のために世を去ったということを聞かされた。この婦人は掘割ぎわの釣道具屋の向いなのである。

「あんなふうに見えたけんど、ほんまに気立の優しいええお子やったワ」相手は手拭を当てた襟元をすかせながら云った。「あのことさえあらへんなんだら、そうと早うわたしに云いなさったら、お嫁さんの世話ぐらいしてあげたんやのに」

これは、少女はレプラの血統だということであるが、しかしそれが一体何程の事か、そんなことぐらいちっとも構わぬではないかと、まるで曾て自分らが彼女の何かであったかのように気負い込んだ口吻で、昔この町の市役所に勤め、いまは二人の愛児の父である男と、そして相変らず家を成していない私とが云い交すのであった。

角谷さんの大理石細工のような面が落日に照り映えて、穉《おさな》いギリシャの神のように見えた掘割の橋を、あの時は少年といっしょだったが、いまは一人で渡って、私は以前あった釣道具屋が取払われて、荷揚場の空地になっているのを見た。

「今頃何を戸惑いしていらっしゃるの」奥さんが、この方はすでに十七の春に亡くなったという松浦さんについて云った。

「あの人ったらその頃たいへんよ。あの人ったら、あんた憶えている？　……こんなお話できやしないわね、おほほほほ」

狡《ず》るそうに目をひらいて、私を打《ぶ》つようにしたその片手の袖を、口に当てたまま笑ってしまった。

これは歳がいくつになっても、まるで野に咲いとる花を摘んできてそこに活けるようなことを考えとりますワイ、とそう御主人が云っているように、奥さんの机の上には今日も赤いアネモネが挿してある。私の夢には、モーリッツが小脇にした白い首にあの子を見るのであろうか？　また、その友イルゼとしてのモンパリーであろうか？　シュミット婆さんの堕胎剤の犠牲になったヴェンドラ・ベルクマンの松浦さんだろうか？　いやいや飛んでもない！　と私は、今年もすでにシーズンに入り、空間の無限と時間の無窮を普段より一層想わせて群がっている雲の峰に見入りながら、思うのであった。あの香水臭い夏の日々に、永劫回帰の夏休みに、役者ならぬを歎いたエドムの子らにはヨブ第三十六章十四節が当っている。自分のためには、「我なんぢの凡《すべ》ての行ひし事を赦《ゆる》す時には汝憶えて羞ぢその恥辱のために再び口を開くことなかるべし」——まことにまことにそうあらんことを。

合掌《がっしょう》

川端康成《かわばたやすなり》

一

波の音が高くなった。彼は窓掛を上げた。やっぱり沖に漁火《いさりび》があった。しかし、さっきより遠くに見えた。それに海へ霧が下りて来るらしかった。

彼は寝台を振り返って、ぎょっと胸を冷やした。一枚の真っ白な布が平らに拡がっているだけなのだ。

花嫁のからだは、その下の柔らかい蒲団《ふとん》に沈み込んでしまっているのか、寝床に少しも膨らみがないのだ。頭だけが広い枕《まくら》に乗って盛り上がっていた。

その寝姿をじっと眺《なが》めていると、なんとはなしに静かな涙が出た。

白い寝床が月の光の中に堕ちた一枚の白紙のように感じられた。すると、窓掛を開いた窓が急に恐ろしくなった。彼は窓掛を下ろした。そして、寝台へ歩み寄った。

枕の上の飾りに肘を突いて、暫《しばら》く花嫁の顔を覗き込んでいたが、寝台の脚を掌の間にするすると辷《すべ》らせながら膝を突いた。鉄の円《まる》い脚に額を押しあてた。金属の冷たさが頭に沁《し》み通った。静かに合掌した。

「いやでございますわ。いやでございますわ。まるで死んだ人にするようなことをなすって。」

彼はすっくと立ちあがって顔を紅《あか》らめた。

「起きているんですか。」

「ちっとも眠って居りませんわ。夢ばかり見て居りましたわ。」

胸を弓のように張って、花嫁が彼を見る表紙に、真白い布が温かく膨らんで動いた。彼は布を軽く叩いた。

「海に霧が降っていますよ。」

「さっきの舟はもうみんな帰ったんでございましょう。」

「それがまだ沖にいるんですよ。」

「霧が降ってるんじゃございませんの。」

「浅い霧だから大丈夫なんでしょう。さあ、お休みなさい。」

彼は白い布の上に片手を投げて、脣《くちびる》を持って行った。

「いやでございますわ。起きているとこんなことをなさいますし、眠って居りますと死んだ人のようになさいますわ。」

二

合掌は彼の幼い頃からの習慣だった。

両親に早く死に別れた彼は、祖父と二人きりで山の町に住んでいたが、その祖父が盲目だった。祖父は幼い孫をよく仏壇の前へ連れて行った。そして、孫の小さい手を探りあてて合掌させ、その上に自分の手をあてて二重に合掌した。何と冷たい手だろうと、孫は思った。

孫はかたくなに育って行った。無理を言って祖父を泣かせた。その度に祖父は山寺の和尚《おしょう》を呼んで来た。和尚が来ると孫はいつもぴたりと静まった。それが何故だか祖父は知らないのだが、和尚は孫の前へ端坐《たんざ》して瞑目《めいもく》しながら厳かに合掌して見せるのだ。この合掌を見ると、孫はからだに寒気を感じた。そして、和尚が帰って行くと、彼は祖父に向かって静かに合掌するのだった。盲目の祖父にはそれが見えなかった。白い眼が空《むな》しく開いていた。しかし孫はその時、心が洗われるのを感じた。

こんな風にして、彼は合掌の力を信じるようになった。それと同時に、肉親のいない彼は多くの人々の世話になり、多くの人に罪を犯して育った。しかし、彼の性質に出来ないことが二つあった。面と向かってお礼を言うことと、面と向かって許しを乞《こ》うことだった。だから彼は、他人の家で自分の床に行く時間を待ち兼ねて、毎夜のように合掌した。それで自分の言葉に出さない気持が誰にも通じると信じた。

三

青桐《あおぎり》の葉陰《はかげ》に石榴《ザクロ》の花が燈火《ともしび》のように咲いていた。

やがて、鳩が松林から書斎の軒に帰って来た。

またやがて、月光の脚が梅雨晴れの夜風に揺れていた。

昼から夜まで、彼は窓にじっと坐りつづけていた。そして合掌していた。簡単な置手紙をして、昔の恋人のところへ逃げて行った妻を呼び返そうと祈っているのだった。

耳がだんだん澄んで来た。十町も離れた停車場で吹く助役の笛が聞こえるようになった。無数の人間の足音が遠くの雨のように聞えて来た。すると、妻の姿が頭の中に見えた。

彼は半日見つめていた白い路へ出た。妻が歩いていた。

「おい。」

と、肩を叩いた。

妻はぼんやり彼を見ていた。

「よく帰った。かえってくれさえすればいいんだ。」

妻は彼に倒れかかって、瞼《まぶた》を彼の肩に擦りつけた。

静かに歩きながら彼は言った。

「さっき停車場のベンチに坐って、パラソルの柄を噛《か》んでいただろう。」

「まあ、ごらんになったの。」

「見えたんだよ。」

「それで黙っていらしたの。」

「ううん、うちの窓から見えたんだよ。」

「ほんと?」

「見えたから迎いに来たんだ。」

「まあ気味が悪い。」

「気味が悪いと思うだけかい。」

「いいえ。」

「お前がもう一度家に帰って来ようと思ったのは、八時半頃だろう。それだってちゃんと分ったんだよ。」

「もう沢山よ。——私は死んじゃってるんですわね。思い出しますわ。お嫁に来た晩にはね、あなたが私を死んだ人にするように手を合わせて拝んでいらっしゃいましたわね。あの時に私は死んじゃったんですわね。」

「あの時?」

「もうどこへも行きませんわ。ごめんなさいね。」

しかし、彼はこの時、自分の力をためすために、世の中のあらゆる女と夫婦の交わりを結んで彼女等を合掌したい欲望を感じた。

果実

平山瑞穂《ひらやまみずほ》

「先生――先生じゃないですか？」

若い女の声がすぐうしろからぶしつけなまでに鮮明に聞こえたが、まさか自分に向けられたものだとは思わずに無視していた。誰からであろうと、先生などと呼ばれるいわれはない。たしかに、大学での成績は優秀だった。しかし就職にそれを活かすことはできず、ろくな仕事にも就けないまま気がつけば二十歳の峠を越している。やるせない思いを夜ごとアルコールで散らすのが習い性になっているが、地下に降りていく位置にあるこの怪しげなバーにもどういういきさつで辿りついたものかとんと覚えていない。だれか連れがいたはずだが今は一人でカウンターに突っ伏して、甘ったるいばかりの得体の知れないカクテルをもはや義務感だけでときどき口に運んでいる。妙に赤みを帯びた薄暗い照明が全体をぼんやりと包んでいて、ものの形すらはっきりとは見定められない。

女は、ＶＩＰルームと呼ばれている奥の小部屋から出てきたようだ。ドアはないが部屋のほとんどは死角に入っていて、入り口の脇に置かれた冗談のように大きい一人がけのソファだけが視界を掠《かす》めている。巨軀《きょく》の男が一人そこに深々と身を委ねているのにしばらく気づかなかったのは、動きがあまりにも鈍重で、ふっくらと盛り上がったソファの一部であるようにしか見えなかったからだろうか。金色に染めた頭髪やハーフパンツといった出で立ちからは若そうに見えるが、太りすぎているせいで年齢すらさだかではない。首まわりの肉に顎を埋めるようにして満足げにほほえんでいるところからすると、壁に阻まれてここからは見えない周囲の席に取り巻きの女たちでも侍らせているのかもしれない。つまり、こちらに近づいて「先生」とだれかに呼びかけた女もそのうちの一人だったということだ。

だったらなおのこと自分と関係があるはずはない。おおかたどこかのモデルかなにかなのだろうと思ってそっぽを向いていたのだが、そのわりに背後からの凝視が執拗に続いている気配がある。それに、顔を起こして周囲を見まわしても、ほかに「先生」に相当する人物がいるようには見えない。カウンターの端の方でサテン地のシャツを着たバーテンダーが黙々とグラスを拭いているだけだ。

振り向くと、黒っぽいシックな装いで身を包んだ女が間近に立って窺うような笑顔をこちらに向けている。二十五、六だろうか。淡い照明の中に浮かびあがる白い顔はどこか幽鬼じみているものの、美人だということはわかる。見覚えはなく、人違いではないかと言おうとしたら、「ひどい、忘れちゃったんですか。オダギリアヤメですよ」と言いながら両手を広げてみせた。

「中三のとき、お兄ちゃんの紹介で英語と数学を……」

それを聞いた瞬間、オダギリアヤメという音は脳の中で「小田切彩芽《おだぎりあやめ》」という文字に切りかわった。

「彩芽ちゃん？　――ごめん、まったくわからなかった。まさかこんなところで会うとは思わないし、女の子は化けるから」

「先生はぜんぜん変わらないですよね。さっきここに来て最初に見たときからそうじゃないかなって思ってました」

それは大学生の頃から僕が成長していないということではないか、と戯言を返しながら、なおも確信が持てずにいた。これがあの小田切彩芽？　一年に満たない期間とはいえ、週に二回は顔を合わせていたあのやせぎすで無愛想な少女が、成長してこうなったというのか。尖った顎の線やふっくりとした唇の輪郭にはいわれてみれば面影があるが、街ですれちがっただけなら絶対に識別できなかっただろう。もっとも、こちらがそうなら、彩芽のほうは僕の苗字を覚えていなかった可能性がある。そうでなければ、十一年ぶりに会ったかつての家庭教師にただ「先生」などと無造作に呼びかけるだろうか。

「この店はよくいらっしゃるんですか？　私は今日初めて連れてきてもらったんですけど、なんか怪しい雰囲気ですよね」

そう言って彩芽は惜しげもなく笑みを振りまきながら、隣のスツールに浅く腰かけた。ＶＩＰルームのほうを顎で指しながらいいのかと訊くと、知り合いと話してくると断ってあるから問題ないという。あの太った男とどういう関係にあるのかは、訊きそびれた。訊いてはいけないような気がした。彩芽のほうも、僕がその後どういう経歴を歩んで現在何をしているのかといったことはいっさい訊ねてこなかった。進んで明かしたくなるような境遇でもないので、その意味では気が楽だった。

現在の僕に関わることとして唯一彩芽が訊いてきたのは、彩芽の兄と今でも交流があるのかどうかという一点のみだった。「いや……」とあいまいに返すと、自分ももう何年も会っていないのだと吐き捨てるような調子で言った。

「もう、一家離散状態ですよ。会社もつぶれて、家も手放さなきゃならなくなっちゃったし。父とか、今はかなりひどい暮らしをしてるみたいですけど、具体的には知りたくもない。あの家は、私にとっては地獄でしたから。ほかに行ける場所もないからしかたなく暮らしてましたけど、もう、囚われの身っていうんですか、そんな感じでしたから」

立て板に水で続く彩芽の話には、相槌も打ちかねていた。泥酔して頭がまともに働いていなかったこともあるが、小田切家を襲ったらしい凋落についてはまったくの初耳で、話を遮って詳しいことを訊ねていいものかどうかすら判断できなかったのだ。

彩芽の家庭教師を務めたのは大学二年のときの一年足らずだけだが、その兄との交流も、卒業まではもたなかった。もともとたいして親しい間柄でもなかったのだ。というより、僕が親しくしたいと思うタイプではなかった。ファッションでもなんでも、流行しているものをただ無批判に受け入れ、そのことになんの疑問も抱かずにいる男だった。この世界のいたるところに据わりの悪さを覚えつづけている僕のような人間が、そんな男といったい何を共有できたというのか。ところが彼は、どういうわけか自分から一方的に親愛の情を丸出しにして近づいてきたのだ。その理由がどこにあったのかは今もって不明なのだが、どのみち僕は彼の下の名前さえ覚えていないから、指し示すには「小田切」と呼ぶしかない。

その小田切の家は、かなり裕福だった。父親は先代から婿養子として受け継いだ呉服商の経営を大胆に近代化し、オリジナルブランドを立ち上げて都内に何軒もアパレルショップを展開していると聞いていた。当時は最も羽振りのいい時代だったのだろう、下町とはいえ自宅を鉄筋製三階建ての豪壮な邸宅に改築したばかりだった。家庭教師として着任する前に一度鼻高々の小田切に邸内を案内されたことがあるが、とても把握しきれないほど部屋数が多く、映画などでしか見たことがない鹿の頭の剥製が平然と壁にかけてあるのを見て驚いたことを覚えている。

小田切はあきらかに、友人としての僕を自宅に招き入れることで気分を高揚させていた。母親も、「この子がお友だちを家に連れてくるなんてめずらしいから」と喜びを隠せずにいたようだ。常々交友範囲の広さを鼻にかけていた男だが、友人と呼べるような相手には案外事欠いていたのかもしれない。この僕とて、小田切からの誘いをある時期まではうまくかわしきれずにいただけで、自分から交際を密にしていこうとする気持ちなどかけらも持ちあわせていなかったのだから。

ともあれ、家族写真のアルバムを見せられたのも、その同じ日のことだったはずだ。誰の趣味なのか、夫婦の取り澄ました結婚写真に始まり、二人の子どもの誕生から成長の過程を時系列で実に丹念に追う構成になっていた。もちろん僕がそんなものに興味のあろうはずもなく、小田切がなにかで優勝したときの記念など自分の見せたい写真のあるページ以外は雑に飛ばしていくのをかえってありがたいと思っていたほどなのだが、一度だけ、「待った」と言いながらそれを止めた瞬間があった。

目に留まったのは、旅館のロビーかどこかの椅子に行儀よく腰かけた少女の写真だった。八つか九つくらいだろうか、はっきり二重とわかる大きくてきれいな目が二つ並んで、こちらをじっと見ている。まるでなにか不思議なものにでも気を取られているかのようなその表情がひどく印象的で、小田切がそっけなくめくろうとするページの間に手を差し入れずにはいられなかったのだ。

「ああ……これは妹だけど、この写真がなにか」

「いや、かわいいなと思って」

本当は「かわいい」のひとことで済ませられるようなことではなかったのだが、ほかに言いようがなかった。すると小田切はなぜか、「あ、そう思う？」と言いながらにやりとして、「おまえ、まさかロリコンじゃないよな」と探りを入れてきた。

小田切によれば、ちょうどその写真が撮影されたくらいの年ごろのとき、妹は近所に住む大学生の男に誘拐されかかったことがあるのだという。さいわい犯人には前もって目星がついており、対応が早かったため、内々に処理することで警察沙汰にもせずことなきを得たとのことだが、このできごとは当時中学に上がったばかりだった兄の小田切にはかなりの驚きであったようだ。「こんなかわいげのないガキ」のいったいどこがいいのか。変質者にはこれがまったく違ったふうに見えているのかと。

自分にはそういう気《け》はまったくないと僕は大急ぎで否定しなければならなかったのだが、小田切は最初から冗談のつもりだったらしく、すぐにこの話を終わりにしてしまった。僕は「内々に処理」というのがどういうことなのかという点が気にかかっていたが、あまりこだわって問いただすのもかえって自分の「ロリコン」疑惑を蒸しかえす結果になりそうな気がしたので黙っていた。まさかその数週間後、自分が当の妹である彩芽の家庭教師を仰せつかることになるとは、この時点では夢にも思っていなかった。

当時中学三年生の彩芽が、写真の少女と似ても似つかなかったとは言わない。美少女にはちがいなかったし、黒い大きな瞳もたしかに写真と引き写しだった。ただ、あまりにも愛想に欠けたその態度に難渋させられたのは事実だ。笑みを浮かべることはほぼないといってよく、雰囲気をやわらげようと思ってこちらからあれこれと雑談を持ちかけても、たいていは低い声による「いえ」「別に」のひとことでかわされ、会話がまるで膨らまない。課題はいたってまじめにこなし、それに応じて成績も着々と上がっていくのでその点では楽だったが、授業のときは毎回部屋に通されるたびに一定の緊張を強いられたものだ。

あとから思えば、僕は教え子としての彩芽に過剰に気を回していたのかもしれない。誘拐未遂事件などについてなまじ小田切から聞かされていたせいで、この子は男性一般に対して普通以上の警戒心を持っているのではないか、とりわけそのときの犯人と同世代の男には恐怖心や生理的な拒絶反応を引き起こされずにいないのではあるまいかと身構えるあまり、こちらからも無意識にバリアを張ってしまっていた可能性は否定できない。その証拠に、美しい成人女性に成長した彩芽は、今になって当時の僕の存在が「救い」だったというのだ。

「ほら、先生は外からやってくる人じゃないですか。それだけでも、私にはなんか心強かったんですよ。家の中では、どんな変なことがあってもそれが普通ってことになっちゃう。それがいかに変かってことを誰にも訴えられないし、訴えたところでわかってもらえないですよね」

「お兄さんにも？」

言いながら僕は、それがいかに愚問であるかということに気づいていた。すべてをただあるがままに受け入れていたあの男に、自分の家庭の抱える歪みに目を向ける客観的な視点など持てたはずがないではないか。案に違わず、彩芽はただ「お兄ちゃんはだめですよ、救いようもなく無邪気で鈍感だったから」と冷めた調子で切り捨てただけだった。

さりとて僕自身、彩芽が「地獄」と呼ぶほどの何が小田切家に潜んでいたのか、正確に感知できていたとは思えない。家庭の内部というのは、他人の目から見れば多かれ少なかれどこかしら奇妙に感じられるものだ。まして小田切家は、僕が直接知っている中では一二を争うほど経済的に恵まれていた。なにか感じていたとしても、金持ちの家だからそうなのだろうと軽く受け流していた気がする。

たとえば父親だ。息子とよく似た下ぶくれの風貌ながら、一定以上の規模の企業を率いる経営者だけあって実に品がよく、柔和で如才ない人物だった。引っかかるところがあるとすれば、如才なさすぎたことくらいだろうか。食事をともにするような機会も幾度かはあったが、小田切氏は僕のような学生風情相手にもあたかも立場が対等であるかのように礼儀正しく接し、惜しみなくねぎらいの言葉をかけてくれた。ただ、氏と車に同乗していて、一度赤面しそうになったこともある。彩芽の授業を終えて帰ろうとしているとき、どうせ近くまで寄る用事があるからという理由で乗り換え駅まで送ってくれたのだが、車中で彩芽の学習状況がどうなっているかと訊ねられた。

「あの子はどうも、数学はともかく英語がウィークポイントになっているようで、私どもも心配していたんですが、実際のところどうですかね」

訊かれるままに僕は、たしかに関係代名詞でつまずいていたようだが集中的にトレーニングすることで克服しつつある、といった現況について詳細に報告したのだが、氏はそれをやんわりと中途で遮るように「そうですか。まあひとつよろしくお願いしますよ」と話を切り上げてしまった。そこで初めて僕は気づいた。ああ、そこまでの興味はなく、社交の一環として質問したにすぎなかったのだ、返答としては、「着実に力をつけてきています」程度で十分だったのだと。

　それ以来僕はなんとなく、氏に対して苦手意識を持つようになってしまっていた。氏と話していると、自分がいかに世間知らずであるかを思い知らされるような気がして心やすらがなかったのだ。氏のふるまいは、社交という観点から見てあまりに洗練されていたために、かえって底知れないものを感じさせた。若くて経験も乏しかった僕は、それに脅かされていたのかもしれない。

　もっとも、案ずるまでもなく、彼と顔を合わせる機会はその後数えるほどしかなかったと思う。彩芽は無事第一志望だった名門の私立女子高に合格し、僕は五万円の報奨金を受け取ったばかりかフランス料理のフルコースまでふるまわれたのだが、氏は所用があるとのことでその席には顔を出さなかったし、僕が小田切家と関わりを持ったのは結局それが最後になったからだ。

　小田切自身は僕を「自宅に呼べるほど親しい友人」とみなしていたようで、その後も何度となく遊びに来るように誘ってきたが、僕はそれがうっとうしくてのらりくらりとかわしつづけた。そのうち関係自体が疎遠になって、学内でも顔を見かけることがなくなった。就職活動ではマスコミを狙っているらしいということを風の噂に聞き、実に小田切らしいとは思ったものの、結果がどうなったか教えてくれる知人はいなかった。もちろん、強いてたしかめようとするほどの興味もなかった。それきり九年ほどの間、僕はこの男のことをほとんど思い出すことすらなかったと思う。

　僕の回想を覗き見たかのように、彩芽がふいに問いを発した。

「そういえば先生って、どうしてうちのお兄ちゃんと親しかったんですか。人間としての共通点がまったくないみたいに見えるんですけど」

「さあ、どうしてかな……」

　僕は生返事しながら、なにやら空恐ろしい気持ちになっていた。驚くべき洞察力だ。硬い殻に閉じこもり、僕にまったく気を許していないように見えたあの少女が、そこまで見抜いていたとは。そのままではプレパラートに載せられた標本みたいに骨の髄まで見透かされそうな気がして、慌てて話題の焦点をずらした。

「君はどうやらお兄さんとはあまり仲がよくないみたいだけど」

「そうですね……。でも、嫌いってほどでもないんです。わざわざ嫌うほどの中身もないじゃないですか」

　あまりに的確な指摘に僕は思わず噴き出してしまい、そうしてから不用意だったかもしれないと身をすくめた。親族のことを親族自身が悪く言うのと、他人がそうするのとではニュアンスが異なるからだ。だが彩芽は、心証を害したふうもなくきまじめな口調で続けた。

「そういう意味では、お兄ちゃんは無罪ですよ。あの家におかしなことはいっぱいあったけど、いちばん変だったのは父です」

　どう返したものか迷って口ごもっていると、彩芽は「お兄ちゃんからなにか聞いてましたか、私が誘拐されかかった事件については」と小首を傾げながら訊ねてきた。それを聞き知っていることをなんとなく申し訳なく思いながらも、知らないふりをするのも妙だと思って「大枠は」と肯定すると、彩芽は正面に向きなおって一拍置いてから再び口を開いた。

「小三の、初夏くらいだったと思います。放課後に近所の公園で遊んでたんです、仲のいい友だちと一緒に」

公園には、若い男がいた。離れたところにあるベンチに一人でじっと腰かけ、ときどき顔を起こしては、友だちと並んでブランコを漕ぐ自分に目を向けていた。向けているような気がした。何度か見かけたことのある男で、なんとなく気にかかっていた。あの人はどうして、大人のくせにこんな昼間から公園なんかでぶらぶらしているのだろう？　あとで大学生だったとわかったものの、小さな子どもから見れば「大人の男」でしかなかったのだ。

やがて友だちは、お稽古があるからと言って帰っていった。いつもは一緒に引き上げるのに、その日はそうしなかった。彩芽が一人になるのを男が待っているような気がしたし、男への好奇心ではち切れそうになってもいたからだ。しかし男は、なかなかベンチから身を起こそうとしない。思い過ごしだったのだろうか。ばかばかしくなって帰ろうとしたそのとき、男がゆっくりと立ち上がって歩み寄ってきた。

男は彩芽の名前を訊くと、暑いからなにか冷たいものでも飲みに行かないかと誘ってきた。悪い人には見えなかった。でも、知らない人についていったりしたらお父さんに叱られる。彩芽は素早く周囲に目を走らせた。家に帰るのが遅くなると、会社の人が父親に命じられて公園まで探しに来ることもあるからだ。誰も見ていないことをたしかめると、彩芽は男についていて公園を出た。

「自分からついていったの？」

「そうなんです。今から思うとなんでって話なんですけど、そのときはちっとも怖くなかったんですよね。その人、どことなく安心できる雰囲気だったんですよ。なんというか、お父さんよりもむしろ自分に近い人間だって気がして」

冷たいものを飲みに行くというから、どこかの店に入るものだと思っていたのに、男は大通りから離れてどんどん住宅地の奥に踏みこんでいく。まわりは見たこともない家並みばかりで、ずいぶん遠くまで来た気がした。やがて男はアパートのような二階建ての建物の外階段を上り、ドアを開けて彩芽を招じ入れた。ほかには誰もいなかった。部屋の中はきれいに片づいていたが、押入れにしまいっぱなしにしている蒲団みたいなにおいがした。その中に、かすかに果物のような甘いにおいも混じっていた。彩芽を緑色の絨毯の上に座らせると、男は台所に引っこみ、やがてグラスをひとつだけ大事そうに掲げながら戻ってきた。

それは、黄色とも緑色とも茶色ともつかない不透明な液体で満たされていた。揺らすと中に浮かべた氷が音を立てて上下し、不思議な色の液体が変にねっとりとその表面にからみついた。そっと口に含むと、それはどろりとしていて信じられないほど甘かった。なにかの果汁にはちがいないようだったが、そんな飲み物を口にしたのは初めてのことで、その後も記憶するかぎり一度もない。さっき部屋に入った瞬間鼻先に漂ったのはこのにおいだったのかと考えたが、それとも少し違うようだった。

彩芽がそれを飲んでいる間、男はただ小さなテーブルを挟んで正面にじっと座っていた。大人なのに、先生に叱られている子どもみたいに小さく縮こまっているのがおかしかった。やがて男はそっとそばににじり寄り、彩芽のブラウスの袖に触れた。何も言わずにいると、軽く引っぱったり、中に入っている腕の形をたしかめるように布地の上から何度かさすったりもした。それ以外のことをしようとはしなかったし、する予定もないようだった。なぜそんなことをするのかはわからなかったが、いやでもなかったので黙ってされるがままになっていた。

玄関の呼び鈴が鳴ったのはそのときだ。男はちょっと迷ってから、名残惜しげにゆっくりと彩芽の袖から指を離し、立ち上がって玄関に向かった。次の瞬間、大勢の大人たちが怒声を上げながら押し入ってきた。何が起きているのかわからず、ただ身をすくませていた。ものがぶつかったり倒れたりする荒々しい音が瞬く間に近づいてきて、気がついたら乱入してきた男の一人に手荒に抱きかかえられていた。公園に様子を見に来ることもある父親の会社の人間だった。「あやちゃん、もう大丈夫だよ」と言うが、何が「大丈夫」なのか理解できない。部屋に一緒にいた男がどうしているのかをたしかめたかったが、大人たちに視界を遮られて見ることができなかった。

彩芽はそのまま車で自宅まで連れ戻され、具合が悪くもないのにベッドに寝かされた。母親がまっ青な顔で駆けこんできて、狂ったように全身を撫でまわしつづけた。もうすっかり暗くなった頃に父親が帰ってきて、彩芽を胸に抱き寄せた。

「もう大丈夫だよ。おまえにひどいことする奴は、お父さんがこらしめてやったからね」

そう言う父親の白いワイシャツに、赤黒いしみが点々とついているのがはっきりと見えた。そのひとつは左胸のあたりを小さく染めていて、抱き寄せられた拍子に顔の間近にまで迫っていた。それが恐ろしくて身をよじったとき、背中に回された右腕の袖にも同じものがあるのに気づき、もはや身じろぎすることすらかなわなくなった。しみがおぞましいから離れたいのに、自分をつかまえているのがそのしみをつけた人間なのだと思うと、その腕を振りほどくのも怖かったのだ。

これは本当にお父さんなのだろうか。お父さんの顔はしているけれど、知らぬ間になにか別の生き物とすり替わってしまっていたのではないか――。その疑いを、彩芽はその後も拭い去ることができず、今もなお胸のうちで燻らせているという。

「それで、その大学生はどうなったの?」

僕の問いに彩芽は顔を曇らせ、しばらくためらってから、「わかりません」と答えた。少なくとも、その後姿を見たことはない。一度だけ、どうしても気になって、あの日連れていかれたアパートを一人で探してみたが、見つけることができなかった。そこまで言ってから彩芽は僕のほうに体を向けなおし、「おかしいと思いませんか」と問いかけてきた。

「父の会社の人たちは、どうしてそんなにすぐに私の居場所がわかったんでしょう。もしあらかじめ知っていたのなら、彼が私を連れ去る前に止めることだってできたはずですよね」

彩芽がなにか大事な話をしようとしているらしいことはわかっていた。しかし僕は、それまでに体内に溜めこみ、全身に行きわたっていた大量のアルコールの影響から逃れられなくなりつつあった。身をしゃんと起こそうとしても体の軸が傾ぎ、少しでも気を抜くと瞼が重たく垂れ下がってくる。畳みかけるように続く彩芽の話にも、ときどきうなずいたりあいまいな相槌を打ったりするのがやっとで、筋道を追うのが困難になっていった。

だから途中からは、たよりない断片しか記憶に残っていないし、それすら本当に彩芽が言ったことなのかどうかは確信が持てない。父の目的は、最初から自分を助けることではなかったのではないかとか、大学生には自分をアパートに連れこんだ時点で負い目があったはずで、父はそれも計算に入れていたのだとか、そんなことを述べ立てていたような気がする。「口実だったんですよ、口実を作るためにあえて泳がせたんです」とも。僕がろくに聞き取れていないことに気づいていたのかどうか、彩芽は憑かれたように語りつづけていた。

話にひととおりのけりがついたのか、それとも中途で断ち切られたのかははっきりしないが、気がついたらＶＩＰルームにいたハーフパンツの男が背後の壁際に立って、なにかを辛抱強く待つような顔でじっとこちらを見ていた。立っている姿を見ると、男は本当に、なにかのまちがいのように巨体だった。天井につかえそうな頭を屈めがちにしたまま微動だにしないので、体全体がまるで壁に生じた巨大な腫瘍のように見えた。その周囲には四、五人の女が立ち並んでいたが、歳ごろから背格好から服の色合いやセンスに至るまで全員彩芽とそっくりで、見分けがつかなかった。

もう行かなきゃ、と言って彩芽が隣のスツールを離れた。いや、先生も一緒に行きませんか、と誘ってきたのだったかもしれない。ぞろぞろと出口に向かっていく列のしんがりについた彼女が、最後まで僕の動向を気にかけていたような残像もある。とにかく、僕の記憶はそこで途絶えている。その後いつ店を出て、どうやって帰宅したのかも覚えていない。店の場所もあとから再度探り当てることはできなかった。今となっては、あの晩彩芽と出くわして言葉を交わしたことさえ夢か幻だったような気がしている。

夢鬼《むき》

蘭郁二郎《らんいくじろう》

一

辺鄙《へんぴ》な、村はずれの丘には、いつの間にか、華やかな幕を沢山吊るした急拵《きゅうごしら》えの小屋掛ができて、極東曲馬団《きょくばだん》の名がかけられ、狂燥なジンタと、ヒョロヒョロと空気を伝わるフリュートの音に、村人は、老《お》いも若きも、しばし、強烈な色彩と音楽とスリルを享楽し、又、いつの間にか曲馬団が他へ流れて行っても、しばらくは、フト白い流れ雲の中に、少年や少女の縊《くび》れた肢体を思い出すのである。

トテモ華やかな、その空気の中にも、やっぱり、小さな「悩める虫」がいるのだ。

一ノ二

「莫迦《ばか》ッ、そんな事ができねエのか、間抜けめ！」

親方は、野卑な言葉で、そう呶鳴《どな》ると、手に持った革の鞭で、床をビシビシ撲りつけながら、黒吉《くろきち》を、グッと睨みつけるのだった。

まだいいたいけない少年の黒吉は、恐ろしさにオドオドして、

「済みません、済みません」

そんな事を、呟くようにいうと、ぼろぼろに裂けた肉襦袢《にくじゅばん》の、肩の辺を擦《さす》りながら、氷のように冷めたい床の上に、又無器用な体つきで、ゴロンゴロンと幾度も「逆立ち」を遣り直していた。

饑《ひも》じさと、恐ろしさと、苦痛と、寒気と、そして他の座員の嘲笑とが、もう毎度の事だったが、黒吉の身の周りに、犇々《ひしひし》と迫って、思わずホロホロと滾《こぼ》した血のような涙が、荒削りの床に、黒い斑点を残して、音もなく滲《し》み込んでいった。

――ここは、極東曲馬団の楽屋裏だった。

逆立ちの下手な、無器用な黒吉は、ここの少年座員なのだ。

鴉《からす》黒吉。というのが彼の名前だった。しかしこれは舞台だけの芸名か、それとも本当の名前か、恐らくこれは字面《じづら》から見て、親方が、勝手につけた名前に違いないが、本名となると彼自身は勿論《もちろん》の事、親方だってハッキリ知っているかどうかは疑わしいものだった。

黒吉自身の記憶といっては、極めてぼんやりしたものだったけれど、いたましい事には、それは何時《いつ》も、この曲馬団の片隅の、衣裳戸棚から始まっていた。

それで、彼がもの心のついた時からは、——彼の記憶が始まった時からは、いつも周囲には、悲壮なジンタと、くしゃくしゃになったあくどい色の衣裳と、そして、それらを罩《こ》めた安白粉《やすおしろい》の匂いや、汗のしみた肉襦袢の、ムッとした嗅気が、重なり合って、色彩っていた。

こうした頽廃的な雰囲気の中に、いつも絶えない、座員間の軋轢《あつれき》と、華やかな底に澱む、ひがんだ蒼黒い空気とは、幼い黒吉の心から、跡形もなく「朗らかさ」を毟《むし》り取って仕舞った。そして、あとに残った陰欝な、日陰の虫のような少年の心に、世の中というものを、一風変った方向からのみ、見詰めさせていた。

彼は用のない時には、何時も、太い丸太が荒縄で、蜘蛛の巣のように、縦横無尽に張りまわされている薄暗い楽屋の隅で、何かぼんやり考えこんでいた。それは少年らしくもない憂欝な、女々《めめ》しい姿だった。

黒吉は明かに、他の同輩の少年達から
「オイ、こっちへこいよ」

と声をかけられるのを恐れているように見えた。

しかし、それは、単に彼の危惧に過ぎなかった。

他の少年座員達は、誰も、この憂欝な顔をした、芸の不器用な、そして親方におぼえのよくない黒吉と、進んで遊ぼうというものはなかった。（それは恐ろしい団長への、気兼ねもあったろうが）寧ろ彼等は、黒吉の方から話しかけても、決して色よい返事は、しないように思われた。

結局、黒吉はそれをいい事にして、独りぽつねんと、小屋の隅に忘れられた儘《まま》、たった一つ、彼に残されたオアシスである他愛もない「空想」に耽っていた。

一ノ三

憂欝な少年黒吉が、何を考えているのか。

――その前に、彼が、なぜ親方のおぼえが悪いのだろうかという事をいわなければならない。

(それは、彼の憂欝性にも、重大な影響のある事だから)

黒吉は、どう見ても、親方の「お気に入り」とは思えなかった。それは、勿論彼が、芸の未熟な不器用だった事も、確かにその原因の、一つだったけれど、他の大きな原因は、彼が醜い容貌だ、という先天的な不運に、禍《わざわい》されていたのだった。

男の子の容貌が、そんなにも、幼い心を虐《しいた》げるものだろうか――。

如何にも、舞台の上で生活するものにとって、顔の美醜は非常に大きなハンデキャップなのだ。彼の同輩の愛くるしい少年が、舞台で、どうしたはずみか、ストンと尻もちをついたとしたら、観客は「まあ、可哀そうに……あら、赤くなって、こっちを見てるわ、まるで正美《まさみ》さんみたいね」

そういって可愛い美少年は、失敗をした為に、却って、観客の人気を得るのだ。けれど、それに引きかえて、醜い顔だちを持った黒吉が、舞台でそれと同じような失敗をしても、観客は、何の遠慮もなく、このぎこちない少年の未熟さを嘲笑うのだった。

この観客にさえ嗤《わら》われる黒吉は、勿論親方にとって、どんなに間抜けな、穀潰《ごくつぶ》しに見えたかは充分想像が、出来るのだった。従って、黒吉に対する、親方の仕打ちがどんなものだったかも――

(俺は芸が下手なんだ)

(俺は醜い男なんだ)

薄暗い小屋の片隅で、独りぽつんと、考えこんでいる黒吉は、楽しい空想どころか、彼の幼い心には、この二つの、子供らしくもない懊悩《おうのう》が、いつも吹き荒《すさ》んでいるのだった。

そして、それは彼の心の底へ、少年らしい甘えた気持を、ひた押しに内攻して仕舞って、彼をなお一層、陰気にする外《ほか》、なんの役にもたたなかった。冷たい冷たい胸の中に、熱いものは、ただ一つ涙だけだった。

こうした雰囲気の中に、閉じこめられた鴉黒吉が、真直に伸びる筈はなかった。

――そして、蒼白い「歪んだ心」を持った少年が、ここに一人生成されていった。

世の中の少年や少女達が、喜々として、小学校に通い始めた頃だろうか。勿論黒吉には、そんな恵まれた生活は、遠く想像の外だった。

しかし、この頃から黒吉は、同輩の幼い座員の中でも、少年と少女とを、異った眼で見るようになって来た。

「何」という、ハッキリした相違はないのだが、女の子に莫迦にされた時には、不思議に男の子に罵られたような、憤りは感じなかったのだった。寧ろ、

（いっそ、あの手で打《ぶ》たれたら……）

と思うと、何かゾクゾクとした、喜びに似た気持を感じるのだ。

これが何んであるか、黒吉は、次第に、その姿を、ハッキリ見るようになって来た。

一ノ四

安白粉の匂いと、汗ばんだ体臭と、そして、ぺらぺらなあくどい色の衣裳が、雑巾のように、投げ散らかされた、この頽廃的な曲馬団の楽屋で、侮蔑の中に育てられた、陰気な少年の「歪んだ心」には、もうませた女の子への、不思議な執着が、ジクジクと燃えて来たのだ。

――そして、それを尚一層、駆立てるような、出来事が起った。

それは、やっと敷地に小屋掛けも済んで、いよいよ明日から公開、という前の日だった。

団長は、例の通り、小六《こむず》ヶ敷《し》い顔をして、小屋掛けの監督をしていたが、それが終って仕舞うと、

さも「大仕事をした」というような顔をして、他のお気に入りの幹部達と一緒に、何処か、遊びに出て行った。

　団長の遊びに行くのを、見送って仕舞うと、他の年かさな座員や、楽隊《ジンタ》の係りの者なども、ようやくのびのびとして、思い思いの雑談に高笑いを立てていたが、剽軽者《ひょうきんもの》の仙次《せんじ》が、自分の役であるピエロの舞台着を調べながら
「オイ、親父《おやじ》が行ったぜ、俺の方も行こうか」

　恰度それが、合図でもあったかのように、急に話声が高くなった。

「ウン、たまには一杯やらなくちゃ……」

「ちえッ、たまには、とはよくもいいやがった。明日があるんだ、大丈夫か」

「ナーニ、少しはやらなくちゃ続かねエよ、いやなら止せよ」

「いやじゃねエよ」

「ハハハ、五月蠅《うるせ》えなア」

　と、如何にも嬉しそうに、がやがや喋りながら、それでも大急ぎで支度をして、町の中に開放されて行った。

　そして、何時か、このガランとした小屋の中には、蒲団係りの源二郎《げんじろう》爺さんと、子供の座員だけが、ぽつんぽつんと取り残されていた。子供の座員は、外出を禁じられていた。それは勿論「脱走」に備

えたものだった。その見張りの役が、今は老耄《おいぼ》れて仕舞ったが、昔はこの一座を背負って立った源二郎爺《じじい》なのだ。

結局、幼い彼等は、小屋の中で、てんでに遊ぶより仕方がなかった。

男の子は男同志で、舞台を駈廻《かけまわ》り、女の子は女らしく、固って縄飛びをしていた。――そして、黒吉は、相変らず小屋の隅に、ぽつんと独りだった。

しかし、何時になく、黒吉の眼は、何か一心に見詰めているようだ。

(この憂欝な、オドオドした少年が、一生懸命に見ているものは、何んだろう)

誰でも、彼の平生を知っているものが、この様子に気付いたならば、一寸頸《ちょっとくび》をかしげたに相違ない。

そして、何気なくこの少年の視線を追って見たならば、或はハッと眼を伏せたかも知れないのだ。

黒吉の恰度眼の前では、少女の座員たちが、簡単服《アッパッパ》を着て、縄飛びをしていた――。しかし彼の見ているのは、それではなかった。この少女達が、急《いきお》いよく自分の背丈《せい》位もある縄を飛んで、トンと下りると、その瞬間、簡単服のスカートは、風を受けて乱れ、そこから覗くのは、ふっ、、、くりとした白い腿《もも》だった――。

(十やそこらの少年が、こんなものを、息を殺して見詰めているのだろうか――)

そう考えると、極めて不快な感じの前に何か、寒む寒むとした、恐ろしさを覚えるのだ。

しかし、尚それればかりではなかった。

二

この憂欝な少年の心を、根柢から、グスグスとゆり動かした、あの「ふっくりとした白い腿」がたえまなく、彼の頭の中に、大きく渦を捲いて、押流れていた。

やがて、その心の渦が、ようやく鎮まって来ると、その渦の中から、浮び上って来たのは、この一座の花形少女「貴《き》志《し》田《だ》葉《よう》子《こ》」の顔だった。

だが、それと同時に、黒吉は、いきなり打ち前倒《のめ》されたような、劇しい不快な気持を、感じた。

（ちえッ、俺がいくら葉《よう》ちゃんと遊ぼうったって、駄目だい。俺は芸が、下手くそなんだ。それに、あんな綺麗な葉ちゃんが、俺みたいな汚い子と遊んでくれるもんか……）

だが、この少年の心の底へ、しっかり焼付られた、葉ちゃんへの、不思議な執着は、そんな事ぐらいでは、びくともしなかった。寧ろ
（駄目だ）

と思えば思う程、余計に、いきなり大声で呶鳴ってみたいような焦燥を、いやが上にも煽《あおり》立《た》てているのだ。

——この頃から、彼のそぶりは、少しずつ変って来たようだった。それはよく気をつけて見たなら

ば、相変らず小屋の片隅に、独りぼっちでいる黒吉の眼が、妙な光を持って来たのに、気がついたろう。そして、その時は彼の視線の先きに必ず幼い花形の、葉子が、愛くるしい姿をして飛廻っていたのだ。

葉子は、まだ黒吉と同じように、十位《とお》だったが、顔は綺麗だし、芸は上手いし、自由な小鳥のように朗らかで、あの気六ヶ敷い団長にすら、この上もなく可愛がられていたから、この陰惨な曲馬団の中でも、彼女だけは、充分幸福なように見えた。

そして、勿論、この陰気な、醜い黒吉が、自分の一挙一動を、舐めるように、見詰めているとは気づかなかったろう。

黒吉自身は、彼女が、自分の事など、気にもかけていない、という事が「痛しかゆし」の気持だった。無論彼女に

「こっちへいらっしゃいよ」

とでも、声を掛けられたら、どんなに嬉しい事だろう。――しかし、その半面

「だらしがないのねエ、あんたなんか、大嫌いよ」

といわれはしまいか、と思うと、彼女に話かけるどころか葉子が、何気なくこっちを見てさえ、

（俺を嗤うんじゃないか）

こうした感じが、脈管の中を、火のように逆流するのだ。それで、つと眼を伏せて仕舞う彼だった。

黒吉は、自分でさえ、このひねくれた気持を知りながら、尚葉子への愛慕と伴に、どうしても、脱ぎ去る事が、出来なかった。

×

思い出したように、賑やかなジンタが、「敷島マーチ」を一通り済ますと、続いて「カチウシャ」を始めた。フリュートの音が、ひょろひょろと蒼穹《あおぞら》に消えると、その合間合間に、乾《ひ》からびた木戸番の「呼び込み」が、座員の心をも、何かそわそわさせるように、響いて来た。

「さあ、葉ちゃんの出番だよ」

「あら、もうあたしなの、いそがしいわ」

「いそいで、いそいで」

葉子は周章《あわて》てお煎餅《せんべい》を一口齧《かじ》ると、衣裳部屋を飛出して行った。

恰度、通り合せた黒吉は、ちらりとそれを見ると、何を思ったのか、その喰《たべ》かけの煎餅を、そっと、いかにも大事そうに持って行った。

ニノニ

菓子が、喰いかけて、抛《ほう》り出して行った煎餅を、そっと、拾ってきた黒吉は、座員達が、こってりと白粉を塗った顔を上気させながら、忙しそうに話し合っている所を、知らん顔して通り抜けると小屋の片隅の、座蒲団が山のように積上げられてある陰へ来た。

黒吉は、経験で、舞台が始まると、こんなところには、滅多に人が来ない事を知っていた。

それでも、注意深く、あたりに人気のないのを見澄ますと、こそこそと体を跼《かが》めながら、いまにも崩れそうに積上げられた座蒲団の隙間へ、潜り込んで行った。

その隙間は、如何にも窮屈だったが、妙にぬくぬくとした弾力があって、何かなつかしいもののようであった。黒吉はやっと嗯《ほっ》とした落着きを味わいながら、あの煎餅のかけらを持ち迭《か》えると、それがさも大切な宝石でもあるかのように、そーっと手の掌《ひら》に載せて見た。

(これが、葉ちゃんの喰いかけだな)

そう思うと、つい頬のゆるむ、嬉しさを感じた。……大事に大事にとって置きたいような、……ぎゅっと抱締めたいような――。

黒吉は、充分幸福を味わって、もう一遍沁々《しみじみ》と、薄い光の中で、それを見詰めた。こうしてよくよく見ると、気の所為《せい》か、その一かけの煎餅は、幾らか湿っているように思えた。

気をつけて、触ってみると、確かに、喰いかけのところが一寸湿っていた。

（葉ちゃんの唾《つばき》かな）

黒吉の、小さい心臓は、この思わぬ、めっけものにガクガクと顫《ふる》えた。

彼は、いくら少年だとはいえ、無論こんな一っかけの煎餅を、喰べたいばかりに、拾って来たのではなかった。黒吉には「葉子の喰べかけ」というところに、この煎餅が、幾カラットもあるダイヤモンドにも見えたのだ。

しかし、触って見ると、このかけらは湿っている……

（葉ちゃんの唾だな）

その瞬間、黒吉の頭には、衣裳部屋で、葉子が忙しそうにこの煎餅を咥《くわ》えていた光景と、それにつづいてクロオズアップされた、彼女の、あの可愛い紅唇《くち》とが、アリアリと浮んだ。

それと一緒に、彼は、思わずゴクンと、固い唾を飲んだ。

黒吉は、妖しく眼を光らせながら、あたりを偸《ぬす》み見ると、やがて、意を決したように、その葉子の唾液《つばき》で湿ったに違いない煎餅のかけらを、そっと唇《くちびる》に近づけた……。

（鹹《しょ》っぱい――な）

これは、勿論塩煎餅の味だったろう。だが、黒吉の手は、何故かぶるぶると顫えた。

彼の少年らしくもない、深い陰影《かげ》を持った顔は、いつか熱っぽく上気し、激しく心臓から投出される、血潮は、顳顬《こめかみ》をひくひくと波打たせていた。

そして、もう手の掌に、べとべとと溶けて仕舞った、煎餅のかけらから、尚も「葉子の匂い」を嗅ぎ出そうと、総てを忘れて、ペロペロと舐め続けていた……。

「こらっ。何をしてるんだ、黒公」

ハッと気がつくと、蒲団の山の向うから、源二郎爺の、怒りを含んだ怪訝な顔が、覗いていた。

「出番じゃねエか。愚図愚図してると、又ひどいぞ」

「ウン」

黒吉は、瞬間、親方の顔を思い出して、ピョコンと飛起きた。そして、ベタベタと粘る手の掌を肉襦袢にこすりこすり、周章《あわ》て楽屋の方へ駈けて行った。

二ノ三

黒吉は、命ぜられた、色々の曲芸をしながらも、頭の中は、いつも葉子の事で一杯だった。

(一度でいいから葉ちゃんと、沁々話したい)

これが、彼の歪められた心に発生《わい》て来た、たった一つの望みだった。

彼がもっと朗らかな、普通の子供であったならば、いつも同じ小屋にいる葉子だもの、そんな事は、造作なく実現したに違いない。

しかし、それにしては、黒吉は、余りに陰気な、ひねくれた少年だった。――というのも、彼の暗い周囲がそうさせたのだが――。

そして、早熟《ませ》た葉子への執着が、堰《せ》き切れなくなった時に彼が見つけたのは、あの煎餅のかけらが産んだ、恐ろしい恍惚境《エクスタシー》だった。

一度こうした排《は》け口を見つけた、彼の心が、その儘止まる筈はなかった――寧ろ、津浪のようにその排け口に向って殺到して行ったのだ。

彼は、そっと、人のいないのを見すまして、衣裳部屋に潜り込み、葉子の小《ちっ》ちゃい肉襦袢に、醜悪な顔を、埋《うず》めていた事もあった。

その白粉の匂いと、体臭のむんむんする臭いが、彼自身に眩暈《めまい》をさえ伴った、陶酔感を与えるのだ。

そして、ふと、その肉襦袢に、葉子のオカッパの髪が、二三本ついていたのを見つけると、その大発見に狂喜しながら、注意ぶかく抓《つま》み上げて、白い紙につつむと、あり合せの鉛筆で、

「葉子チャンノカミノケ」

そんな文句を、下手糞な字で、たどたどしく書きつけ、もう一度、上から擦《さす》って見てから、それを、肌身深く蔵《しま》いこんで仕舞った……。

こうした彼の悪癖が、益々募って行った事は、その後、葉子の持ち物が、ちょいちょい失《な》くなるようになった事でも、充分想像が出来た。

失くなるといっても、勿論たいした品物を、曲馬団の少女が、持っている訳はなかったから、もうすり減った、真黒く脂《あぶら》肪足の跡が附いた、下駄の一方だとか、毛の抜けて仕舞った竹の歯楊子《ようじ》だとか、そういった、極く下らないものだった。それで、

（盗られた）

という気持を、葉子自身ですら感じなかったのは、彼にとっては、もっけの幸いだった。しかしこれらの「下らない紛失物」が、黒吉にとって、どんなに貴重なものだったかは、また容易に想像出来るのだ。

――ここまでは、黒吉少年の心に醗酵した、侘《わび》しい（しかし執拗な）彼一人だけの、胸の中の恋だった。

だが、ここに葉子が、暴風雨《あらし》を伴奏にして、颯爽と、現実の舞台へ、登場しようとしている。

×

極東曲馬団は、町から町、盛り場から盛り場を、人々の眼を楽しませながら、流れ移っていた。

そして、ある田舎町に敷地を借り、ようやく小屋掛けも終ったと殆んど同時に、朝から頸を傾《かし》げさせていた空模様が、一時に頽《くず》れて、大粒の雨が、無気味な風を含んで、ぽたりぽたり落ちて来たかと思うと、もう篠つくような豪雨に変っていた。

団長等は、早々に、宿屋に引上げて仕舞ったが、子供の座員や、下っぱの座員などは、経費の関係で、いつも、この小屋に泊る事を言渡されていた。子供等の方では、これは当然だと思っていたし、又団長がいないという事で、却って喜んでいたようでもあった。

しかし、この急拵えの小屋が、この沛然《はいぜん》と降る豪雨に、無事な筈はなく、雨漏りをさけて遁げ廻った末、やっと楽屋の隅で、ひと凝固《かたま》りになって、横になる事が出来たのは、もう大分夜が更けてからだった。

黒吉は、眼をつぶって、ようやく小降りになって来たらしい、雨の音を聴いていると、もう肩を並べた隣りからは、幽かな寝息さえ聴えて来た。

それと同時に、黒吉は、何かドキンとしたものを感じた。

(隣りに寝ているのは、葉ちゃんじゃないか――)

二ノ四

瞬間、黒吉は自分の頭が、シーンと澄み透って行くのを感じた。

(果して、隣りで寝ているのは、葉ちゃんだろうか)

それは勿論、第六感とでもいうのか、極く曖昧なものだった。が、あの騒ぎで、皆んな、ごたごたに寝て仕舞ったのだから、全然あり得ない事でもないのだ。

そう思うと、隣りと接した、肩の辺が、熱っぽく、暑苦しいようにさえ感じた。そして、心臓はその鼓動と伴に、胸の中、一杯に拡がって行った。

黒吉は、思い切って、起上り、顔を覗き見たい衝動を感じた。あたりは真暗だが、よく気をつけて覗きこめば、顔の判別がつかぬ、という程でもないように思われた。

彼は、そーっと、薄い蒲団の縁《へり》へ、手をかけた。だが――

(まてまて。葉ちゃんならば、こんなに素晴らしい事はない。けれども、こんなにぎっしり寝ている処で、ごそごそ起きたら、どうかすると、彼女は眼を覚ますかも知れない。

それだけならいいが、眼を覚まして、俺が覗きこんでいた事を知ったら、きっと葉ちゃんは、真赤になって、この醜い俺を罵り、どこか遠くへ寝床をかえて仕舞うに違いないんだ。

——そんな莫迦な事をするより、例え短かくとも、夜が明けるまで、こうして葉ちゃんの、ふくよかな肩の感触を恣《ほしいまま》にした方が、どれ程気が利いていることか……）

黒吉の心の中の、内気な半面が、こう囁いた。

彼は、蒲団にかけた手を、又静かに戻して仕舞うと、今度は、全身の注意を、細かに砕いて、彼女の方へぴったり、摺り寄って行った。そして、温もりに混った、彼女の穏やかな心臓の響きを、肩の辺に聴いていた……。

フト、冷めたい風を感じて、何時の間にかつぶっていた眼を明けて見ると、あたりには極くうっすらと、光が射しているのに、気がついた。

（もう夜明けかな——いつの間に寝て仕舞ったんだろう）

それと一緒に、思わずガクンと体の顫えるような、口惜《くや》しさに似た後悔を感じた。

（葉ちゃんは……）

黒吉は、先ずそれが心懸りだったので、ぐっと頸を廻して隣りを確めようとした。

（おや……）

彼の眼に這入ったのは、葉子より先きに、キンと澄み切った、尖った月の半分だった。

急拵えの小屋の天幕は、夕方の大暴風雨に吹きまくられてぽっかり夜空に口を開け、恰度そこから、のり出すように月が覗き込み、地底のようにシンと澱んだ小屋の中に白々とした、絹糸のような、光を撒いているのだ。暴風雨の後の月は物凄いまでに、冴え冴えとしていた。

（まだ夜中だ）

黒吉は嗯《ほ》っと心配を排《は》き棄てた。

彼の隣りには、葉子が、いかにも寝苦しそうに寝ていた。先刻《さつき》は、確かに葉子だ、とは断言出来なかったが、いまでは極く淡い光ではあったが、その中でも、段々眼の馴れるに従って、黒吉には、ハッキリ葉子の姿が、写って来た。

黒吉は、意を決したように、半身を蒲団から抜出し、月の光を遮らないように——、音のしないように、そっと彼女の顔を覗きこんだ。

眼の下には、月の光を受けて、いつもより蒼白く見える葉子の、幼い顔が、少しばかり口さえ開け、寝入っていた。もう少し月の光が強かったら、この房々としたオカッパの頭髪《かみのけ》が、黄金のように光るだろう——と思えた。

又、襟足の洗いおとした白粉が、この幼い葉子の寝姿を少年の心にも、一入可憐《ひとしおいじら》しく見せていた。

暫く、ぼんやりと、その夢のように霞んだ、葉子の顔を、見詰めていた黒吉は、ゴクンと固い唾を咽喉へ通すと、その薄く開かれた唇から、寝息でも聴こうとするのか、顔を次第次第に近附けて行った。

何故か、彼の唇は、ガザガザに乾いていた。

やがて、この弱々しい月光の下で、二つの小さな頭の影が、一つになって仕舞うと、彼は、葉子の頬についている、小さい愛嬌黒子《ぼくろ》が、自分の頬をも、凹《へこ》ますのを感じた。

二ノ五

黒吉の、唇に感じた、葉子の唇の感触は、ぬくぬくとして弾力に富んだはんぺんのようだった。妙な連想だけれど、事実彼の経験では、これが一番よく似ていたのだ。

唯、違った所――それは非常に違ったところがあるのだが――残念ながら、それをいい表わす言葉を知らなかった。

彼は、そーっと腕の力を抜こうとした。途端に、肘の下の羽目板が、鈍い音を立てた。造作の悪い掛小屋なので、一寸した重みの加減でも、板が軋むのだ。シンとした周囲《あたり》と、針のように尖った、彼の神経に、それが幾層倍にも、拡大されて響き渡った。

黒吉の心臓は、瞬間、ドキンと音がして止ったようだった。

「ク……」

周章て顔を上げた彼の眼の下で、葉子は、悪い夢でも見たのか、咽喉《のど》を鳴らすと、寝返りを打って、向うを向いて仕舞った。

（眼を覚ましたかな）

黒吉は、思いきり息を深くしながら、葉子の墨のような、後向きの寝姿を、見守った。（いや、大丈夫だ）

寝返りをした葉子は、幸い、眼を覚まさなかったと見えて、直ぐ又かすかな、寝息が、聴えて来た。

彼は、ようやく喫っと、熱い息を吐くと、唇に触ってみながら、蒼黒い周囲を、見廻していた……。

……翌日は、昨夜の暴風雨に引かえ、何処までも澄んだ蒼穹が訪れた。

黒吉は、ゆうべの偶然な出来事を、独り反芻して愉しもうと、小屋の丸太を伝いながら、上《あが》って行った。

天辺まで行って、首を出した、と同時に、眼に這入ったのは、恰度真向うの、水蒸気を含んで、輝いている森の姿だった。

（綺麗なもんだなア、――けれど）

胸の端を、ちょいと横切ったのは、「葉子」だった。その瞬間、この少年には、葉子の方が、もっと生々しい、美を持っているように思えた。

（森なんか……）

そう呟くと一緒に、彼は、耳元で話掛られて、思わず、丸太を掴んだ腕が、ビクッと震えた――いままで、人に話掛られて、いい事なんか殆どなかったから——

「森なんか、なんだっていうの、黒ちゃん」

黒吉は、返事が出来なかった。何時来たのか眼の前には、葉子が立っているのだ。

それに、いままで、「黒ちゃん」なんて、優しく呼ばれた事は、誰からも、ただの一回もないのだから……。

「何を考えてんのよ」

葉子は、暖かい陽の中で、愛らしく笑っていた。

「森、みてたんだ」

黒吉は、彼女の顔を正面《まとも》に見る事が、出来なかった。そして、足の先きを、ごそごそ動かしながら、打切棒《ぶっきらぼう》に、こういった。

「まあ、森を見てたの、あんた詩人ね」

この可愛い、おませさんは、何処で憶えたのか、こんな事をいった。黒吉は、返事が、考えつかなかった。

「ほんとに綺麗な森ね、黒ちゃんは森が好きなの。綺麗だから——」

「ううん、森なんか嫌いだい。君の方が綺麗じゃないか」

「まあ——」

葉子は、如何にも女の子らしく、嬉《よろこ》んで、大きな眼を開けた。

「だけど、俺は醜《きたな》いからなア……。遊んでくれる」

彼は、少しずつ口が听けるようになった。

「遊ぶとも」（葉子は、時々乱暴な言葉を使った）

「黒ちゃんは穏和《おとな》しいから好きよ。ゆうべだって……」

「えッ。知ってんの――」

黒吉は、思わずビクッとした。

二ノ六

「驚かなくたって、いいじゃないの。あたしだって、接吻初めてよ」

黒吉は、顔がカーッとほてるのを感じた。そして、この十位の幼い少女が、こんな事を、あけすけにいうのか、と思うと、この愛らしい姿の中に、悪魔が宿っているのではないか、と思われた。如何に、荒《すさ》んだ周囲の中に育ったから、とはいえ、恐ろしい事だった。

「いつ来たの、ここへ」

彼は、返事に困って、こんな事をいった。

「あんたが上《あが》っているのを見たから、直ぐ後から来たのよ」

「なんか用――」

「ウウン、用なんかないわ。……あんた変な人ね、あたしが嫌いなの。そんなら、なぜあんな事、したの」

「違う、違うよ。俺ア葉ちゃんが好きなんだよ。――だけど、どうもどうもうまく喋べれないんだ……」

これは、黒吉の本音だった。

「まあいいわ、ここに坐りましょう」

葉子は、黒吉に席を明けると、二人は並んで、屋根組みの丸太に、腰を掛けた。

人が見たらば、曲馬団の子供が、日向ぼっこをしている位にしか、見えなかったろう。

「ゆうべはあたし知ってたのよ」

葉子は何故か、執拗だった。

「じゃどうして、寝たふりしてたの」

「だって。あの虫みたいな（あらごめんなさい、みんなあんたの事をそういうのよ、隅で小さくなってるから……）だけどあたし好きになっちゃったわ、あんたが」

黒吉は、彼女の口から「虫」といういやな綽名《あだな》を聴くと、苦汁を飲まされたような気がして、黙って仕舞った。

「だから、いい事おしえて上げるわ」

葉子はそういって、垂らした足を、ぶらぶら、ゆらし始めた。

その度に、葉子のふくふくとした肩が、いくらか固くなった黒吉の体に触れた。彼はその柔らかい感触に、得体の知れぬ蠢《うご》めきを受け、又ゆうべの夢が、生々しく甦って来るのを感じた。そして苦汁は軽く揮発《きはつ》して行った。

「いい事って、何さ」

葉子は尚も、足を振り続けた。或は故意に——と思われる程、体と体が、劇しくぶつかる事もあった。その度に、黒吉の固くなった心は、音もなく、融けて行くのだ。

「いい事ってね、あんた芸が下手じゃ駄目よ、親方には嫌われるし、皆んなは莫迦にするし」

葉子は、姉さんのような事をいった。

「うん」

「だからあたしいい事聞いたの。あんた本当に一生懸命やるつもりあって」

「やるとも、葉ちゃんと一緒にやるのかい」

「いいえ、一緒じゃないわ……けど、とっても六ヶ敷い芸なの、今は誰もしないわ、せんに源二郎爺《じい》さんが、若い時にやったきりですって、それが出来りゃ親方だって、大事にするわ」

「うん」

「ほんとに出来たら、二人でしましょうか、親方に頼んで……」

「ああ、そうしよう、でなきゃつまんないや。でも、どんなことだい」

黒吉は、すっかり朗らかになっていた。昨日までの、じめじめとした気持を、いかにも少年らしく、すっぽりと、脱ぎ棄てて仕舞って、太陽のように笑いたい気持だった。

下では、源二郎爺が、ゆうべの雨で濡れて仕舞った、座蒲団を干しながら、ふと上を見上げると、小屋の屋根で、少女花形の葉子と、「虫」とが、愉しそうに、話し合ったり、手を握り合ったりしているのを見つけて、怪訝な顔をしていた。

三

源二郎爺が、最初に感じた「怪訝」は、やがて一座の全員に、たった一人葉子だけを除いて——拡がって行った。

「虫」と綽名された、陰気な、芸の無器用な鴉黒吉が、まるで生れ変ったように、夢中になって、暇さえあれば、曲芸の稽古を始めたのだ。

それは如何にも、驚くべき変化だった。オドオドとした女々しい黒吉が、少年本来の「快活」を取戻したのだろうか——、それにしても、その稽古は余りに激烈な、血の滲むようなものだった。

黒吉の、少年らしく、まだ潤んだ眼は、蜘蛛の巣のような血脈に上気し、固く喰いしばられた唇からは、いまにも鮮血が、タラタラと滴《したた》りはしないか、と危ぶまれた。

時々彼の体は、宙を飛んで、羽目板に叩付られる事があった。それでも、つい漏らす呻き声の外、黒吉は矢張り、歯を見せようとはしなかった。

しかし、その肉と骨との相尅するような、鈍い、陰惨な音を聴くと、却って、不思議そうに見守っていた他の座員達の方が、或る者は思わず唇を噛締め、又或る者は顔を外向《そむ》ける程だった。そして、厳格な、氷のような団長ですら、ただ唖然とするばかりだった。

だが、葉子は——。

可怪《おか》しな事に、この黒吉の心を、急廻転させた、その原動の葉子が、此処には、姿を見せていなかった。けれども、誰か座員が、四辺《あた》りを、よく注意して見たならば、この稽古場の隅の、薄暗いところから、隠れるようにして、この様子を見詰めている葉子に、気がついたろう。

葉子に気がついたとしても、誰も、この黒吉の大変化に、この少女を結びつけて考えるものはなかった——いや、むしろこの血みどろな稽古には、彼女が、隠れ見していた方が、よっぽど自然に見えた。

しかし、これは、彼女にとって、恵まれた偶然だった。彼女は、先刻《さっき》から、この野獣のような、肉と骨との相打つ、荒々しい雰囲気に飛出して行こうとしても、足が前に出ぬ程の亢奮を感じていたのだ。

そして、眼の前にのたうつ肉塊が醸《かも》す、グイグイ締付けられるような、圧力を伴なった幻酔感は、この少女に、立っている事にすら、苦痛を与えた。彼女は、掌《て》に汗を握り、荒い息吹きの中にあった。

（あっ、血が――）

黒吉は、鼻血を出したのだ。彼は周章《あわ》て、上を向くと、鼻血は、鼻の傍《わき》から、スーッと赤黒い線を残して、耳の裏に、遁げ込んで行った。

葉子は、瞬間、ハッと胸の中が、空虚《から》になったように感じた。それと同時に、こみ上げて来たのは、クラクラするような、倒錯した恍惚感だった……。

葉子は、ふと気がついたように、四囲《あた》りを見廻してみると鼻血を出した為か、もう黒吉の姿はなく、他の少年座員達が何か密々《ひそひそ》と囁き合いながら、銘々に稽古を始めるところだった。

（黒ちゃんの事を、噂してんだわ）

葉子は、そう思いながら、黒吉を捜す為にようやく立上った。

方々捜しあぐねて、櫓《やぐら》の日当りに、黒吉の姿を見つけると葉子は、直ぐ飛んで行った。

「黒ちゃん、すごいわねエ、あんなに勇気があると思わなかった」

「すごかないさ、葉ちゃん見てたの」

黒吉は、鼻血は止ったけれど、まだ腫れ上った体を擦《さす》りながら、それでも、嬉しそうだった。

「見てたわよ、鼻血出したんで驚いちまったの……、あら、真赤よ、血が滲んでいるわ」

葉子は、何故か、しげしげと、その赤く膨脹《ふくれ》て、毛穴に血を含んだ黒吉の肩を、見詰めた。

三ノ二

櫓は、一杯の明るい日射しを受けて、ぽかぽかと暖かく、四辺りには、他に人影が見えなかった。

「血が出てる？　アッ、触っちゃ痛いよ」

「…………」

葉子は、返事もしなかった。しかし、その眼は、焼けつくように、痣《あざ》になった傷に、注がれていた。

「黒ちゃん、痛い？」

葉子は、そういって、又そっと傷に触れたようだ。

「痛……」

黒吉は、思わず、出かかった言葉を、呑んで仕舞った。

傷の周囲《あたり》に、見えないけれども、何か生温かいペラッとしたものを感じた。

（舐めた？……）

と思うと、その傷のある方の半身がズーンと、足の先きまで、痺れたように感じた。

「葉ちゃん……」

周章ていった、その言葉までが、痺れていた。

黒吉自身にとって、こんな異様な、触感は始めてだったが、尚も二三度舐められるのを感じると、これはあながち、不快なものではないように思えて来た。

むしろ、擽《くすぐ》られた時に感ずる、あの不思議に、胸のどきどきする快感があった。

粘々《ねばねば》として、弾力を持った、暖かい彼女の舌が、さぞ醜くいであろう傷の上を、引ずるように、過ぎる度に、黒吉の昂ぶった神経は、ズーン、ズーンと半身を駈下って、足元に衝突した。

「どお、痛い？」

葉子は、彼の顔を覗きこんだ。

「ううん」

黒吉は、周章て頭を振った。

「痛いもんか」

「だって、体が震えていたんだもの。舐めた方が早くなおるんだって、いったわ」

傷に唾液をつける事は、彼等の中でありふれた、最も原始的な、治療法だった。しかし、葉子が、唯、本当の親切心から舐めて遣ったのだろうか――。尠くとも黒吉は、彼女の親切と信じていた。が、先刻の、不可思議な様子を考えてみると、恐ろしい事に、この可愛いい少女は、この惨《むご》たらしい血の滲んだ傷に、残虐な魅力を、舐めたい衝動を、感じたのかも知れない。いや、確かに、その亢奮を感じたのだ、唾液をつけて遣るだけなら、何も、舐めてやる程の事もないだろうから――。

しかし、黒吉の胸は、幸福に、膨らんでいた。

「葉ちゃん、もういいよ。もう痛くないから」

葉子は、黙って顔を上げた。

「俺ア、葉ちゃんに訊きたい事があるんだ」

「なによ」

「何って。なぜ俺みたいに醜《きた》ないもんと、遊んでくれるんだい」

「醜なかないじゃないの。あたしあんたが好きよ。穏和《おとな》しいんだもん。義公《よしこう》みたいになまっ白い、それでいて威張っている奴なんか大嫌さ」

義公は同じ黒吉一座の少年座員で、可愛いい美少年だった。黒吉は彼女の口から、その名前を聴いただけでも、快よくはなかった。

「……それでさ、義公ときたら梯子の上であたしを受取る時なんか、わざとぎゅっと抱くのよ」

黒吉の眼の前には、義公の生意気な顔が浮んだ。

(畜生――)

彼はその幻影を撲り倒すように、口の中で呶鳴った。その時、黒吉の心には少年らしからぬ、激しい「嫉妬」が、火花のように散っていたのだ。

三ノ三

「葉ちゃん、俺ア死んでも義公なんかに、負けねエよ」

黒吉は、そう吐出すようにいうと、傷の痛いのも忘れて立ち上った。

「ほんとに負けないでね、あんたがここの立て役になったら、あたし嬉しいわ。……夫婦《いっしょ》になってもいいわ」

「夫婦に」

流石に黒吉は、子供っぽい顔を、本能的な羞かしさに、一寸赧《あか》らめて、葉子を見返した。

「ほんとよ。……嘘だっていうの」

葉子は、むきになって、口を尖らせた。

「よし。じゃここで約束しよう」

黒吉は、照れ隠しにこういうと、小指を突出した。そうしてこの二人は、明るい櫓の上で、陽を一杯にあびながら、如何にも子供らしい方法で、固い堅い約束を交わした。

――この少年と少女の約束が、どんな形で彼等を訪れるだろうか……。それは全く不明であるけれども、この陰惨な、そして執拗な少年と、残虐な空気に、亢奮を見せる少女との間には、到底月並な終結は、望み得ないように思われる。――しかしそれは、ずっと後《あと》の事だ。

現在の、櫓の上に、陽をあびて立った、黒吉の心は、幸福が、歓喜の浪に乗って、惜気もなく滾《こぼ》れていた。

そして、彼の血みどろな猛練習は、尚一層彼の体を、唯一塊の肉として、冷たい床板にのたうたせた。

又それに比例して、葉子の、彼に対する愛撫も加速度に昂まって行った。

その愛撫が、どんなものであったか、という事は、二人だけの秘密ではあったが、黒吉は、彼女の唇の裏にある、小さな黒子を見つけ出したし、又夜の葉子の掌は、汗に濡れていた事も知った。

或る時は、そっと衣裳部屋の鏡に、肩の傷を写して見ると不思議な事に、その傷は小さい唇の形に、血が滲んでいるのを――葉子が、強く吸ったのではないか、と思うような――を見つけた事もあった。

しかし、そうした黒い影《くら》とは別に、黒吉の技倆《ぎりょう》は、ぐんぐん上達して行った。この命がけの、絶えず心に拍車を受けての猛練習は、あの無器用な、逆立にすら親方を怒らせた頃と比べて、まるで同日の談ではなくなったのだ。

しなしなと伸びる体は、彼の芸所作《しぐさ》から、全く危惧を取去って、観客にただ陶酔と拍手とを与えた。そして「鴉黒吉」の名は、「貴志田葉子」に並んで、ゲラ紙に刷られた広告《ひろめ》に少年少女の花形《スター》として、大きく刷り出された。

彼は、葉子と名前を並べられた事だけでも、例えようのない程、嬉しかった。それがもし、新らしい町に来て、座員一同お広目に、町中を列を造って練る時など、二人だけ一緒に小さい車に乗り行列に加わっていたが、その時黒吉はこってりと塗られた白粉の下で、どんな陶酔を持て剰《あま》していた事か――。

彼は芸にかつて味わった事のない自信を感ずると伴に、又忘れ得ぬ執着を――恰度葉子に味わったような――を感じた。

黒吉は、昔とった杵柄《きねづか》の、源二郎爺に呼吸を教わりながら、いよいよ恐ろしい曲芸の稽古にとりかかった。

それは、高い小屋の天井の、両端にブランコが垂らされ、その一つから、他の一つに飛移る――と、口でいえば簡単ではあるが、眼の眩《くら》むような高い小屋の空での、離れ技は、一か八かの冒険だった。一寸、手を滑らせば、遙か下の冷めたい大地に、腐った無花果《いちじく》のような、血の華を咲かせなければならないのだ。

四

こうした、幼き少年にしては、余りに多彩な雰囲気の中にようやく、芸と云うものと、葉子との交渉に、一日の殆んどを消費するようになってから、黒吉の周囲は、幾つかの事件を何時の間にか、過去に遺《のこ》して、彼はもう十六の少年になっていた。

しかし、この長き苦練は、幸い葉子の慰撫を受けて、そう単調なものではなかった、と同時に、決して無駄でもなかった。

彼は既に、この一座で、押しも押されもせぬ、花形曲芸師だった。如何にも、十六といえば、年からいっても、彼等の世界では、もう立派な、一人前の男なのだ。その上他に誰も出来ぬ、恐ろしい空を飛ぶ曲芸を、彼自身の十八番《おはこ》にして仕舞ったのだから――。

又ここに、忘れてならないのは、葉子の事だ。

葉子も、何時か、体全体に、脂肪を持った、ふくよかな肉がつき、円《ま》ろやかに、体から流れ出る線は、白く、そして弾力に富んで来た。又、彼女の傍を通り過ぎる時、ふと感ずる、淡い香りは、ハッキリと彼女の成熟を物語っている。尚又葉子の恵まれた美貌は、年と共に、一層、妖しき迄の完成に近づきつつあった。

白く抜出た額に、頸を振る度に、バサッとかかる、漆黒の断髪は、海藻の美だった。そして明るい瞳《め》と小気味よい鼻は静観の美であり、かすかに開かれた紅唇から覗く、光さえ浮んだ皓歯《こうし》は、観客の心臓を他愛もなく刳《えぐ》るのだ。

この美しき葉子が、何故、あの醜くい容貌を持った黒吉に好意を見せるのか――。

「葉ちゃんもヨ、物ずきじゃねエか、なんぼ、芸が上手くなったからって、黒公なんかと……。まるで色男が居ねエ訳じゃあるめエし――」

ピエロの仙次《せんじ》が、その可笑しな扮装の儘で顎を撫ぜた。

「ははは。――お仙様という色男がいるのになア……」

「まったくヨ」

「テ、しょってやがる」

冗談まじりの会話ではあったが、これは彼等の間で、最も興味ある、そして不思議な問題だった。

仙次のいった事から見れば、座員は、黒吉が上達した為、葉子の好意を受けた、と考えているようで、あの幼き日の、不思議な二人だけの出来事を、誰も知らないように見えた。

「だけど――」

仙次は又真顔になって、続けた。

「こんな事、聞いたぜ。黒公の奴がなア俺にいったよ。俺ア葉ちゃんと夫婦になるんだぜ、葉ちゃんが、そうしようといったんだ、って抜かしやがる。——面白くねエよ」

「ほんとか。——まったく今の調子じゃ解らねエぞ……」

「莫迦いえ！」

突然、口を出したのは黒吉の為に、花形の地位と一緒に、葉子まで奪われた、美少年の義公だった。

「そんなことがあるもんか。俺《おら》、ちゃんと知ってるんだ。黒公の奴はちょいちょい葉ちゃんに擽られてんだぜ」

「え、ほんとか……」

そこに居合せたものは、思わず義公の亢奮した顔を見詰めた。

四ノ二

義公は、不意に、一同の視線を浴びて、その可愛いい顔をぽーっと上気させながら、それでもすぐ続けた。

「ほんとだとも。俺ア、ハッキリ視たんだ。それも鞭で擽られてたぜ」

誰も、返事をするものはなかった。

「……だけど、だけど黒公の奴、平気なんだ。喜んで擽られてやがんだ。葉ちゃんとにやにや話しながら撲られてんだぜ……」

そういうと、義公も不審気に頸を傾《かし》げた。勿論、いま聞いたばかりの仙次を始め他の座員に、その不思議な悦楽の原因なぞ、解る筈はなかった。

悦楽――如何にもそれは、恐ろしきたのしみだった。が、葉子の美しい肉体の中には、黒吉の猛練習が生んだ、血と肉と骨の相剋する陶酔境が、空を切る鞭の下に、生々しく甦えり、彼女を甘美な夢に誘うのだった。

そして又、黒吉は、この乱れ飛ぶ鞭の下に、なお、欣然としているのだ。

彼は、眼の前に荒れ狂う、美しき野獣の姿に、尚新たな慾感を覚えたのだ。

この暴風のような、狂踊が済むと、後は雨のような愛撫だった。黒吉は葉子の汗ばんだ、指のつけ根が靨《えくぼ》のように凹んでいる、柔らかい掌を、肩に感じると、胸には熱く息吹くくなくなとした乳房を受けた。それは無論、薄い肉襦袢越しではあったが……。

黒吉は、すれすれに近づけられた、葉子の瞳の中に、自分の醜い顔が写っているのを見つけて、無意識にハッと眼を外らした。しかしあの写った自分の顔の中の瞳に、又葉子が写っているんだ、と思うと、もう一遍覗いて見たい気もした。

「葉ちゃん……」

彼は、口の中でそういうと、思い切り彼女を抱き締めた。だが、いくら力を入れても入れても、彼女には感じないのじゃないか、と思われる程、葉子の体は、むちむちと豊かな弾力に充ちていた……。

――こうした遊戯は、陰の陰で、誰知らずの間に行われた。そして、も一つの陶酔は、観衆の眼の前で行われたのだ。

それは、彼等の曲芸だった。

一渡り、噺《はや》し立てられたジンタが済むと、旋風のような、観客の拍手に迎えられて、ぴったりと身についた桃色の肉襦袢を着、黒天鵝絨《くろびろうど》の飾りマントを羽織った黒吉と、同じ扮装《こしらえ》の葉子とが、手を取りあって、舞台に現われる。

そしてその黒天鵝絨のマントを、パッと真紅な裏を見せながら脱ぎ捨てると、小屋の天井の両端から、一本ずつ垂らされた綱に、手をかけた。と見るともう二人は、殆んど並行して吸上られるようにするすると登って行った。

その綱の先きには、蜘蛛の巣のように張り廻らされた丸太の間から、源平織りにされた綱で、如何にも曲馬団らしい簡単なブランコが、一つずつ吊されていた。

観客が、そんな事を見ている中に、もう身軽な二人は、銘々ブランコまで登りついていた。それと同時に、屋根裏の助手が、登って来た綱を、大急ぎで捲上げ、遙か下の舞台ではピエロに扮した仙次の、物馴れた口上が、この小屋の空間に相当な距離を置いて吊された二人の間へも、途切れ途切れに聴えて来た。

四ノ三

「え――皆様……この度命がけの大冒険……ブランコからブランコへ飛移り……あの美しき少女が首尾よく受取りましたら、御手拍手……とござアい」

その途切れ途切れの口上を聴きながら、黒吉は遙か下の舞台を覗下《みおろ》すと、ピエロの仙次は、可笑しな身ぶりに、愛嬌をふり撒き、代って救助網を持った小屋掛人足が、意気な法被《はっぴ》を着て三人ばかり出て来るところだった。

黒吉は、思わず掌に浮いた脂汗を、迭る《かわ》迭る《がわ》肉襦袢の腿の辺《あたり》に、こすりつけた。

(落ちたら最後だ)

救助網なんかは、勿論名のみのものだった。この物々しさは、黒吉にとって、大した役にはたたなくとも、観客の心をエキサイトするには、充分効果的だった。

黒吉は、ちらりと葉子の方を見ると、黙々と呼吸《いき》を整えながら、一つ二つと数えるようにブランコをゆり始めた。

やがてそれが、大ぶりになって来ると、丸太組の小屋は、どこからともなく、鈍い軋みの音を、伝えて来た。

（アッ……）

小屋全体が、一つグンとゆれたかと思った瞬間、黒吉の体は、一つの桃色の肉塊となって、宙へはじき出された。

その肉塊は、空《くう》でグルッと宙返りをする、かと見ると、もう葉子のブランコへ飛移っていた。

それは、まだ観客の眼の底に、桃色の線が残っている程、瞬間の離れ技だった。そして、観衆が思い出したように、ざわざわとしながら、激しい拍手を送る頃には、黒吉は既に、葉子の暖かい乳房の間に固く抱《いだ》かれて、自分の劇しい動悸の音を、聴いていた。

拍手の音が、ようやく静まって来るとブランコの上の、二つの肉体は、縺《もつ》れ合うように極めて徐々に注意深く動いていたが、すぐその縺れが、解けたのを見ると、葉子は、脚でブランコの綱をからんで、垂下り、そのほの白い手の先きには黒吉が、足を吊されて伸び伸びと、ぶら下っていた。

そして、葉子の腰の辺りが、くねくねと微妙に動いたかと思うと、程よく調子をとられた、接《つな》ぎ合わされた一組の肉体は、頸の痛いのも忘れて、一生懸命見上げている観客の頭上に、揺れ始めた。

（もし葉子の、組んだ脚が解けたら）

（もし葉子が、手を離したら）

そんな事を考えた観衆の胸には、次の瞬間への、死のような緊張が、寒む寒むと、沁《しみ》渡った。

それはあながち、危惧ではない。

葉子は、この美しき野獣は、血に何か知らぬ魅力を、感じているのだ。

(発作的に、手を離しはしないか)

黒吉ですら、時々そうした、蒼白い予感に、体中の血が先きを争って、内部へ遁込《にげこ》んで行くような恐ろしい気持を感じた。

こう思うと、しっかり葉子の手に握られた足首に、ねとねととして脂汗がわき、ずるずると滑って、いまにも虚空へおっこちそうだ。

(葉ちゃんの為なら、死んでもいいや)

又一方、そうした気持が、恐怖感を蹴飛そうと、胸の中で争っていた。

だが、大丈夫――。葉子は、しっかりと歯を喰いしばり、可愛いい顔に、朱を注いで、黒吉の足を握《つか》んでいる。

(舞台で失敗する位なら、その儘死んだ方がましだ)

この先天的な曲芸人気質が、緊張した葉子の小さい胸を占領して、幸い、他の感情を与える余地がなかったから――。

五

こうした不安な、ジメジメと威圧されるような雰囲気は、結局、この命がけの離れ技の醸《かも》す一つの副産物だった。

観客が、銘々の戦慄に、手一杯の汗を握っている中、小屋の空では、肉体で組立てられたブランコが次第次第に、振子のように大ぶれになって来た。

「調子をはからいまして、これなる少女が手を離す、途端に、少年が空を切って、あちらのブランコへ飛移りましょうという、千番に一番の……」

これは、先刻の、仙次が、述べた口上だったが、観衆は、その瞬間を見遁《みのが》すまいと、瞬きもしないで、ブランコの振れについて、頸を右に、左に廻していた。

誰かゴクンと唾を飲んだ音が、聴えた、と同時に、黒吉は、葉子の手を離れて、空に投出されたその時、ハッと観衆の息が、止ったようだ。

黒吉の体は、恐ろしい勢いで、小屋の高い屋根とすれすれに、矢のように飛んで、体が、宙に捻れたかと思うと、物の見事に、元のブランコに飛移っていた。

それは如何にも、一瞬の出来事だけれど、黒吉はこの命がけの冒険に、強い強い執着を感じたのだ。

彼は、その空を切って飛ぶ時の気持が、例えようもなく、好もしいのだ。或はそれは倒錯した快感かも知れないが――。

ハッと息を止めて空に投出されると、遥か下、色とりどりな、玩具箱《おもちゃばこ》のような小屋全体が、自分一人を残して、サッと一転し、半ば夢中で、向うのブランコへ飛乗ると、何処へ隠れていたのか、急に浴《あび》たような汗が、一遍に噴出《ふきだ》し、心臓は、周章て血管の中を、方々へ衝突しながら、駈廻った。

この鋼線のように、張切った気持、生と死との僅かな隙間を、息を殺して飛抜ける自分に、葉子の愛撫にも劣らぬ、激しい眼の眩む陶酔を覚えた。

自分一人で、葉子の方のブランコへ飛移る時、左程でもないが、帰りの場合、葉子に足を掴まれて、逆様に吊された儘、大きく振られると、記憶とか思考とか、そういった精神的能力は、悉く振り棄てられて仕舞うのだ。

そして彼は、まるで空っぽな頭と、投出された瞬間の、体全体の引千切《ひきちぎ》るような、虚無感の中でひくひくとはねる神経に、黒吉の、あの先天的なひねくれた気質が、調和し、心臓を掴み出されるような、底知れぬ魅力に、酔い痴れていた。

しかし、近頃は何故か、この曲芸を済ますと、黒吉は又、昔のように、ぽつんと楽屋の隅で、独り考え込んでいた。

（可怪しいなア）

黒吉は、呟いた。彼はこの頃、あの曲芸の最中、葉子の手を離れて向うのブランコへ飛移る瞬間に、ふと葉子の笑い顔なんかが、眼の前に浮ぶのだった。

勿論、葉子の方へ飛移る時なら、彼女の顔が見えても、別に不思議はないが、全然、彼女と後ろ向きになって、命がけで飛んでいる時に、極めてぼんやりとはしていたが、確かに葉子の顔が、幻のように、小屋の空に浮くのだった。

（変だなア）

黒吉は、又そう呟きながら、楽屋の向うを見ると、恰度通り合せた葉子が、

「なんか用？」

呼ばれた、と感違いしたのか、房々とした断髪を、後ろの方へ、掻き撫ぜながら、近寄って来た。

彼女の、ぴったりと体についた、肉襦袢に包まれたむちむちとした肉体は、歩く度に、怪しく蠢いて、又新らたに、黒吉の眼を奪った。

五ノ二

「呼んだんじゃないけど……」

黒吉は、自分の一寸した独語《ひとりごと》にも、葉子が聞きとがめて、わざわざ来てくれるのが、耐《たま》らなく、嬉

しかった。

「何いってたのよ、いま」

「何って（変だなア）って独語いったのさ」

「どうして変なの、何が——」

「そういわれると、困るけど、一寸、不思議な事さ」

「何さ一体、……まあいいわ、意地悪ねエ、あたしなんかにいいたくないんでしょう、いいわ、そんなら」

葉子は鼻を鳴らすような声で、そういうと、豊かな肉体を、くねくねとさせながら、すねて見せた。

黒吉は、時には鞭で自分を打ち、嬉し気に笑う、年若き麗魔が、こんな素晴らしい技術を持っているのか、と思う前に、唯、官能的な美に溺れて仕舞った。

「いうよ。いうよ。葉ちゃんにいえない事なんか、ないじゃないか……俺ア、葉ちゃんの顔を見るんだよ」

「あたしの顔を？」

「うん、それが、空を飛ぶ時なんだ、あのブランコでさ。まぼろしっていうんかしら」

「まあ、あんな時。あたしなんか一生懸命で、なんにも考えることなんか出来ないわ」

「そりゃ俺だって夢中さ。だけど眼の前に、ぽーっと浮ぶんだよ。だから、変だなア、っていったんだ」

「へんなの。……あたしどんな顔していて？　そんとき——」

如何にも女の子らしい質問だった。黒吉は体を捻って、葉子の顔を覗き込みながら
「こういう顔さ。肌は雪のように白く、漆《うるし》のような眼に、椿の葩《はなびら》よりも紅く可愛いい唇で……」

黒吉は、知っている限りの美文を並べると、「靨《えくぼ》が指先きを吸込むように……」

そういって、彼女のふくよかな頰を、指でつついた。

「いたい——わよ」

葉子は、大袈裟に顔を顰《しか》めると、それでも、嬉しそうに、クックックッと笑った。

「この綺麗な顔が、俺の頭を占領しちまったらしい」

黒吉は、又、わざと真面目な顔をしながら、続けた。

「しらないわよ。おだてたって駄目よ」

そういうと、葉子は、笑いながら舞台の方へ駈けていって仕舞った。

黒吉は、薄く笑って、葉子の、駈ける度にぷかぷかと跳ねる断髪の背後姿《うしろすがた》を、見詰めていたが、葉子の姿が、しきりの幕に、隠れて仕舞うと同時に、又頭の中に拡がって来たのはあの奇怪な、幻影の事だった。

（まあいいや、俺は本当に、葉ちゃんの事ばかり考えているんだから）

途端に、一休みしていたジンタが、あの耳馴れた狂燥を、響かせて来た。

(もう開場だな)

彼は、ぽん、と一つ、腿を叩くと、ざわざわと伝わって来た観客の足音を、聴きながら
(さあ、支度だ)

口の中で呟いて、腰かけていた衣裳箱から立ち上った。

「黒ちゃん」

おやっ、と振返ると、葉子が、何故か珍らしく緊張した顔をして、駈けて来た。

「大変よ、黒ちゃん。あんた、あんただけ来ないんで、親方怒ってるわ」

五ノ三

「何さ、一体――」

「何さ、じゃないわよ。大変よ。親方のねエ、あの指輪知ってるでしょう。いつも嵌《は》めている金のさ。あれがないんですって、確かにさっきまであったんだから、小屋の中で落したに違いないっていうのよ。開場《あけ》る前に捜さなきゃ、きっとなくなって仕舞うわ――、今まで皆んなで血眼《ちまなこ》になっていたのよ。

そこへあんただけ来ないんだもの、親方、面白くないらしいわ……。

だけど、どうしてもないもんだから、親方、ぷんぷんしちまってね、到頭いま開場たの、あんたす

ぐいって見た方が、いいわよ」

「そんなことをいったって、誰も呼びに来ないじゃないか、解りやしないよ——」

「そんなこと、いまいったって駄目よ、ここにあんたが居るってのを知ってるのは、あたしぐらいなもんだわ——」

　こういって、葉子は、ずるそうに笑った。

「なんだ、じゃ葉ちゃんは、わざと俺に教えなかったのか……。ひどいなア」

「そうでもないわ、まあいって御覧なさいよ」

（ひどい奴だ。何故俺に教えないんだろう。親方が怒るとどんなもんだかも知ってるくせに……）

と、彼は思ったが、葉子の喋ったあとで、しっとりと濡れた、色鮮やかな唇から流れ出す言葉に、反抗する気には、なれなかった。

「うん、いってみよう……」

黒吉は、それだけいうと、あとの言葉は、胸の中に吐き棄て、歩き出した。

（あれは、普段から、バカに大事にしていたようだ、ほんとになくなったら、きっと、俺にひどくあたるぞ）

黒吉は、歩きながら、持前の陰鬱が、倍加されるのを、自分でも感じた。

行って見ると、部屋の隅に、親方がむっつりとして、舞台の用意に自分のシルクハットの埃を払っていた。そして、その附近には、衣裳部屋、支度部屋——無論、簡単に幕で仕切られたものだが——などを出番の遅い座員が、如何にも、捜しています、というように、歩き廻っていた。

（まずいな）

彼は、親方がシルクハットの埃を払っている手つきが、まるで叩いているように荒々しいのを見て
（よっぽど御機嫌が悪いな）

と、直感した。

黒吉は、成るべく親方の方を見ないようにして、こそこそと捜し出した。しかし、大勢の者が捜した後だもの、そう簡単に見つかる筈はなかった。

それどころか、彼は、気の所為か親方が、時々自分の方に、白い視線を送るようで、ひやりとしたものを感じた。

「黒公。あるか。尤もいま頃から捜しちゃある方が可怪しいが、一体、何を捜すのか知ってるのか——」

親方の声は、無気味な程、静かだった。だが、それには、親方一流の皮肉があった。

（来たな……）

黒吉は、ゴクンと唾を飲んだ。

と同時に、彼は思わぬ幸運を拾った。

「黒公。出番じゃねエか、何処に居るんだ」

幕の向うで、そう呶鳴ったのは、仙次らしかった。

これは彼のひがみかも知れないが、仙次は彼を助ける為に、呼んだのではないようだ、むしろ、まだ黒吉が来ないと思っている仙次が、わざと親方に聞えるように、呶鳴ったのだ——と見た方が当を得ていただろう。

それはともかくとして、この場合、黒吉には仙次が、有難い恩人にも思えた。

「じゃ……一寸行って来ます」

黒吉は、それだけいうと、親方が返事をしない中、早々に部屋を飛出した。

五ノ四

彼は、急いで肉襦袢を舞台用のものに着換えると、いつものように、ジンタの行進に送られ、葉子と一緒に、舞台には立ったが、ともすれば心は、あの指輪の紛失に奪われ勝ちだった。

（こんなことを考えていて、失敗したら大変だぞ）

黒吉は、大きく頭を振って、その心配を振落し、葉子にちらりと眼くばせすると、何時《いつ》ものように、するすると身軽く、天井のブランコに綱を伝って上《のぼ》って行った。

そして、要心深く、ブランコに乗って、一つ二つと、心を落着けながら、ゆらし始めた。

彼の目の前には、もう親方も指輪も、観客もなく、妖しい縞を織った世界が激しく去来し、唯一つ葉子の乗ったブランコのみが、或る時は、遠く針のように痩せたかと思うと一瞬にして眼一杯に立ち拡がり、すぐ又、糸のように視界を顛落していた。

（よし――）

黒吉の血は、全部、神経と入れ換った。彼の体は、ブランコを離れたのだ。

パッとあたりは闇になった（或は彼が、眼をつぶったのかも知れない）次の瞬間、なぜか小屋の隅の洗面所のあたりが、薄々とではあったが、眼の前に浮んだ。

（おや、何か光っているぞ）

その洗面台の陰に何か光っているものがあるのだ。

（アッ、指輪だ。見つけたぞ）

その瞬間、眼の端を、葉子を乗せたブランコが、矢のように通り過ぎようとした。

（しまった！）

恐ろしい力を持った恐怖が彼の脳裡に、硫酸のように、沁透《しみとお》った。

グワッ、と心臓を吐出すような叫びを漏らすと、黒吉は、渾身の力で、空に体を捻った。幸い、彼の片手は、ブランコの一端を、やっと掴むことが出来たのだ。

嗚ッ。彼は、鉛のような吐息を、下界に落した。

そして、漸々《ようよう》ブランコに這上ることは出来たが、もうとても、葉子の手にぶら下って、元のブランコに飛び帰る事は出来なかった。

「どうしたのよ、黒ちゃん……」

耳元で、案外平気そうに囁く、葉子に答えようとしても、体の中のものは、全部胸につまって、例えようもなく、重苦しく、そのくせ腹の中は、まるで空っぽで、力というものは、跡形なく消え飛んでいた。

到頭、断念した黒吉は、気を利かして係りが、綱を下してくれたのに縋《すが》りつくようにして、舞台に下りつくと、こそこそと遁げるように、楽屋に這入って仕舞った。

気のいい観客は、これが曲芸だと思って、一生懸命、拍手してくれているが、舞台裏の黒吉には唯、嗤《わら》われているとしか響かなかった。

黒吉は、おずおずと、団長の部屋の方へ歩いて行った。

（どんなに呶鳴られても仕方がない）

そう思っては見たが、親方の部屋の仕切りの幕が親方の怒りを受けてか、ひくひくと顫えているようなのを見ると、一瞬、立止って仕舞った。

果して中には、火のような、親方の憤怒があった。

「莫迦、よくのめのめ来やがったな」

黒吉は、のっけから呶鳴られると、却って心は、シーンと落着いて行った。

「親方。俺ア指輪をめっけたんです。あの空を飛ぶ時に……」

「バカいえ。あんな高い所から下が見えるか」

「でも、でも……」

黒吉自身も可怪しいとは思ったが、この際、これ以外に方法はなかった。

「でも確かに見たんです。洗面所の陰に……」

親方は、ジロリと黒吉を睨むと、

「よし」

そういって、わざと跫音を響かせながら、出て行った。

五ノ五

黒吉は、しょんぼりと、突立った儘、親方の遠のく、跫音を、聴いていた。

頭の中は、色々の考え事に、ぽーっと上気し、床板の割れ目に落された眸《め》は、何故とはなく、潤み勝ちだった。

(弱った事になったなア)

彼は、無意識に、脂汗の浮いた掌を肉襦袢にこすりつけた。

(ほんとにあってくれればよいが……いや、ある筈がない)

あんな事、いわなければよかった——、その悔恨が、時と共に、もくもくと拡大されて行った。

沼のようなこの部屋へも、時々観衆のざわめきと、拍手が潮《うしお》のような高低を持って、伝わって来た。

突然、小屋の向うから、ジンタの奏曲が始った。そして、その悄悵《しょうちょう》として、儚《あわ》い音色のクラリオネットが、「ここは御国を」などの、聴き馴れたものを、一つ一つ教えこむように吹き鳴らす時、黙々と聴入った黒吉の胸の中には、何かしらぬ熱いものが、音もなく押上げられていた。

彼は、久しく忘れていたものに、眼がしらが潤むのを、唇を喰縛《くいしば》ってこらえた。その時、がたッと背後《うしろ》の方で音がした。

(親方?)

黒吉は、ハッとして目を拭うと、背後を振向いた。

そこには汚れた鼠色の幕が、風を受けたように、重そうに揺れ、その幕の下と、床板との二三寸の隙間から、衣裳用の箱か何かが横倒しにされたのが、僅かばかり見えた。

彼は、ジッと、その仕切りの幕を、凝視した。彼は見たのだ、振向いた瞬間、極く瞬間ではあったが、その幕の中程にある小さいカギ裂の向うに、ちらりと動いた、白い手を。

(葉ちゃんだ……)

彼は、そう直感した。

(何故あんな所から覗こうとしたんだろう)

不思議でならなかった。明らかに葉子は、覗こうとして、箱に上《あが》り、それがひっくり返って、あんな音を立てたに違いない。

(俺が怒られると思って、心配したのかな)

彼は、葉子の、可愛いい紅唇を憶い出した。

(だが――)

黒吉は、さっきの危うく身を粉々にしようとした、恐ろしい瞬間に、案外平気な顔をしていた、むしろ妖しい笑いさえ浮べていた葉子の好奇の眼が、スーッと網膜を過《よ》ぎると
(あいつ、俺がどんな事されるかと思って見に来たんだな)

そうした、生れて始めて葉子に、ある冷めたい気持を感じた。

(確かにそうだ)

心配して来てくれたのなら、いま親方が居ないのだから、慰めの言葉一つ位、かけてくれる筈だ――、それに、葉子は時々黒吉を撲って、不思議な愉悦を覚えるらしいのだ。

(ちぇっ、綺麗な顔してやがって)

黒吉は吐出すように呟いた。

「黒公。黒……」

親方だ。彼は思わず、ドキッとすると、周章て振返った。

「黒公、見ろ、あったぞ。不思議だよ、実際《まったく》」

親方は、そういうと、キョトンとした黒吉の眼の前へ、左手を突出した。その節くれ立った、頑丈な左手の、薬指のつけ根には、何時ものように、あの金の地に、何か彫られた指輪が、黙々と光っていた。

五ノ六

「ああ、ありましたか……やっぱり……」

「あったよ。黒公、一体どこで見つけたんだ」

「よかったなア……ですから、あの空を飛んだ時に……」

「冗談いうな、もう憤《おこ》らねエからいってみな千里眼じゃあるまいし……それにあんな高いところから下がハッキリ見えるもんか、おまけに、あそこからは、洗面所は陰になって、見えねエ筈だぜ……」

「そ、そうですが……」

(怪訝《おか》しいな、成程、親方のいう通り、あの天井からは、恰度引幕の陰になって見えない筈だ——)

黒吉は、一生懸命に、考えを引纏めようとしたが、頭の中は、一層もやもやとするばかりだった。

「なぜだか知りませんが、とにかく見えたんです。もやもやッとした中に、洗面所と指輪だけが……指輪のことばっかり考えていたからかも知れませんけど——」

「まるで夢みてエな話じゃねエか、夢中になって考えていたから——というんだな」

「ええそうなんです」

「ふーん」

「だもんで……」

黒吉は、折角、直って来たらしい親方の機嫌を、又こじらしては大変と、焦慮《あせ》って弁解に勉めたが、自分にもハッキリと判らないことが、親方に呑込めるだろうか。

「だもんで、みつけたな、と思った途端に、舞台のことを忘れちまって、失敗しちゃったんです。……どうも済みません……決して悪気でやったんじゃないんです……」

「あたりめエだ、悪気でやっても命がけだ……顔を洗う時に落したのかな……」

親方は、指輪を撫ぜながら、独り合点すると
「まア、今日のところはいいや……だが、これから女の夢なんか見やがって、落こちたら承知しねエぞ……」

「エッ」

黒吉は、葉子の幻のことを、いわれたのか、と思って、ギョッとした。

「ハッハ…………。よしよし、向うへいって支度をしろ」

親方は、指輪が見つかった御機嫌で、珍らしく冗談をいったのだ、と、気づいた。

「へエ、済みませんでした……」

黒吉は、出来るだけ無表情な顔をして、恐縮を見せながら、親方の部屋を出た。

「不思議だ──。実に怪訝《おか》しな話だ。あの葉子の空に浮いた幻といい又今の、指輪の発見といい全然見える筈もないものが、それも、まるで考える力も、記憶も、すっかり振り落して、無我夢中で空を飛ぶ時に、ヒョクと、頭の中を掠すめるのだ──」

一体、これはどうしたことだ。黒吉は、親方の部屋を出て、楽屋の片隅まで来ていた。しかし、頭の中は、余すところなく、それらの狂気染みた疑問に占領され、それらの疑問は、又激しく、熱っぽく摩擦しあった。

(俺は、昼日中、夢を見ているのじゃないか──)

黒吉は、何時も腰掛ける衣裳箱に、ストンと腰を落した。

箱の冷めたかったせいか、氷のような恐怖を覚えた。

(俺は、気が違ったんじゃないか──)

こんなことを沁々と考える程、恐ろしいことはない。

自分は、気が確かだ。と、どの証拠で断言することが出来よう。狂人だって考えることは出来る、物を視ることも出来る。喋ることも、聴くことも、寝ることも、走ることも——。

それらのことが、「さあ、どうだ、どうだ」とばかり、恐怖と、懊悩の泥沼に、黒吉自身を押込むのだ。

六

「ちぇっ、勝手にしやがれ……」

黒吉は、ネトネトと口の中で澱んだ言葉を吐棄てた。

「俺が、この俺が気違いだって。ふん」

彼は、胸の中の心配を引剥がす為に、わざと声を立てて、自分自身を嘲笑した。

しかし、誰もいないところで、大きく独語をいったあとは、却って、狂気染《きちがいじ》みた静けさだった。

ジッとしては、いられない気がして、どんと一つ思い切り勢いよく、腰掛けていた衣裳箱から立ち上ったものの、やっぱり、何かしら「不安」が自分の後に、つきまとっているようで、黒吉は、何処へ行くでもなく、汚点《しみ》だらけの防水幕に仕切られた楽屋の片隅を、檻の中の熊のように、往きつ復りつしていた。

溺れる者のように、例え藁屑にでも、シッカリと縋りつきたい気持に、苛々しながら、歩き廻っていた。

何か、偉大な力に、骨のベシベシ折れるほど堅く抱擁されたら……きっと、落着くに違いない、と思った言葉の先きに、ふと、

(葉子)

が浮んだ。

「そうだ。葉ちゃんが……」

思わず呟いて、立上った。

歩き廻ったせいか、額に、脂汗の浮くのを覚えた。

ダガ——。忌わしい翳が、又黒吉を悒鬱《ゆううつ》の底に押戻した。

(この頃、葉ちゃんは少し変じゃないか。さっ、き、だって、俺が、親方に怒られるのを見に来たんだ。そればかりじゃない、ワザと俺にだけ、指輪の失くなったのを教えないで、親方に怒らせようとした……)

次から次へと、最近の葉子の、冷めたい仕打ちが、浮んで来た。

（何故葉子は、俺が、嫌になったんだろう……）

黒吉は、そう考えると、今まで想像もしたことのない、激しい空虚な気持に襲われて来た。あの白昼夢の恐怖なぞ、古びた写真のように、ぼやけて仕舞った。

失恋――。黒吉は、愕然とした。

「ば、莫迦な……」

（そんなことが、あるものか）

口の中で、いくら呶鳴ってはみても、不安は増しこそすれ決して減りはしなかった。

葉子が、自分から遠ざかる原因が、何んであるか、それが解らないだけに、なお結果が恐ろしかった。

（よし、葉ちゃんに聴いてみよう。悪いとこがあれば、直せばいいんだ）

黒吉は、急いで舞台を覗いてみた。

恰度、葉子は出番で、盛上ったような観客の前に、白蛇のように自由に肢体をくねらせている彼女の姿が、艶々と光って見えた。

六ノ二

空気が、ざわざわと拍手に乱されると、直ぐ葉子が、心持顔を、上気させて、楽屋に帰って来た。

「葉ちゃん、一寸……」

黒吉は、小さく手を振って、呼止めた。

「なアに、用?」

「うん、ほんの少し」

「じゃ一寸よ。又、直ぐ出なけりゃならないから……」

葉子は、興味なさそうに、先《さ》っき黒吉の掛けていた衣裳箱に、腰を下した。

彼女の肉襦袢の、腰の辺につけられた銀モールの刺繍が、トゲトゲと、黒吉の眼に沁み込んで、顫えていた。

黒吉は、口を听《き》こうとする度に、心臓が、どきどきと咽喉元に押上って来て、妨げられた。

「何さ、一体……呼んでおいてサ」

「葉ちゃん……葉ちゃんは、やっぱり上手いね」

黒吉は、考えてもいない言葉が、急に口から転げ出て、ハッとした。顔がカーッとほてったようだ。

「ほ、ほ、ほ、何んだと思ったわ、わざわざ呼止めておいて。いやな黒ちゃん」

葉子は、如何にも、莫迦莫迦しそうに、腰を浮かせた。

「ま、待って」

黒吉は、周章て彼女を戻すと、

「一寸待って、訊きたいことがあるんだよ……葉ちゃん、怒らないでね。どうして、俺が嫌いになったんだい、何故」

思い切って、いってのけた。

「あら、誰がそんなこといったの」

つぶらな艶黒な眸が、むしろ、好奇的だった。

「誰って、誰もいわないよ。俺が、只、そう思うんだ」

「まア、いつあたしが、あんたを嫌いだといったの、そんなことないわ」

「だって……口ではいわなくても……そうだろう、と思うんだ。せんはとっても親切にしてくれたじゃないか、俺アせんの方がよかった。みんなに下手《まず》い、下手いって、嗤われたって葉ちゃんだけは、笑わなかったし、元気づけてくれたし」

黒吉は、くどくどと話しながら、自分の言葉に、瞼が、熱っぽく膨れてくるのを感じた。

「そんなの、あんたの僻《ひがみ》よ。あたしが褒めなくなって、皆んなが褒めるだけ、上手くなったじゃないの」

葉子の顔も、蒼白く、固まった。

「俺ア皆んなに褒められるより、葉ちゃん一人に褒められた方が、ずっとずっと嬉しいんだ。そりゃ俺なんか、醜《きたな》いさ。義公なんかと比べもんになんないさ。けど、俺は、誰がなんといっても葉ちゃんが好きだ……」

「まア、黒ちゃん、何いうの。ほ、ほ、ほ、あんたあたしに恋してんの、大人みたいなことというのね。そんな話よしましょうよ」

葉子は、勝気な少女らしく、何んでもないことのように、いい切ると、早足で、支度部屋へ行って仕舞った。

黒吉は、その背後姿《うしろ》が、ぼーっと霞むと、膨らんだ瞼から熱いものが、頬を伝った。

(葉ちゃんと夫婦に……)

そんな、幻想は木葉微塵に、飛散った。

ほろほろと下る泪《おちなみだ》の中に、ハッキリとした葉子の離反が、鋭い熊手のように、胸の中を、隅々までも掻き廻し始めた。

六ノ三

「黒ちゃん、何、考えてんのよ」

ぽかん、と気抜けのように突立った儘、狂騒なジンタに聞き入っていた黒吉は、ギクッとして振向いた。

「なんだ由坊か、おどかすない」

「ほ、ほ、ほ、葉ちゃんじゃなくて、お気の毒ね」

そういって悪戯《いたずら》ッ子のように、体ごと笑ったのは、期待した葉子ではなく、同じ少女座員、薗道由《そのみちよし》子《こ》だった。

「何がお気の毒だい、そんな……」

「やアだ、知ってるわよ。あんた葉ちゃんと喧嘩したんでしょう」

「ウソ……」

「嘘じゃないわよ、ちゃんと知ってるわ、あたい、あたし見たの。葉ちゃんたら変な人ね、あたし、すっかり同情しちゃったわ、あんたに」

「こいつ奴《め》……」

（大人みたいなこと、いうない！）

と、いってやろうとしたが、彼には、もう口が听《き》けなかった。

黒吉は、こうした哀《さび》しい時には、何時までも、独りでいたかった。独りでならば、一生懸命、怺《こら》えられる泪も、優しい慰めの言葉をかけられると、却って、熱湯となって、胸の中を奔流するのだ。

「いいよ、由ちゃん。あり難う。なんでもないいんだよ」

「そお、じゃいいけど……」

そういいながらも、由子は、何か奥歯に挟ったものを吐出したげに、佇立していた。

薗道由子は葉子と親しくはしていたが、彼女ほど美貌でもなく、又、芸の方も、目立って上手いというほどではないので、葉子のみを考えていた黒吉とは、自然、没交渉だったのだが、葉子というものを、改めて見直さなければならなくなった今、由子の登場は、黒吉の心に、何等かの波瀾を起すのではないか、と思われた。

六ノ四

「黒ちゃん」

「うん」

「あのね、あんたね、悪いことはいわないわ、葉ちゃんなんか、忘れた方がいいわよ……」

「なぜ――」

「なぜって……」

「そんなこと、いったって仕様がないじゃないか」

（俺にゃ、葉子は忘れられない！）

「余計なこというなよ」

黒吉は、そっけなく、早口に吐出した。

「でも、でも、どうせあんたが不幸《ふしあわせ》になりそうなんだもん」

「へんなこと、いうじゃないか。どうせ俺ア不幸だよ、――由坊みたいに綺麗じゃないからな……」

「まア黒ちゃん、ソンナことというもんじゃないわよ、あんた、あたしを疑ぐってんの、そんなに僻《ひが》むもんじゃないわよ」

由子も、自分の言葉に我れしらず亢奮して眼を見張った。

「あんた、知らないのね。やっぱり男の子って細かいところに気がつかないのね、葉ちゃんの恐ろしいくせ、知らないの……」

(葉ちゃんの、恐ろしいくせ――)

黒吉は、朧《おぼろ》気《げ》ながら、思い当るような気がした。

「恐ろしいくせって……」

「葉ちゃんたら、とても惨酷《むごたら》しいのよ、アンナ綺麗な顔してるくせに――、あんた気がつかないの」

(やっぱり、そうか)

黒吉は、黙って、首を振った。

「とっても凄いの、鼠でも、蛙でも、蛇でも、平気で引裂いて殺しちまうのよ。でも、自分でも、あたしにだけ時々いうわ、あたし、時々血を見ないと、くさくさするのよ――って恐いわ。それに、それに、一ト月に一遍はきっと、それが激しくなるんだって――。ソンナ時よ、あんたを鞭でぶったりしたのは、エ、ウソ、嘘じゃないわよ、ちゃんと知ってるわよ、そして、あとで——ああ、さっぱりした——っていうのよ、凄いわねエ、恐いわ。あの人ったら、人が目茶目茶に撲られるのが大好きなんだって、方々に血が滲んで、ぐったり倒れているのを見ると、縋りつきたいようなんですって、あの人、いまに人殺しするかもしれないわ。

それから、こんなこともいったわ、人殺しするのに、ピストルなんて、莫迦ね、あたしなら短刀で刳《えぐ》ってやるわ、すごいでしょうねエ。って、葉ちゃんは綺麗なだけに、そんなことといって、眼が光るととっても、とっても……黒ちゃん黒ちゃんてば……」

黒吉は、黙って、この饒舌《おしゃべり》な由子の傍を離れると、立附《たてつけ》の悪い楽屋の床板を小さく鳴らしながら、あてもなく顔見世台の方へ歩いて行った。

顔見世台の下には、町の子供等が大勢、何とはなく喋り合いながら、極彩色のペンキ絵に見入っていた。

そのペンキ絵には葉子と黒吉の縺《もつ》れ合った曲芸姿が、まるで別人のように華やかに描かれていた。

(どんなに撲られたって、たとえ、殺されたって、俺ア、やっぱり葉ちゃんが好きだ)

「ちえッ！」

黒吉は、眼の前に浮んだ由子の饒舌な顔を、首を振って、払いのけた。長々しく葉子の悪口をいう、由子自身の方が、よっぽど悪魔に近いように思われた。

（由公なんか、なにいってやがんだい）

彼は、無意識に肩を聳やかした。

七

あの暴風雨のような愛撫を、惜し気もなく、振撒いた年若き麗魔、葉子は、もうこの虫——黒吉——に対して、興味を喪失して仕舞ったのであろうか。

それとも、葉子一流の、執拗なたわむれであったろうか。

黒吉の心は、この重大な、最も重大な、と思われた問題を解決する前に、彼の眼前に現われた、もっともっと恐ろしい、この世のものとは思えぬ混迷の中に、叩込まれて仕舞ったのだ。

——空に浮ぶ夢——

ソレだった。

葉子との問題の為めに、一時、古びた写真のように生彩を失っていた、あの、空に浮ぶ幻像であった。それが甦えって来たのだ。生々しい現実味を帯びて、甦えって来たのだ。

白昼、大勢の観客を前にして、空を飛ぶ時、フト浮んだ、あの葉子の顔を発端として、絶対に見える筈のない「指環」の発見。それらの黒吉自身を、狂ったのではないか、と疑わせたあの「白昼の妖夢」が恐ろしいほどの明瞭さを以って、空を飛ぶ黒吉の瞼の裏に飛散るのだった。

黒吉は、あの葉子とのいいた事を胸に持っていようが、いまいが、日に尠くとも一度は、空を飛ばなければならなかった。

空を飛ぶ時の彼――、それは全く、一本の神経も無駄には出来ない、極限まで引伸ばされた鋼線のように張りきった、澄みきった、無我の一瞬である。

(それなのに、どうして暢気《のんき》らしく、夢なんか見るんだろう)

これは、とても急には、解決の出来そうもない問題だった。

(脳味噌《あたま》に汚点《しみ》が出来たのかな)

そんなことを、真面目に考えても、可笑しくなかった。

その幻は――、とてつもないことが浮ぶのだ。名も知らぬ雑草が、ぐんぐんと伸びて、パッと尨大な深紅の花が咲く、と見るまに、ぽとりぽとりと血の滴るように葩《はなびら》が散って仕舞う、或は、奇岩怪石の数奇を凝らした庭園の中を、自分が蜻蛉《とんぼ》のようにすいすいと飛んでいる。又は、ああ、自分は、いつ鼹鼠《もぐら》になったのであろうか。真闇《まっくら》な、生暖かい地の底を、どこまでもどこまでも掘って行かなければならないのだ……。

だが、こんな夢ばかりならまだいい。

七ノ二

そんな、他愛のないものばかりなら、何も恐れることはない。只、夢——、幻————、として片附られるのだ。

しかし、あの「指環の発見」はどうだ。絶対、断然、断じて見える筈のない事実が、ありありと瞼に浮ぶのだ。

あの寤寐《ごび》にも忘れ得ぬ、葉子のことすら、振り落して飛ぶ一瞬にうつる、妖しき雲にも似た幻影は、黒吉をぐいぐいと力強く四次元の宇宙へ連れ込むのだった。

端的にいえば、いつしかそれは「予言の夢」となって来たのだ。

思えば、指環の発見は、たしかにその「予言の夢」の発端であった。夢——というものが、記憶の反芻《はんすう》とすれば、空に浮く幻は、未来の夢であった……。

……或る秋の日。いつものように、黒吉は、葉子を介添にして、あらゆる支持物から開放された虚無の空へ、弾丸のように飛出した瞬間だった。

瞼の裏には、次の町での、大当りに当っている一座の有様が、アリアリと写った。

——そして、次の町で、初日の蓋を開けてみると、気味の悪いほどの人気なのだ。

盛況の第一日《じつ》が閉場《はね》ると、急にひっそりして仕舞った小屋の中に、親方の珍らしくご機嫌のよい笑声が、久しぶりに廻って来た春のように、響いた。全く大入りの時は、誰だってうきうきした気持なのだ。

「さあみんな。——皆んな集ったか」

親方は、舞台姿のタキシイドに、得意の髭を撫でながら、一座の者を見渡した。

もう何処からか貧乏徳利が運ばれて、又、ざわざわと小屋の中が、一しきり賑やかになって来た。

黄ばんだ電灯の下に、がたがたの床を踏みならし、酔い痴れたピエロが踊り出すと、いつか印袢纏《しるしばんてん》の兄いが、シルクハットの紳士が、甘酸っぱい体臭を持った、肉襦袢の女たちが、思い思いに捻子《ねじ》をまかれた泥人形のように、がらっとした小屋一杯、猥褻な悲鳴をあげながら、地獄絵巻を展開していった。

激しい笑い声が、耳元で起るたびに、黒吉はコツンコツンと頭を叩いていた。彼は、さっきから小屋の片隅に、そうして胡座《あぐら》をかいた儘なのだ。だが、彼の目は、血走っていた。

(俺が、俺がこないだ見たままだ……)

次々に展開する異様な風景は、寸分違わぬ空に浮く夢の、復習でしかなかった。

普段は、顫えを恐れて、盃にさえ触れぬ、あの源二郎爺の酔い痴れた姿までが——。

背筋に、冷めたい汗が、スーッと駛《はし》った。

あてつけかとも思われる葉子と義公との、奇怪なダンスも別な意味で、犇々《ひしひし》と覆い被さる重圧をもった悪夢であった。

——周章て含んだ苦い酒が、咽喉でコロコロと鳴った。

(どっちが本当なんだ……)

(夢を見てるんじゃないか……)

簡単な疑問に、ハタと行詰った。

トテモ、とてもたまらない——。黒吉は、夢中で、神経を酒びたしにしようと焦慮《あせ》った……。

七ノ三

黒吉は、空を飛ぶことに、始めて恐怖を味わった。と同時に、何か得体の知れぬ魅惑をも感じた。

しかし、次に見た「予言の夢」は、不吉にも、この一座が不入りを極めた夢だった。

しかも、それがピッタリと、陰画から焼付られた陽画のように一分一厘の違いもないのだ。まるで座員の方が多いほどの、見物人しか呼ぶことが出来なかった。

黒吉は、空を飛ぶ時、手を握り締め、歯を喰いしばり、必死の力で飛ぶのだ。

（なんとかして、も一度あてたいもんだ）

だが、——一体どうしたというのだ。「予言の夢」は、もう幸福を知らせてはくれないのだ。

（先きのことを、覗いたせいかな）

黒吉は頭を振った。

（それにしたって、俺の知ったこっちゃない）

彼は、癖で、無意識に肩を聳かした。

「こんなことが続いたら解散だ！」

親方は尚一層、気六ヶ敷くなった。

葉子も、由子も、義公も、仙次も、誰も彼も、暗い翳を感じながら、言葉数を減らして行った。源二郎爺までが、座蒲団を干しながら、ぽかんと空を見詰めていた。

（俺の知ったこっちゃないぞ）

黒吉は、胸の中で呶鳴ってみたが、やっぱり不安だった。

（俺は、前に、同じ夢を見るだけだ……）

「それがいけないのだ！」

何処かで、そんな声が聞えたような気がして、ゾッとした。

「皆んな集ったか——」

親方は、何を思ったのか、一座の者を集めると口を切った。

「集ったか――。皆んなも知ってる通り、近頃は、まるでなってない。俺にゃもうやっていけなくなった、次の町で打って、打って駄目だったら、もう解散だ……」

そのあとは、聞えなかった。

「解散!」

この一語で充分だ。薄々予期したとはいえ、みんなは、改めて愕然とした。

七ノ四

「解散!」

黒吉は、突然、打ち前倒《のめ》されたような気がした。

(葉子と別れるのだ――)

そう思うと、解散そのものは別に恐ろしくもなかったが、葉子と別れなければならぬ、ということが耐《たま》らなかった。握りしめた拳が、思わずぶるぶるッと顫えた。

(畜生! どうしても……)

彼は石に噛《かじ》りついても、「良い夢」を見なければならない、と決心した。

狂騒なジンタがまき起っても、黒吉はまだタッタ一人、その楽屋裏に佇立《つった》っていた。

「黒ちゃん、シッカリよ……」

いつの間にか、舞台着に着かえて来た葉子は、さすがに彼女も、「解散！」の一語が胸にこたえたと見えて、いつもより心持顔をこわばらせながら、黒吉の肩を叩いた。

ふっと顔を上げた黒吉は、

「うん……」

いつもなら、彼女に肩を叩かれてさえ、そこがほかほかと熱っぽく感じられるほどの彼でありながら、今日は、こっくりと一つ頷いたきりであった。

「葉ちゃん、シッカリやろうぜ」

「ええ」

「葉ちゃんに別れんの、つらいからなあ……」

「まあ、何いってんのさ……一生懸命やって『入り』がなきゃあ、仕様がないじゃないの」

「でも……」

「そんなにくよくよすんなら、一そ、落こちて血鱠《ちなます》になっちゃいなさいよ……」

「ふ、落ちて死ぬんなら独りじゃ、やだよ、葉ちゃんも一緒に引落しちゃう――」

「まあ、――ふん、どうせそうでしょ」

彼女はキラリと眼を光らすと、蓮ッ葉らしい棄台詞《すてぜりふ》を残してさっさと行ってしまった。

黒吉は、相変らず佇立《つった》った儘、その葉子の後姿の、異様に蠢めく腰部のふくらみに、激しい憎悪に似た誘惑を覚えて眼をつぶった。

（どうしても、良い夢を見るぞ……）

眼をつぶると、物狂わしいジンタが、あたり一面に吹きすさんでいた……。

×

出番になると黒吉は、ピッタリ身についた肉襦袢を着て、僅かばかりの観客に、流すような目礼をすると、ジッと天井のブランコを睨んだ。そして、するすると綱を登りながらも、頭の中は、イヤ体全体は、「良い夢」のことで一杯であった。

やがてブランコが小屋全体をギシギシとゆすって、大ぶれになって来ると、

「エッ！」

すッと、血が退いた、黒吉は虚空へ飛出したのだ。

「あっ――」

と観客の幾人かが、低く呻いた時は、もう黒吉の体が、葉子のブランコに移りきって、一呼吸した

時であった。

(ダメだ――)

黒吉は蒼白な額を、片手で拭った。

(駄目だ、駄目だ……)

どうしたことか、今日に限って、あの空に浮く、「白昼の夢」が写らないのだ。

(俺にゃ、予言の力がなくなっちまったんか……)

あれほど恐れていた「白昼の妖夢」が、却って期待に胸を膨らませた今日の黒吉には、どうしたことか現われてはくれなかった。

(よし、もう一度だ)

縺れるように、ブランコに足先きを絡《から》んで垂れ下った葉子の、柔かい手に吊され、ぶらりぶらりと天空でゆられながら、逆流する血潮の中で、黒吉は喘ぎ喘ぎ考え続けた。

「グワ……」

と張りさけそうな葉子の咽喉の不気味な音を、一瞬のうちに、遙かうしろに離して、黒吉は一転すると、元のブランコをはっしと掴んだ、一呼吸、グルッと尻上りでブランコにちゃんと腰をかけると、遠く下の方からざわめき上《あが》った拍手の音に、誘われて、一遍にビッショリするほどの汗が吹き出して来た。

だが、黒吉は、汗を拭うのも忘れていた。

(ダメだ——)

「夢」は浮ばなかった。

まるで視野は暗転する舞台のように真ッ暗だった。それだけに尚更、「次の場面」が覗きたかった。

(吉か、凶か——)

やがて気づいたように、するすると綱を伝わって下り、楽屋に帰っても、そのことばかりが頭全体を占領してしまっていた。

七ノ五

日が暮れ、火がともり、そして又一つ一つ灯が消えていった。

既に場はハネて、あたりは深閑としていた。何時頃であろうか、一旦寝床に這入った黒吉が、すっくり起上った。黒吉の眼は物に憑かれたように、異様な光りをもっていた。

彼はいくら睡《ねむ》ろうと焦慮《あせ》っても、眠ることが出来なかった、この一座の未来が、つまり自分と葉子との未来に大きな関係のあるこの一座の「明日」が、一体、吉なのであろうか、凶なのであろうか——。

吉ならばよし。凶なら凶で……

（たとえこの一座が解散したって、俺は葉子と離れないぞ……）

（もし別れるのなら、一層のこと、葉ちゃんを殺《や》って……）

とまで思いつめてはいても、矢ッ張、「明日」が気になるのだ。普通ならばあすのことなどどうにも仕様のないことなのだが、幸か不幸か、黒吉は、未来を覗く術《すべ》を、――それは恐ろしい「未来」への冒瀆であろうけれど――どうしたはずみかで、身につけてしまったのだ。

……たまり兼ねた黒吉は、誰にも知れぬように、こっそりと床を抜け出すと、音を忍ばせながら高い小屋の天井へ上《のぼ》って行った。

上《あが》り切ってみると、そこはいつもとは全く違った風景であった。人ッ子一人いないガランとした観客席は、白々しく冴え返って、頭の上には、天幕《テント》の継目が夜風にハタハタとはためいていた。

遙か眼の下、谷底のような舞台には、黄色ッぽい五燭の電球《たま》が、タッタ一つ微かな輪を描いているきりであった。

黒吉は、捲上げられてあるブランコを垂らすと、身軽く飛乗って、一つ一つ、数えるように、力を罩《こ》めて、ゆり初めた。

ブランコの描く円弧は、次第に拡大されて来、加速度が加わって来ると共に、深閑とした天幕小屋は、びっくりするような音をたてて軋むのであった。

フト、下を覗きみると、寝衣姿《ねまきすがた》の葉子と出子が、いつ眼を覚ましたのか、何か口をぱくぱくさせながら手を振って見せていた。それが、黒吉にはどんな意味か知らなかったけれど黒吉は、こっくりと一つ頷くと、こんどは目をつぶって、尚もブランコに力を入れて行った。

「ヤッ!」

呻きに似た掛声を残して、暗い小屋の空に、弾丸のように飛出した。

「アッ!」

黒吉は、恐るべき過失をやってのけたのだ、いつもは助手が向う側のブランコをちゃんと下ろして置いてくれるのだが、今は、向うに助手がいよう訳がなく、考えるのに夢中で、彼自身、向う側の飛移るべきブランコを垂らすことを、スッカリ忘れてしまっていたのだ。

(しまった!)

そう思った瞬間、彼の視野の片隅に、捲上げられたブランコの一端が、チカリと光った。

「グワッ!」

根かぎり、虚空で躰をひねった、ダガ、そんなことは、まるで無駄だった、もう遅かった。

黒吉の五体は、陰惨な断末魔の叫びをあげ、空中を幾度か急廻転しつつ、スサマジイ勢いで、無気味な小屋の空間を、一直線に転落して行ったのだ。

由子は、

「あっ……」

といったきり、顔からは血の気を失って、蹣跚《よろ》蹣跚っと坐ってしまうと、頭を膝の中に抱えこんだ、さすがの葉子も、一瞬、ハッと目を外らした。

まことに、それは墜落というより、大地に向って叩きつけられた、といった方が近いほど、物凄い物音であった。黒吉は呻き声すら漏さなかった。

次の瞬間、葉子は息を切らせて駈寄った、そうして、馬場の砂地へ貼つけたようにのびている黒吉の無残な姿を、ジッと見直すと、やがて彼の上半身をそっと抱起して、低く呟いた。

「黒ちゃん、黒ちゃん、すごかったわよ……ね……ほんとにすごかったわ……」

そして、夢みるように薄く口を開きながら、高い高い小屋の天井を見上げていた。

八

長い長い、真ッ暗な針地獄の中に、喘ぎつづけて、フト、気がついた時、黒吉は、消毒薬のムッとする施療院の片隅に、転がっている自分を発見した。

(俺は、まだ死ななかったんか……)

夢うつつの中に、そう思いながら、最初に気づいたのは、僅かに左の眼と、口元だけを残して、自分の顔も頭も、体全体が厚ぼったい繃帯につつまれているということだった。

するると、見る見るうちに、目が眩んで来て忘れていた痛みが、急にジクジクと甦り、押寄せて来て、再び黒吉は果てしもない昏睡の中に、引ずりこまれて行った。

……それから又、どの位たったであろうか、けむりのように、

（葉子の顔……）

が浮んで、ハッと目をあけた、だが、相変らず体は、ベッドに釘附にされたように、ビクともしなかった、痛みと悪寒に似た苦痛とが、血の脈に乗って、ヒクヒクと足指の先にまで滲み透って行った……。

（葉ちゃん……）

譫言《うわごと》のように呟いても、辛じて、唇のはたが、かすかに痙攣するに過ぎなかった。

視力の鈍った左の眼一つで、遠近さえ判然とせぬ病室の天井を、ジッと凝視《みつめ》ていると、その中に、ぽっかりと、心持ち頬をこわばらした「おんな」の顔が写った。

（葉ちゃん！）

霞のかかったような瞳《め》がもどかしく、パチパチ瞬きしたが、でもやっぱり紗《うすもの》を透《とお》したようにしか写らなかった。そして、その病室全体が、急に生暖《なまぬる》く歪んで来ると、ほろりと熱い泪が、目の縁《ふち》の繃帯に吸い込まれて、あたりがパッと暗くなった。

（おや、俺は泣いていたのか――）

そんなことを思いながら、その「おんな」の顔を、しげしげと見詰めたが、目のせいかそれは葉子ではないようだ。

(看護婦——)

とも思われたけど、その顔はどこかで自分が見た顔であった。

(看護婦なら、知ってる筈がない……)

目をつぶると、もう考えること、それ自身が懶《もの》うくなって来た。

目をつぶった自分の耳元で、その「おんな」が、何かぼそぼそと囁いたようであったが、それは何んであったかよく聴えなかったし、又「聴こう——」とするのもカッタルかった。ただ体中まるでヒビのはいったように、熱っぽく苦痛であった……。

……それから一週間以上もたったであろうか、もともと体の人一倍丈夫だった黒吉は、目に見えて、どんどん恢復して行った。

そして口がきけるようになると、先ず最初に聞いたのは、勿論極東曲馬団の消息であった。しかし回診に来た医者が、気の毒そうに小声で答えたその返事は、黒吉を、又も深い深い谷底へ蹴落してしまったのだ。

「あの曲馬団は解散してしまったんですよ……」

そういった医者の言葉は、あの小屋の天空から、真ッ逆様に墜落した時よりも、モットモットひどい失望を、彼に与えた。

「先生、俺《おら》助かるでしょうか……」

「大丈夫だとも、全く運がよかったんだよ、落ちたところが砂の上だったからね」

「……」

「どうしたい、痛いかね」

「ううん、俺《おら》、死んだ方がよかったなあ、その方がサッパリすらあ……極東が解散しちゃ飯の喰上げで……」

（なによりも、葉ちゃんと別れなければならない）

「……それに、それに俺は碌に字も出来ねえし――雇ってくれるもんなんかない……」

医者が他に廻って行ってしまってからも、黒吉は独りで、ぼそぼそ呟き続けた。

（ダガ。待てよ――）

一体、誰がここに入院させてくれたのだろう。

（団長《おやかた》？――）

でも、親方に、そんな余分な金があろう筈がない、あるならまさか解散はしなかったろう……。

（誰だろう――）

勿論黒吉はその僅かばかりの給料を蓄えてはいなかった、彼は葉子の歓心を買う為に、その殆んど全部を費してしまっていたのだ。

(この親切な人は誰だろう――)

と同時に、

(最初のうち、夢うつつに見た「おんな」の人か――)

と思い当った、でも、それが「誰」であろうか、

(葉ちゃんなら……)

と胸をはずませてみたけれど、第一あの顔は葉子ではなかったようだし、それに、あの浪費家の葉子が、そんな金を持っているはずがないのだ。

しかし、誰か解らないながらも、黒吉はいくらか元気づいて来た。

(俺をかばってくれる人があるんだ……)

と思うと、陰惨な曲馬団に育った彼だけに、とても暖かいものを感ずるのであった。

そして、その人に、心から御礼をいってみたかった。

大傷をしながら、いつになく、心が浮々する――。

八ノ二

いつものように、又、回診の医師がはいって来た。

「どうだね……」

厚い近眼鏡の奥で、老医が柔和に笑った。

「ええ、だいぶいいです」

「そうか、それはよかったな……いい具合だった」

「いつ、退院できるですかね、……」

「まだまだ。そうあわてては不可《いか》んよ。暢気《のんき》にしていたまえ」

「でも、でも俺にゃ金がないんで……」

「はっははは、君、そう心配しなくていいよ、ここは施療院だから――」

「施療院――?」

黒吉には、そんな言葉の意味が、なんだか解らなかったけれど、

(たいして金の不用《いら》ないところなんだな――)

と推察することが出来た。そして、

「じゃ――」

と去りかけた医者に、

「先生、どこか曲馬団を、ご存じでないかな」

「ふん、なぜだね」

老医は振かえった。

「その――、ここを出れば、喰わなきゃならんもの……」

黒吉は、哀願するように、眼鏡の奥の瞳《め》を見上げた。

「君、まだあの曲芸をするつもりなのかね、……その片足で――」

「えッ」

黒吉は、愕然とした。

「片足！」

この一言は、まさしく青天《せいてん》の霹靂《へきれき》であった。

黒吉は、何かわからぬゾッとした怯《おそ》れに、ぶるぶる顫えながら、思わず腕の痛みも忘れて、胸から腹、腹から腰と撫ぜて見た。そして、腰から……、ああ、腰から……いくら撫ぜてみても、彼の手はそこまで来ると、ストンと敷布の上に、落ちてしまうのだった。

ああ、

(俺には右足がない！)

(俺にはもう右足がなくなっているぞ！)

幾重にも捲かれた、厚ぼったい繃帯の下で、額がネットリと汗ばみ、全身の血がスーッと引いてゆくのを感じた。あたり一面、毒瓦斯《どくガス》でも撒かれたように、息苦しくなって来た……。

(俺は恐ろしい不具者になってしまった)

一体、これからの浮世を、何に寄って凌《しの》いで行けというのだ。

余りにも無残な、自分の運命《ほし》に、泪も枯れ果てていた。

どうせ切落すなら、一っそ一思いに、左足も、右手も、左手も、サッパリ切ってしまえばいいのに
……。どうせもうこの俺には、あの空を飛べないのだ……そうだ、あの空を飛ぶことが出来ないのだ。

――すると……。黒吉の頭には、あの曲芸の持つ、不思議な空の感覚への憧れが、奔流のように、
渦を巻いて飛散るのであった。

(もう一度、もうタッタ一度でいいからあの快感を、心のままに味わってみたい……)

八ノ三

翌日になって、黒吉は、もう片足のことはすっかり諦めてはいたが、それでも、

(空を飛びたい!)

という慾望は、尚一層熾烈《しれつ》になって行くのだった。

あのグーン、グーンと全体に響く、快よい鞦韆《ブランコ》の鼓動!

あっ、と思った瞬間、虚空を飛翔する虚無の陶酔感！

そして、フト眼の底に浮ぶ「明日の夢」！

なんとそれは魅力のあるものであろうか——。

黒吉は、既にこの常人《ひと》の窺ってはならぬ「白日の妖夢」の俘囚《とりこ》となってしまったのであった。

全身の支柱を失った、空中に在るときに限って、なぜあのような、とてつもない、そして又、ゾッとするほど正確な「明日」を見ることが出来るのであろうか——。これは、とても簡単には解くことの出来ぬ心理現象である。しかし、黒吉にとっては、それが催眠術であろうが、妖術であろうがそんなことは全然問題でなかった。まるで阿片《アヘン》中毒者のように、それがどんな結果を齎《もた》らそうと、知ったことではなかったのだ。ただ、それに溺れ切れれば幸福であったのだ。

黒吉は、日がな一日、汚点《しみ》だらけの天井を睨んだ儘、そのことばかりを考えていた。

コツ、コツ、コツ……と廊下を渡る跫音がぴったり黒吉の病室《へや》の前で止ると、

「もうよろしいのですか……」

といった声は、正しく女の声で、黒吉の鼓膜に残っている声色《こえ》であった。

「葉子！」

片足と、空を飛ぶことばかり考えていて、忘れかけていた名前を、びくッと思い出した。殆んど同時に、ドアーが押あけられると、静かに這入って来たのは、期待した葉子ではなく、あの由子の姿で

あった。

「由子ちゃん……か」

黒吉は、露骨にがっかりして、起しかけていた半身を倒した。

「黒ちゃん、どお――」

「うん……」

「でも、こんなに早くよくなって、よかったわねエ……」

「うん」

「……まだ気分が悪いの――」

「ううん、もうすっかりいいんだ」

「そう、よかったわね」

「葉子ちゃんは――」

「葉子ちゃん？」

由子は、一寸いやあな顔をしたようだったが、すぐさり気なく
「葉ちゃんはね、解散するとすぐ義公と東京の叔父さんを頼って行くって行ったわ」

「義公と――」

黒吉は、カッと胸のほてるのを感じた。

葉子と、あのキザな、生っ白《ちろ》い義公とがまるで新婚気取りで汽車にゆられて行ったのか、と思うと、眼の眩むような不快に、ドキドキと鼓動が昂まって来た。

「葉ちゃんも悪いわねエ、一度位、黒ちゃんを見舞って行ってもいいのに……」

由子は、わざと思わせぶりに、そういって黒吉の顔を覗き込んだ。

(ちえッ、何いってやがんだい……)

と、口の端《はた》まで言葉が出ながら、それは声とはならなかった。ただ口がぴくぴくと顫えて歪むと、なぜか泪がはらはらと落ちた。

「あら、どうしたの……」

「ううん、一寸、痛かったんだ、足が……」

黒吉は顔を外向《そむ》けた。

足ではない、胸の中が張りさけるほど痛かったのだ……。

しばらくして、黒吉は、やっと向きなおった。

「由っちゃん、済まなかったね、時々見舞いに来てくれたんだろう……何処へも行かないのかい」

「あら、済まないなんて、やだわ。御見舞いに来《く》んのあたりまえじゃないの……あたし、黒ちゃんが可哀そうだし、それに――」

その最後の言葉は、口の中で消えてしまったけれど、それでも充分意味が解った。

「由っちゃん、親切ありがとう……だけど俺もう、俺はもう前よかもっともっと醜なくなっちまったんだよ……おまけに片足の跛足《びっこ》とくらア……ふっふっふ」

黒吉の声も、上滑《うわず》って、かすれていた。

「知ってるわ……だから、一層同情しちゃったの……」

「ふん、生《なま》いってらア」

「いいの、いいのよ、あたし、あなたの気持が好きなの――顔なんか、跛足なんか――」

由子は、流石に、一寸顔を赭《あか》めて、横を向いた。その赤らんだ耳朶《みみたぶ》にかかった二三本の遅れ髪がかすかにふるえていた。

黒吉は、この少女とも思えぬ由子の、大胆な言葉に、半ば呆気にとられていた。あの肉襦袢を着て、飛び廻っていた由子――饒舌《おしゃべり》の由子――、それが今、こうして貧し気ながらもタッタ一枚の着物を着、大人のような帯を締ていると、その言葉のように、由子はもう大人だったのだ。あの撥剌《はつらつ》とした春の草のような生気が、激しい音をたて血管の中を駛《はし》っているに相違ない。その、いかにも窮屈気な胸の膨らみ、円《まる》く駛り落ちる腰の曲線――それは葉子のそれのように、胸を締つける力ではなかったけれど、仄々《ほのぼの》と匂う生の美であった。

八ノ四

黒吉は、眼をつぶった。

この粗野な、新鮮な由子に飛びこんで来られながら、なぜか、それを忘れなければならぬ――と思っていた。

黒吉の胸には、あのコケテッシュな「葉子」の面影が、余りにも生々しく、焼ついてしまっていたのだ――。

(葉子は、義公と一緒に行ってしまったのだ)

(葉子は、お前なんか、もう眼中にないのだぞ――)

と思いながらも、やっぱり諦めきれぬ未練な黒吉であった。

「由ちゃん、俺はやっぱり、ここを出たら曲芸をやろうと思うよ……」

黒吉は、話題を変えて、話しかけた。

「あら、そんな……不自由な体で――」

「でも、俺にゃ、あの宙乗りの気持が忘れられないんだ。何も彼も忘れて飛びたい――」

「でもね、……あなたにいうのは、却って逆だけれど、あの宙乗りは、ほんとの呼吸もんでしょう、ブランコと呼吸とがピッタリ合わなけりゃ危ないわよ」

「そうさ――」

「それが、それが、片足になったら、その呼吸が全然違うじゃないの――片足で振る時と、両足で勢いをつけるのとじゃ、まるで違うわ……恐らく、あの半分も飛べないわ」

「ううん……」

(そうだ、いかにもそうだ……)

黒吉は、がっかりして考え込んでしまった。

(俺には、もうあの曲芸が出来ないのか――)

(宙を飛ぶことが出来ないのか――)

「由っちゃん、何かいい工風《くふう》はないかしら。何でもいい、何でもいいから、俺はこの体を、思いきり、ぶっ飛ばしてみたいのだ、ね、ね、いっそ、高い山から飛下りてやろうか――」

黒吉は歯を鳴らしていた。

「君、君」

あの老医が廻って来た。

「そう興奮してはいかんね、どうした」

「ああ、先生、先生、空を飛ぶ商売はないでしょうか、思い切り飛べるような、足がなくてもいいような――」

　老医は、その急な質問に、しばらくポカンとして繃帯の中から左の眼ばかり光からしている黒吉を、見つめていたが、

「じゃ君、飛行機はどうだい。――といって君には操縦は出来まいしね……あ、そうそういいことがあるよ、この町から汽車で三ツ目の町に『柏木《かしわぎ》航空研究所』っていうのがあってね――時々飛行機の音が聞えるだろう――あそこでパラシュータ－を募集してるそうだよ、それならどうだい……」

「パラシュータ－?……」

「知らんのかい、そら、飛行機から落下傘で飛下りるのさ」

「あっ！　あれか、ありゃ素的だ……けど先生、もう満員じゃないかしら」

「どうしてどうして、なかなか満員なんかならんよ、何しろ命がけの仕事だからね、あそこじゃ新型のパラシュートを研究しているんで、その実地試験をやらせるらしいね、それで募集しているらしいが、なんでも一回で十円くれるそうだよ」

「十円！　十円もくれるんですか」

　黒吉自身も、傍にいた由子も、思わず眼を円くした。彼等は十円札なんて、滅多に見たことはなかったのだ。

「十円は安いよ。パラシュートが開かなかったら、それっきりお駄仏《だぶつ》じゃないか……さ、手当をしよ

う」

　そういうと、もう看護婦を手伝わして、繃帯を解きはじめていた。

　しかし、黒吉は、傷の痛みどころか、あの蒼空を裂き、銀翼を閃めかして、漠々とした雲の嶺《みね》を乗り越えて行く飛行機の壮快な姿――そして、その飛行機からひらりと飛び下りる颯爽たる自分の姿――の想像に、我を忘れている始末だった。

「パラシューター」

「パラシューター」

　黒吉は、その今聞いたばかりの外国語を、生れる前からの憧れの言葉でもあったかのように幾度も幾度も呟き続けていた。

　また、見られるであろうあの空の白日夢。俺は、こんどどんな幻を見るだろう……。

（もしかすると、葉ちゃんと俺とが……）

　胸がどきどきと昂まって来た。

　妖しい幻影の魅力！

　彼は、眼がくらむほどゾクゾクと興奮し、上気していた。

　由子は由子で、

（高給取りになった黒吉）

を想像して、乳首に痛さを感じていた。

九

それから一ト月とは経たぬ頃、醜い、しかも片足のない無気味な小男が、「柏木航空研究所」の受付を訪れた。

いうまでもなく、それは鴉黒吉であった。

受付の男は、この怪物のような小男が、パラシュート志願と聞いて、笑い出す前に、あきれ果ててしまっていた。

「君が――。冗談じゃないよ、一体パラシューターってのは何んだか知ってんのかね……ふっふっふっ……君がパラシューターになれるんだったら、百年も前に、この俺がなってるぜ……」

だが黒吉は、その嘲笑を怺《こら》えて、執拗な押問答の揚句、ともかくも、所長まで取次いで貰うまでに、幾度泪を流したことか……。

その所長も、黒吉を一眼見たきりで
「君かい、パラシューター志願ってのは――」

とむしろ、唖然としていた。

「僕です。頼みます。是非お願いします」

「駄目だよ、普通の人間でさえ、なかなか六ヶ敷いのに、君は片足じゃないか」

「でも、パラシューターに足なんか要らないでしょう――、僕は、もと曲芸師だったんです、どんな六ヶ敷い曲芸でもやっていたんです――飛行機から飛下りる位なんでもありません……お願いします。是非お願いします、このパラシューター以外に、僕は生きて行かれないんです……」

黒吉は、又そこでも受付の時と同じように口の唾《つばき》が枯れてしまうのではないか、と思われるほど哀願しなければならなかった。

この醜悪無残な不具者が、眼に一杯泪をためて哀願する様は、哀切というよりも、むしろ凄惨であった。

「お頼みします。例え死んだって僕のせいです。出来るか出来ないか、試すだけでも……是非……」

頑として承諾しなかった所長も、遂には根負けして、

「仕様がないね、君。――じゃまア、死んでもいいんなら一度やってみるさ……」

と吐出すようにいって、口をへの字に結んでしまった。

その時の黒吉のよろこび……。それはとても何んといってよいか、口に表わすことは出来なかった。

あの物凄い顔一杯に、歪んだ笑いを漲《みなぎ》らせ、不自由な松葉杖を振廻すようにして、部屋の中を、コツン、コツンと歩き廻り、果ては異様な、呻きに似た歓声を上げるのだった。

そして、心配気に附添って来た由子の姿を門の外に発見すると、ばったのように駛《はし》って行きまるで赤ン坊のように、獅噛《しがみ》ついて泣き出した……よくもこう泪が続くものか、と思われるほど……。

それから半月ほど経って、黒吉は体も本当になり、地上練習も終って、初めて飛行機に同乗してみることになった。

初めて乗った機上の感じ——それは又なんという素晴らしいものであろう……。

爆音は総ての忌わしい記憶を打消して流れ、仰ぐ無限の蒼穹《あおぞら》、その中には彼の醜い容貌を気にする何物もないのだ。それだけでも、彼にとっては、この上もない愉悦だのに、見よ! 遙か眼下にどろんと澱んだ山。銀蛇のようにくねくねした流れ。森はひょろひょろと蹌踉《よろめ》きながら後ずさりし、膿盆《のうぼん》のような海は時々妬《ねた》まし気な視線をギラリと投《なげ》かける。やがて、けちくさい斑《まだ》らな芥《あくた》と化した地球は、だんだんに遠ざかって行く——。

黒吉は、すっかり有頂天になっていた。

(こりゃ思ったよりずっとずっと素敵なもんだぞ)

(俺はこの風景をクルクル廻しながら飛下りるんだ)

(その黙りこくった世界には、又思い切った饒舌《おしゃべり》な「夢」があるに違いない……)

そう思うと、今直ぐにも飛下りたい衝動に駆られ、思わず戸を握りしめて機体を乗出し、幾度となく、遙か下界を覗き見るのだった。

九ノ二

「どうでしたの……」

この研究所から受けるわずかばかりの手当で、ともかくも、黒吉はその日には困らなかった。由子は、この小さな町に、たった一軒あるカフェの女給に住込んだ。

そして通勤するほど「もらい」のないそのカフェ・金鳥の、主人の眼を偸んでは黒吉のごろごろしている荒物屋の二階にしばしば訪ねて来るのだった。

「どうでしたの……」

「うん、すごいぜ、由っちゃん」

「あら、そう――」

「だって――、何んていうかな、とにかく、曲芸なんて、飛行機に比べたら、鼻くそみたいなもんだぜ、いいなあ、飛行機は……」

「まあ、素敵でしょうねエ、あたしも乗ってみたいな――」

「駄目さ、女なんて――」

「あら、そんなのないわ、女だから駄目だなんて、ひどいわ、ひどいわ……」

由子は、巧みに鼻を鳴らすと、渾身の媚態を波打たせて、黒吉の肩をゆすった。

「よせよお……」

黒吉は、口でそういいながら、由子の円い肩を、ごつごつした手で抱きかかえていた。

黒吉は、自分自身、不思議であった。

他人は元より、自分でも、この身、この容貌が、人一倍醜いことを、よく知っていた、生れつき醜男であった黒吉は、あのブランコからの墜落で、片足と片眼を失い、その上顔の右上から斜め下に、太い蚯蚓《みみず》のようなひっつりを作ってしまった今、自分ですら進んで鏡を見たくないほどの、いや、黒吉は以前からこの醜貌を、ありの儘に写し出す鏡というものに、烈しい嫌悪を持っていたのであるが――それほど美しからぬ自分に、なぜこうもあの葉子といい由子といい、特別の「好意」を持ってくれるのであろうか。これが「女」の物好きなのであろうか。それとも極端から極端を好む、女の心理なのであろうか……。

「由っちゃん」

黒吉は、由子の柔かい肩に、顎を乗せて、その透きとおったような、白い頸《うなじ》に見とれながら、

「由っちゃん、――なぜ俺なんかがすきなんだい、こんな怪物《ばけもの》みたいな男が――。店にはもっと色男が一杯来るだろうに……」

「何いってんのさ、ふん、店に来るような、色男ぶった生ッ白い奴なんか大嫌いだよ――上べはすま

しているくせに、考えてることはみんな同じさ、どうせあんなところに来る奴は色餓鬼ばかりさ、あさましいってのか、なんてのか……いやんなっちまう――」

由子は、思いがけぬほど強い口調で、吐出すように「お客様」を貶《けな》しつけた。

「ふん、あたしはね、あんな狼みたいな野郎より、あんたみたいな心持のさっぱりした人が好きなんだよ……」

これが十六娘のませた恋愛心理だった。他人よりも恋愛については、二十年も経験を積んでいる由子だった。――曲馬団にいる頃はあんなに子供子供していた少女だと思っていたのに――。

「そうか――じゃ女の子に好かれるには、わざと知らん顔をした方がいいんだね」

「まア、そうね、だけど……ちょいちょいやったら承知しないわよ」

由子は、大人のように、睨んでみせた。

「しないよ、俺は、そんなことするもんか――」

黒吉は、その遅れ髪のかかった頸《うなじ》を、燃えるように見詰めると、

「しないとも、するもんか……」

そういいながら、手を廻して、由子の肉附のいい胸に手をかけた時、その兵古帯《へこおび》の上に、思いもかけぬ、福よかな肉の隆起があって、あっ、と思うほど、柔らかく、暖かく、悩ましく、顫える指さきを、吸盤のように奪うのだった。

振かえった由子は、黙って、複雑に笑っていた、もうその顔は、少女ではなかった。

「あら、だめよ、だめよ……」

そういいながら、黒吉の手を、しっかり胸のところに抱いた儘、離そうとしなかった。そうして眼をつぶっていた。

黒吉も、眼をつぶった。腕の中になよなよと蠢めく悩ましき肉体は、瞼の葉子と二重写しになって、まるで、あの葉子を、力一杯抱きしめているような気がして来た。

(葉ちゃん――)

そう思うと、もう腕の中の女は、由子ではなかった。

情熱が、脈管の中を、どよめき奔った。

(葉ちゃん!)

胸の中でそう叫び、叫びながら、由子に頬ずりし、抱きすくめて行った……。

その日、黒吉は、葉子と結婚し、由子は黒吉と結婚した。早熟《ませ》た二人はお互にそれで満足したのであった。

九ノ三

あの素晴らしい同乗試験が、二三回済むと、いよいよ黒吉は、生命の縄一本に身を托す、パラシューターとしての第一回の飛下りを決行することになった。

――飛下りてから、口の中で五ツを数えてから、グッと力まかせに、綱を引いてパラシュートを開かせる――そして、ゆたりゆたりと空のコスモポリタンをきめ込めばいいのだ。

だが、それはなんというスリルに富んだ一瞬であろう。もし綱を引いても、パラシュートが開かなかったら！

千が一、万が一、いや絶対に、黒吉は生きてこの地上に立つことは出来ないのだ。

その上、ここのパラシュートは、言ってみれば試験中のもので、誰が絶対に安全の保証をなし得ようか。設計した技師も、自信はもてても、その最後の点には、この実地試験を、幾度も繰返えさなければならないのだ。

もし、綱一本の手違いがあったら、もし、畳み方一つに誤《あやまち》があったら……。黒吉の体は木葉微塵となってしまうことは、火を睹《み》るよりも瞭《あきら》かなのだ――なんという恐ろしい仕事であろう。なんという命しらずの試験であろう。

パラシューター、それは大空のコスモポリタンである。

……その日、地上では研究所の所員たちが、この不具者の黒吉が、一体どんな「飛下り振り」をするか、と固唾《かたず》をのんで、爆音を青空に流して快走する銀翼を凝乎《じっ》と見詰めていた。

飛行機は、硬直したトンビのような恰好をして廻っていた。

この旧式練習機は、操縦士からの命令を聞く為めには、耳に伝声器を挟んでいなければならなかった。

「オーイ」

ひどく大きな声が、蚊のなくように、黒吉の鼓膜に響いた。あたりがあまり喧音に満たされているので、その声が大きいのか小さいのかハッキリしなかった。

「東北風が十米《メートル》位あるから……飛行場が右に見えたら飛下りる……恰度飛行場に流れて行くだろう……も少しだ……いいか、オーイ、用意……」

操縦士の声が、とぎれとぎれに流れて来た。

黒吉は、静かに伝声器を耳から外し、バンドを外した。そして、シッカリ背中に背負ったパラシュートを、手を廻して撫ぜながら、眼を潰《つぶ》った……。

眼の底には何もなかった。怖くもなかった……そして、又静かに眼を開けると前方の操縦士が、キラリと飛行眼鏡を光らせて振返りながら、手を振っていた――。

地上の所員の眼に、飛行機がきらりと光った。そしてその機体から塵のような汚点《しみ》が、ぽろりと一つ溌《こぼ》れ出た。

(黒吉が飛下りた――)

——一方、黒吉は、泳ぐようにして、銀翼を離れると、真暗な、手答えのない世界を、どこまでもどこまでも落ちて行った。

烈しく炸裂し動揺し奔騰する空気の中に、すべての色彩や感覚から開放された黒吉の頭には、一瞬、得体の知れぬ虹のようなものが火花を散らして爆発した——と、次の瞬間には、そこに見憶えのない、可愛いい娘の顔が現われ、ジッと微笑を含んで、黒吉を見詰めるのだった。

(誰?……)

もう一度見直そうと、グッと力を入れて体を捻った途端、足元でダイナマイトが囂然《ごうぜん》爆発したような、凄まじい音がした——と同時に、黒吉は、物凄い力で数十米も釣上げられ、空中を目茶苦茶に振り廻されるような気がした。

パラシュートが開いたのだ。

黒吉が、グッと体を捻った瞬間、無意識にパラシュートを開く綱を引いたのだ。

(あのまま夢に酔って、パラシュートを開くことを忘れていたら……)

勿論、真逆様に、地面へ叩きつけられていたことだろう。

彼は、力強い綱で宙に吊されてから、あの不思議な幻に陶酔していた自分を思い、ゾッと背筋を駛《はし》る悪寒を覚えた。

恐る恐る下を覗き見ると、もう地面は間近かに迫って、畑の中の一本松が、まるで沼の中の藻草のように、くねくねとゆらぎながら、伸上って来るのだった。

九ノ四

黒吉が地面へ下り立つと、所員達は心配そうな顔をして駈寄って来たけれど、彼は、黙って松葉杖を受取ると、それらの人々を振切るようにして、あてもない広い飛行場を、ピョコリピョコリと歩き出した。

頭の中は、あの「幻の中の娘」に占領されていた。

(誰――だろう)

「あッ！」

彼はギクン、と立止った。

(あの、あの葉ちゃんではないか――)

「そうだ、葉ちゃんだ、確かに葉ちゃんだ……」

あの虹の中の「葉ちゃん」はハッキリは見えなかったけれど、どうやら結綿《ゆいわた》を結っていたようだ――。

(何故だろう)

行く手きわまりない飛行場のように、大きな疑問だった。

（あまり、葉ちゃんのことばかり、考えていたせいかな……）

それにしても、葉子が、かつて結ったこともない「ゆいわた姿」なぞ、なぜあの幻の中に見えたのであろう。

（空を飛ぶ時の夢は、予言の夢だ——そうすると、近く結綿姿の葉ちゃんに、逢うのじゃないだろうか）

黒吉は、はっと顔を上げて、蒼空を睨んだ。その瞳は、気のせいか、獣のように光っていた。

（葉ちゃんは、……義公と東京に行ったんじゃないか……）

がっくりと頸垂《うなだ》れた。

（とても、逢える筈がない——）

黒吉は、研究所の裏門を抜けると、ぽこぽことした白茶けた埃っぽい道を、当てもなく町端れの方に歩いていた。

頭は熱っぽく上気し、引ずるような片足は板のように堅かった。

疲れるにつれて、こんどは耐《たま》らなく遣《や》る瀬《せ》なくなって来た。わっと泣きたいような、いきなり往来の真ン中にぶっ倒れてみたいような……。

カラカラに乾いた咽喉と血走った眼に、フト、——一寸一ぱい、千鳥《ちどり》食堂——と禿ちょろの看板をぶら下げた居酒屋が写った。

しみだらけの暖簾《のれん》を、ぐいと肩で押して、這入った。

中は土間に、三四脚の長床几《ながしょうぎ》を置いただけの、ひどく殺風景な、薄暗い店であった。

誰もいなかった。

「オーイ……」

と黒吉が声をかけると、直ぐ店に続いて、一段高くなっている居間の、煤ぼけた箪笥の蔭から、

「あい」

と嗄《しゃが》れた返事がした。

「オイ、おみせだぜ――」

その爺《おやじ》の声を引とるように、

「あら、いらっしゃい……」

と、この古ぼけた居酒屋に似合わぬ、陽気な、若い女の声がすると、赤い塗下駄を引っかけた、結綿の女がぱっと花が咲いたように出て来た。

「いらっしゃい、何を……」

「あっ――」

「あら――」

「葉ちゃん！」

（葉子が――。やっぱりあの空の夢は本当だったんだ……）

黒吉は、愕然とした。

そして、阿呆のように、ぽかんと口を開けて佇立《つった》った儘、口もきけなかった――。

（義公と東京に行ったという葉ちゃんが、ナゼこんな所の居酒屋に……。何故、なぜ、ナゼ――）

十

「葉ちゃん、しばらくだったなア」

「ほんとに……」

「……あの、東京に行ったたって聞いたけど……」

「そうよ、一度東京に行くことは行ったの、だけど、尋ねる叔父が、なんのことはない、この町に帰ったっていうんで、又来たわけなのよ……」

「ふーん、そうか……あの……あの、義公はどうしたんだい――」

「義公？　ああ、あいつ仕様がない奴さ、あんまり執拗《しつこ》いから東京でまいちゃったんさ――よく知ってんね、黒ちゃん」

（黒ちゃん！）

その言葉を、あの可愛いい紅い唇《くち》から、幾月聞かなかったことだろう。何十年も聞かなかったような気がする……。

少女とは思えぬ鉄火口調の中《うち》にとろけるような韻律を持った、葉子のコトバ……。それが生々《ういうい》しく結綿に結上げられ、よく油を通された髪は男の心を根柢からゆり動かすものがあった。髪の匂いと、女の体臭とのまざった、あの胸を刺す媚香――。

「叔父さんの趣味でねえ、こんな髪、結ってんのよ――」

そういって、心もち俯向きながら、撫でつけた襟足の美しさ……。

黒吉は、もう眼の眩む思いがした。

「葉ちゃん、葉ちゃん……逢いたかったなあ」

「逢ったじゃないの」

「うん、よかった、ほんとによかった――」

黒吉は、長い年月《としつき》、探し求めていた宝石《ほうぎょく》に、やっと手を触れた時のように、興奮し、感激していた。

葉子はこの、以前から醜かった少年が、尚一層、片眼の跛足という化物のような姿に変ったのに一寸吃驚《びっくり》した以外、別に、再会したことには、さして感激もしていなかった。

言ってみれば、黒吉独りで感激し、興奮していたのだ。

でも、この二人が、こんなところで再会した、というのは、まったくどう考えても偶然だった。

黒吉には、葉子のたった一人の叔父が、ここで居酒屋を開いていた、ということが神の引合せ――いや、あの「予言の夢」の仕業であると、思っていた。

「葉ちゃん、僕は、葉ちゃんを、ここに来る前に見付てたんだよ」

「あら、いつ――」

「さっきさ……はら、前にいったことがあるだろう、あの空を飛ぶ時に見る夢さ、あれだよ。今日パラシュートで飛下りた時に、ふっと葉ちゃんの顔を見たんだぜ……」

「まあ、そうなの――」

葉子は一寸恐ろし気な顔をした。

「気味《きび》が悪いわね……」

「気味悪くないさ……僕ア、僕アいつも葉ちゃんのことばっかり思ってたんだもん……」

「まあ……、あたしそんなこという人、きらいよ――どして男ってそうなんだろうなア、義公もそんなことばかりいうから嫌いなっちゃって、さよならしちまったんだし」

「義公が……」

（畜生！　義公が葉ちゃんを好きだなんて……）

黒吉は、思わず、松葉杖を握りしめた。

「どしたの、黒ちゃん」

「うん、いや、どうもしないよ」

「そお……」

「ね、葉ちゃん、俺んところへ遊びに来ないか……」

「そおね……」

「そう！　ありがと。俺んところはね、研究所の正門の通りね、あれを真直《まっすぐ》行った左側の「広田屋」っていう荒物屋、その二階だよ」

「一人でいんの……」

「そうさ、勿論……」

「あら、えらいわね、よく一人でやってけんのね……その中《うち》、行くわ」

「ほんとだよ、きっとだよ、ね、……」

十ノ二

黒吉は、退院して以来はじめての朗らかさで、何か訳のわからぬ鼻唄を唄いながら、大人の様に、酔っぱらって帰って来た。――後《あと》に好奇心に瞳を輝かせながら、葉子が尾いて来るのも知らずに――。

「まあ、どしたの、きょうは……」

やっと、匍《は》うようにして二階への階段を上《あが》り切ろうとした時、いきなり頭の上から、そう声をかけられて、ギクンとした。

「なんだ由公か……」

「あら、すごい元気ね」

「そうさ」

黒吉は、片足を投出すと、

「由っちゃん、きょうはね、葉ちゃんに逢ったんだよ……」

「え、葉ちゃんに！」

「うん、葉ちゃん、葉子だよ、俺と仲よしの――」

「まあ、そうお、どこで……」

由子は、気のせいか、いやあな顔をして俯向いた。

「あのね、裏門のとこに、千鳥っていう『呑屋』があるだろ、あそこだよ」

「ああ、あそこなの、どおりで。店に来るお客さんがそういってたわ、近頃あそこにとても綺麗なのが来たんだぜ――って、お蔭様で研究所の人たちは、みんなあっちへ行っちゃうのよ。きっと、葉ちゃんを張りに行くのね……」

「ふーん」

変って黒吉が、いやあな顔をして、黙ってしまった。

「ねえ、黒ちゃん、葉ちゃんと、あたしと、どっちが好きなの――」

「うん」

「ね、ねえ、どお……」

「俺は、俺は……葉ちゃんも……」

「ええ、どうせそうでしょ、あたしなんか、……」

「いや、由っちゃん、由っちゃん、そういう訳じゃないんだよ……ね、ね……」

黒吉は、自分でも、その酒くさい息を持てあましながら、由子の顫える肩を、しっかりと抱き寄せると、

「由っちゃん、変に思わないでおくれよ、俺は、俺は久しぶりで葉ちゃんに逢った、っていっただけじゃないか……ね、それだけなんだよ――」

その時、みしみし階段が軋むと、間の悪いことに葉子がひょっこり上って来た。

「あら――」

葉子は、上《あが》り口の手すりを握んだ儘、一目でこの狭い部屋の中の様子を見極めると、

「黒ちゃん、おたのしみね、……ほほほ、一人だよ、なんて可笑しくって……。由っちゃん、お久しぶり……せいぜいその不具の化物を可愛がってやってくださいね、あたしもね、退屈だから、一寸

揶揄《からか》ってやろうと思って来たんだけど、先約があっちゃねエ……ごゆっくり——さよなら——」

「あ、葉ちゃん！」

ぱっ、と由子を離した黒吉は、何か

（しまった——）

と思いながら、必死になって、

「葉ちゃん、葉ちゃん、誤解しないでおくれよ、何んでもないんだよ、恰度、恰度いま由っちゃんが遊びに来たんで、その、その葉ちゃんとこへ行ってみようか、っていっていたんだよ……それだけだよ……」

「もう沢山、来てくれなくて結構よ、わざわざあたしを呼んでおいて、二人で見せつけようなんて、……ふん、黒吉さんも相当なもんなら、女、女もそうだよ……黒ちゃん、あんたこそ誤解しないで頂戴よ、あたしはあんたが、大キライなんだからね……

あたしのところに来て下さる相談なら、まさか抱き合ってまでいう話でもなかろうからねエ——」

心持ち蒼白になって、険の浮いた葉子の顔は、ゾッとするほど凄く美しかった。幼なくして妖婦の面影のあった葉子の、姐御じみた鉄火口調は、火のように激しく辛辣に、黒吉の胸を抉《えぐ》った。

まして、心底から、全身を捧げて恋いしたった夢にも忘れ得ぬ葉子に、無残にも愛想づかされた激しい言葉は、毒針のように、脳天から突き通ったのだ。

「葉ちゃん、そんな……」

追かけるように見上げた黒吉の、大きく見開かれたタッタ一つの眼は、溢れる泪に濡れていた。

「もういいの、聞きたくないわ――」

葉子は、駛《はし》るように、階段を下りていってしまった。

「ま、まって……」

不自由な片足で、跳るように、夢中であとを追った黒吉は、

(あっ――)

と思った瞬間、真ッ逆様に階段から転がり落ちてしまった。

(む……)

と息がつまって、一瞬視力の鈍った網膜に、サッサと振り向きもしないで帰って行く葉子の、蠢めく腰が写った……。不思議にも、それは、着物も何も着ていない、赤裸々な、悩ましい腰であった。

十ノ三

「黒ちゃん――」

やっと、由子の肩をかりて二階へ上って来ると、由子は、いかにも呆れ果てた、というように、

「黒ちゃん、なんていう醜態なの、——よくもこのあたしに土《どろ》を塗ったわね……ふん、葉ちゃんが来たからって、何も大周章《おおあわ》てで飛《とび》のかなくてもいいじゃないの、そんなにこのあたしが嫌いなら、何故嫌いのようにしないのさ、——あたしは不自由で可哀想だと思えばこそ、来てやるのに、つけ上ってさ——ふんだ、葉子じゃないけど、あたしの方でご免蒙るわよ、まったく……。そんな化物みたいな顔して『由っちゃん』が可笑しいわ。よしてよ。もう由っちゃんなんて、呼んで貰いますまい。……あたしはバカだったわね、なまじっかの同情が、こんな男にいいようにされて、嫌われて……、ふふふふ、おも、面白いもんねエ……大バカの由子——」

噛つくように呶鳴っていた由子も、しまいには鼻声になって、こみ上げて来る啜泣《すすりなき》を、袂《たもと》で押えたまま、出て行ってしまった。

黒吉は、もうそれを止める元気もなかった。何故《なにゆえ》とはなく、止め度なく溢れる泪を、拭《ぬぐ》う気力もなかった。

一瞬にして、葉子と由子とを失ってしまった自分——。それが大暴雨のあとのように、妙に信じられないような、その癖、まだどこかに、無気味なものが残っているような、……こうしている今にも、葉子と由子とが、「こんにちわ——」と笑いながら、這入って来そうな、妙な気持だった。

ダガ、それはあまりにも酷《むご》い一瞬だった。あれ程までに自分の恋したっていた葉子、あれ程までに自分を労《いたわ》ってくれていた由子——それが、この一寸した手違いから、もう遠く自分から離れてしまったのだ。

由子には済まない話だけれど、――それに、一寸考えると、妙なことだけれど――、自分の本当に恋し、本当に満足させてくれていたのは由子ではないヤッパリ葉子だったのだ。

黒吉は、由子を抱きしめながら、葉子のことを思い、そしてそれを葉子のように愛撫していた。いってみれば、由子の肉体は、黒吉にとって、「葉子の幻像」であったのだ。温たかい、現実的な写し絵にすぎなかったのだ。

黒吉は、由子を勢一杯抱きながら、葉子の香に酔っていた。なんという異状な恋愛であろう――なんという激しい葉子への思慕であろう――。あの曲馬団の暴雨風《あらし》の夜の最初の接吻！　それは黒吉がまだ十《とお》の時であった……。

黒吉には、その哀れな傀儡《かいらい》であった由子を忘れても、葉子を忘れることは出来なかった。

（葉ちゃん……）

黒吉は、ほうり落ちる泪の中で、幾度も幾度もその名を呼び続けた。

十一

それからの黒吉は、研究所の所員たちに嗤われ、肝腎の葉子にすら蔑まれながら、それでも、僅かな暇を偸んでは、不自由な足を引ずって、あの千鳥食堂に、通いつめるのだった。

あの、曲馬団が解散する頃には、もう移り気な葉子からすっかり見離されていた黒吉が、なお一層醜怪な容貌となってしまった今、改めて葉子の歓心を買うことは、とても出来ない相談だった。

（一度は、ともかく、家へも来てくれたのだから……）

と黒吉は、胸の中で思っていたのであろうけど、葉子にしてみれば、移り気の多い女の特徴として、何気なく、半ば無意識に寄ってみたまでで、まして、曲馬団時代の競争者、由子との睦《むつ》まじげな様子を、わざと見せつけられたような気がし、

（ふん……）

と反感を増しこそすれ、この貧しい醜少年に笑顔一つ見せる義理はなかった。

葉子は、そんなものに相手はしていられない程、美しく、ちやほやされ過ぎていた。

又、金廻りのいい高級所員や、何処からか嗅ぎつけて来る金持の息子共の歓待の中に忙しく、それと反対的に、自分の過去を知りすぎている黒吉を、邪魔には思っても、いい顔一つしよう訳がなかった。

葉子に、冷遇されればされるほど、黒吉の恋情は、いや増すばかりであった。葉子は執拗《しつこ》く通う黒吉の前で、わざと他の男の膝に乗ってみせびらかしたりなどした。だが、黒吉は、ただ黙って寂しく顔を歪めて笑うきりだった。

心の中は、掻《か》き毟《むし》られるように、痛く悲しかったけれど、表《うわ》べは、ただニヤニヤと笑う恋に弱い黒吉だった。

葉子は、この無反応の黒吉に、却って躍起となって、有頂天になった男共の群の中に、強いてまで身を投げ込んで行くのであった……それは、どうにも、この儘では長いこと続きそうもない、無気味な気配を感じられるのだった。

×

しかし、一度彼が身を機上に托して、大空から飛下りる、その瞬間の幻影の中では、黒吉は、飽くことない愛撫を、葉子に与えることが出来るのだった。

(葉ちゃん、東京に行ったたって聞いた時は淋しかったよ)

(そう、ごめんなさいね……)

(いいんだよ。今はこうして一緒にいられるから、とても嬉しいんだよ)

(そうね、あたしもよ……黒ちゃんに逢いたくて、ここへ来たようね)

(うん、そうなら嬉しいんだけど……)

(でも……でも、由っちゃんに悪いわ)

(何いってんだい、あんな奴——、なんでもないんだよ、ほんとに、ただ遊びに来るだけなんだよ)

(あら、そう、ほんとならいいけど……)

(ほんとだよ——)

(あッ、危い！)

黒吉が、葉子の方に手を差しのべた途端、物凄い音がして、パラシュートが開く、と、その愉しい幻影は、跡形もなく消え失せて、虚空を木の葉のように流れ落ちて行く黒吉……。

それは哀れな現実だった。

ダガ、黒吉は、その「夢」の再生を信じていた。

(何時かは、そうなる——)

と……。

そして、相変らず夜は千鳥の片隅で独りのけもののようにぽつんと腰かけた儘、舐めるように、葉子の全身を見廻し、昼は大空の夢の中に、葉子を、シッカリと抱くのであった。

十一ノ二

この頃は、黒吉は、あの恐ろしい空の冒険を自分から進んで日に二度も三度もやってのけるのだった。そして飛行のない日は、全く気抜けのしたように、研究所の片隅で、松葉杖を抱えたまま、しょんぼりと考え込んでいた。――それは、空を飛下りる時の、妖しい幻影にのみ、愉《たのしみ》をつないでいる、淋しい男の姿だった。

しかし、このタッタ一つ残された「夢」というオアシスにも、到頭恐ろしい破局が訪れて来た。それは、まだ、葉子の誤解もとけて、睦まじく話すことの実現しない矢先に、突然、この町から少しばかり離れた資産家の化粧品商の息子と、あの葉子とが、近々結婚することになった――という、彼としては、いきなり千仭《せんじん》の谷へ突落されるような、忌わしい幻影なのであった。

黒吉は、この妖夢を見た瞬間から、スッカリ心の平衡を失ってしまった。

(俺の楽しい夢、俺の素晴らしい楽園は、もう木葉微塵《こっぱみじん》に叩き壊されてしまうのだ……)

(かつて、あの「空の白日夢」の外れたことはない――とすれば、この忌わしい「予言」も、キット実現するに違いない――)

なんという恐ろしいことであろう。

物心ついてから、早くも一生の寄生木《やどりぎ》として心の奥底から、それこそ、何物にも代え難く愛し、敬し、慕っていた、その偶像「葉子」が、この自分を棄てて、結婚してしまうのだ。

――近頃の、惨酷にまで冷めたい葉子の仕打から見て、

(そんなことになりはしまいか……)

と惧れ、恐れていたことが、いよいよ実現しようとしているのだ。あの、この世に咲いた、最も美しき花「葉子」、命よりも愛し恋うた「葉子」——それが、むざむざと見知らぬ男の、好色な腕にシッカリ抱かれようというのだ。

（成るほど、俺は不具だ、おまけに醜男だ……）

ダガ、醜男は生れつき——かつて、葉子はその醜男の黒吉と、堅い固い約束をしたではないか、そして、幼なくして、早くも「女」を教えてくれたのは、葉子ではなかったか——。不具だって、いってみれば、葉子と別れるのがつらさに、曲馬団の解散を惧れて、「明日」を覗こうとして失敗した為なんだ——。

臆病な「虫」といわれていた黒吉を、ともかく曲馬団の花形としたのも「葉子」。母を知らぬ黒吉に、最初の女性の優しい味を与えてくれたのも「葉子」。そして最初の恋も、最初の接吻も……すべて黒吉の周囲から「葉子」を切り離しては考えられないのだ。

そして又、いまは、最初の、泪の「失恋」を彼女から与えられようとしている……。

思っただけでも、ゾッと鳥肌が立つほど恐ろしかった。

何故、こんなことを考えなければならないのか——それが怖かった。

（ほんと、でなければいいが——）

（いまのままでいい。優しい言葉一つかけてくれなくとも、冷めたい眼で見られても——それでも毎日、彼女の身近かに自分があることだけでもいい……）

黒吉は、もうじっとしていられなかった。

薄暗くなり出した曠漠たる飛行場を横切って、千鳥食堂へ急ぎ出した。

十一ノ三

夕日は、腐った血の色だった。

不吉の前兆のような、無気味な静《しずか》さが、原っぱの上全体に押しかぶさって、夕靄が、威圧するように、あたりを罩《こ》めていた。そして颯々《さつさつ》と雑草を薙《なぎ》る黝黯《あおぐろ》い風……。

行く手に、ぼんやりと千鳥食堂の灯が、漾《ただよ》って来た――と同時に若い女の後姿が、仄々と影絵のように、浮び出て来た。

（おや、葉子かな）

その特徴のある、悩ましく腰をゆすって行く女は、正しく葉子であった。

（畜生――、あの化粧問屋の情夫《いろおとこ》に、逢いに行くんだな……）

黒吉は、頭がカーッと火熱《ほてっ》って来た。そして、片足の男とは思われぬほどの、恐ろしい速さで、原っぱを駈け出した。

「葉ちゃん――」

やっと追ついた黒吉は、上ずった、嗄がれた声で、飛つくように、呼止めた。

「え――」

はっと振向いた葉子の顔には、一瞬、本能的な恐怖の、黒い影が散った。

「葉ちゃん――、毎日逢いながら、こう二人っきりで葉ちゃんと呼んだのは、ほんとに、何月ぶりだろう」

「……」

「そんなに嫌な顔をしなくても、いいだろう……そんなに俺が厭なんかい――」

「……」

「俺は、俺は、命がけで葉ちゃんのことを思っているんだよ……ね、ね、少しは察してくれてもいいじゃないか、ね」

「……」

「何んとか返事をしてくれてもいいじゃないか……、生ッ白い化粧品屋の倅《せがれ》に、また、逢いに行くのかい……」

「ええまあ、まあ、何故それを――」

「ふっふっふっ、驚ろいたろう――俺は何んでも知ってるんだよ」

「そんなことないわよ、いま一寸、用があって来たのよ——」

葉子も、これほど熱烈な黒吉の気魄に、少し可哀想になったのか、しんみりそうはいったものの紛れ射す月の光に、この呪われた醜怪無残な彼の顔が写ると、ぞっとして吐出すように、

「黒ちゃん、もうお互いにサヨナラしましょうよ、それがお互いのためだわよ——ほほほほ、ねエ黒ちゃん、もう昔のことはいいっこなし、『極東』の解散と一緒に、他人になりましょうよ。……少しでも、あたしに可愛がられたあんたは幸福もんだと思いなさいよ……あたしはね、これから仰言る通り、あの人に逢いに行くの……今夜は向う泊り——羨《うらやま》しくって……」

靄を透して来る、弱い月の光りにも、彼女の顔には、黒吉にとって、最早絶望の、鋭い険があった。

「葉ちゃん、もう一度でいい、その手を握らしてくれ、その円い胸を抱かせて……、それでいい、俺はそれで満足するんだ、ね……もう一度——」

「何、いってんのさ、跛足のバカ……お前さんの顔は、化物そっくりだよ、ヘンだ、そんな顔でよくも図迂《ずう》図迂しいことがいえたもんだね……せいぜい、由公でも抱いてるさ……」

秋の飛行場は、物寂しい闇につつまれていた。周囲はほの暗く、憤怒に燃え立った黒吉の瞳《め》は、殺意を含んで、ギラギラと輝き、無恰好な体からは、陰惨な血腥《ちなまぐさ》い吐息が、激しく乱れた。

「うう……畜生」

呻くと一緒に、彼の左手は、もう白くくびれた葉子の咽喉元に喰い込んでいた。

「な、なにするのよ――」

葉子は、その手を払いのけ、黒吉の片足を侮《あな》どって、いきなり身を躱《かわ》して逃げ出そうとした時だった。

カッと逆上した黒吉は、松葉杖を振りかぶると、渾身の力をこめて、目茶目茶に、葉子を撲りつけた。

タッタ一声の悲鳴で、脆くも葉子は、倒れてしまった。黒吉は、既に悪魔の虜だった。

彼は、握り締めた松葉杖を、抜きとるようにして抛り出すと、

「畜生……畜生……」

狂おしく叫びながら、いきなり倒れた葉子の体の上に、獣のようにのしかかり、力まかせに、グイグイと咽喉を締め上げていた。

――それから、どんな惨《むご》いことが、この全然人気のない原っぱの中で行われたか……ただ、彼女の真白い足の裏が、靄に溶け込んだ蒼白い月の光りの中に、まるで海底の海盤車《ひとで》のようにいぎたなく突き出されて見え、そこら一面には、着物や肌着などが、暴風雨《あらし》のあとの花のように飛散し、若い女の血の臭いが、腥《なまぐさ》く漾《ただよ》っているのだった。

十一ノ四

翌日——。

中秋の空は高く、うらうらとした、明るい日であった。

いつものように、格納庫から離陸場へ引出された飛行機は、黒吉を乗せると、昨夜、この原で、無残な殺人が行われたのも知らず、一点の雲もない蒼空に、いかにも軽々と飛込んで行った。

フト、気がつくと、黒吉の座席の足元の空地一杯に、何か大きな風呂敷包みのようなものが、窮窟そうに押込められていた。

……こんなものが、何時の間に積み込まれたのか、誰一人気づかなかったけれど……。

だが、それは、どうも葉子の死骸らしいのだ——そんな不吉な予感がする。

×

あんなにまで愛し、あんなにまで恋いしたっていた「葉子」。その葉子に、あんなにまで烈しく侮蔑され、嘲笑されようとは、黒吉自身も思っていなかったことで、余りのことにカッとした黒吉は、いきなり眼の眩む思いがすると同時に、半ば、無我夢中のうちに、葉子を「死」にまで堕《おと》し込んでしまい、そして、その冷えて行く美しき死骸に、熱い熱い接吻をした。そして、始めて我れに還った黒吉だった――。

あの常軌を外れた曲馬団の楽屋裏の毒々しい色彩と、嬌声と、猥歌と、汗じみた肉襦袢の中に初めて物心づき、早くも美しき変質少女葉子を知り、恋をして来た黒吉――。あの渾身の力を罩《こ》め、虚無の一線を飛うつる曲芸の中に、不思議な自己催眠術を覚えた黒吉――。そして又、不具になり、一層偏執になって、「葉子との楽しき夢」ばかり追っていて、最早や、夢と現実の境界さえ確然としないほどの黒吉――。

その黒吉としては、むしろ当然であろうこの「殺人」の終端へまで来てしまったのだ。

しかし、葉子を殺害した黒吉は、例えようもない幸福に酔っていた。

(葉子――、あれほど慕っていた葉子が、今は自分の自由になるのだ――)

葉子は、もう、厭な顔一つしなかった。もう黒吉の醜い顔を、いくら近附けても、嗤わなかった。いくらシッカリ抱きしめても……、雨のような、弾丸のような、激しい接吻に、その匂うような葩《はな》の顔が、ベトベトと濡れ果てても……。

(なんという幸福であろう――)

だが、黒吉は、その幸福に、これ以上、酔っているわけには行かなかった。気のせいか、はっと顔を上げて見ると、長い秋の夜がすでに去ってもう空が白々と明るみかけて来ていたのだ。

(人にみられたら……)

人に見られたらもうお仕舞なことは、解りきっている。この葉子と引離された揚句、自分は死刑の宣告を受けて、何処か訳のわからぬ墓穴の中へ投込まれてしまうのだ。

死刑は別に恐ろしくなかった。ただ折角手に入れた葉子と引離されることが堪えられなかった。

黒吉は、さんざん考えた末、葉子を、空につれて行くことに考えついたのだった。

そう思いつくと、葉子の死骸を、長いことかかって格納庫まで引ずるように、持って来、勝手知った出入口から忍込んで、たった一台しかない旧式練習機の、座席の足元から横に開いた特別広い空胴の中に、無理矢理押込むと、あとは知らん顔して飛行を待っていたのだった……。

×

飛行機は飛びだした。幸い誰も気づかなかった——。黒吉と葉子の、空の新婚旅行がはじまったのだ。

傍に設《そな》えられた高度計の目盛は、グングン廻って行った。遙かなる地球は、蹌踉《そうろう》として足下に、のたうっている……。

黒吉は、やがて、思い出したように、その足元の風呂敷包みを解きはじめた。引めくるように、その風呂敷がとられると、いきなり露出《むきだ》しにされたものは、あの美しく、年若き妖婦、葉子の、それこそ一糸も纏わぬ全裸《まっぱだか》の肢体だった。

そして、既に、魂は去っていたが、その蒼白い、均斉のとれた美事な肢体は、飛行機の蠕動を受けて、さも生けるもののように、くねくねと顫え、黒吉の膝の下に、従順に、跪いているのだった。

「葉ちゃん——俺の、俺だけの、葉ちゃん……」

勢一杯に吸嗚った声は、儚《はかな》くも虚空に、飛散してしまった。

でも、黒吉は幸福だった。彼は、飛行帽の中で、厚い唇をペラペラ舐めずると、さも嬉しそうに、醜い顔をにたにたと頽《くず》しながら、倦かず葉子の淫らな姿に見入るのだった。

十一ノ五

無限に澄み切った、目の玉の溶ろけるような青空の中で、黒吉は、葉子をシッカリ抱いたまま飛んでいた。

「オーイ、用意……」

突然、送話管を通して、操縦士の太い声が伝わって来た。ハッとした黒吉は、座席から伸上って遙か下界を見下すと、箱庭のような風景が、いかにも葉子の死体を待ちうけているように、手を拡げて、ゆたりゆたりと踊っていた。

——黒吉は、発狂したのであろうか。いきなりパラシュートを外すと、飛行帽をかなぐり棄て、飛行服まで挘《むし》り取ってしまうと、グット邪慳に、葉子の死骸を抱き上げた、と同時に、

（あっ——）

と思った瞬間、この銀色の機体から、シッカリ抱合った全裸の男女が、遙か下の遠い遠い地球目がけて、まるで爆弾のような凄まじい勢で、どこまでもどこまでも、墜落して行った……。

×

黒吉は、満足だった。

いままで毎日見なれて来た山や川や森や畑が、この自分だけ二人を、優しく抱擁してくれるように思えたのだ。それに、何んという神の祝福であろう、空気の断層をつんざいて転落する自分の両腕には、地獄までも離すまいと、力の限り葉子を抱きしめているではないか——。

黒吉の、あの空を飛ぶ時の、不可思議な白昼夢は、いまや現実よりも明瞭に現われて来たではないか……。

(黒ちゃん、許してね。やっぱりあたしは……、もうすっかりあなたのものよ)

(わかってくれたね、葉ちゃん。俺の気持、やっと解ってくれたね)

(わかったわ、わかったわ、もう決してあなたのそばは離れないわ)

(ありがとう、葉ちゃん。ありがとう。俺も、俺も、決してもう離しはしないよ……)

ああ。葉子は、黒い瞳に媚をさえ浮べて、自分を見詰めている。葉子の血の葩《はなびら》のように赤い唇が、わなわなと顫えながら、近づいて来る……。

(ああ、俺は幸福《しあわせ》だ……)

解説

平山瑞穂

「変態」という語ほど、語義の輪郭があいまいなまま不用意に使われている言葉はめずらしい。もちろんここで言う「変態」とは、昆虫などが幼生から成体へと形態を変えることなどを指しているのではなく、「あいつはまぎれもない変態だよね」とか、「こんなものが好きだなんて変態としか言いようがない」といった形で口にされるそれのことだが、ではその正確な定義はどうなっているのだろうか。

たとえば「広辞苑」（第五版）では、前述の用法に該当する「変態」は「変態性欲の略」とされている。そこで「変態性欲」を引いてみると、「性的倒錯に同じ」とある。「性的倒錯」の語義はこうだ。「心理学で、異常性欲のうち質的異常をいい、性対象の倒錯と性目標の倒錯を含む」――わかったようなわからないような記述である。「明鏡」携帯版の語釈のほうが、簡潔にして要を得ている。「性的倒錯があって、性行動が普通とは異なる形で現れるもの。変態性欲。また、その傾向のある人」。しかしこれをもってしても、「変態」という語の持つ広範かつ微妙な含意を的確にカバーしきれているとは残念ながら思えない。

今ひとつすっきりしない理由のひとつは、こうした語釈が問題をあまりにも「性的」な側面に限定しすぎている印象を与えるからだろう。口語の領域では、たとえば度を越した鉄道マニアなど、ある特定の対象に過度に入れこんでいる人のことも、（それ自体に性的なニュアンスは感じられなくても）「あれは変態だから」などと評したりする。それは比喩的用法だとしても、その人が対象に固執する背景にどんな常軌を逸した心の動きがあるのかは、外側から見ているだけでは窮極にはわかりはしない。その底知れぬ感じこそが人々の口から「変態」という言葉を引き出しているのだ。「性行動が普通とは異なる形で現れる」といった説明がいかに狭隘《きょうあい》に対象を限定してしまっているかは、この一例を見るだけでも歴然としている。

もっと大きな問題は、そもそも性的に「普通」であるということが、古今東西、実はそれほど明瞭に範囲を規定されていたためしがないという点にある。江戸時代以前の稚児《ちご》や小姓《こしょう》を愛でる風習は、現代では同性愛、しかもともすれば小児性愛とカテゴライズされようところだが、当時、それをタブー視する視点は存在しなかった。そうした時代背景による変化もあれば、同時代においてさえも、スタンダードがどこにあるかということを確信のもとに断言できる人などはたしているだろうか。性的なことというのは、その性質上、あまりありすけに言及されることがない、秘めごとに近い位置づけにある。それでいてどうして、「普通はこうである」ということがわかるのか。そこを疑問の余地なく定義しえないかぎり、性的「倒錯」もまた、範囲を明示することなどできるわけがないのである。

それでもなお、人はなにか自分の持つ尺度では測りきれない他人の言動なり態度なりに直面すると、

「これは変態だ」と断じることを止められない。その感覚がどの程度まで実際に世間一般の人々との間で共有されているものなのかがわからなくても、それを「変態」とみなす権利だけは誰にでも等しく付与されている。こうして「変態」の語は、語義が不明確なままかくも無造作に人の口にのぼる仕儀となっているのである。

本書でも、「変態」の語を明瞭に定義することは避けておく。というより、避けざるをえない。上述の理由で、それは原理的に不可能であることがわかっているからだ。それでもあえて漠然とでもその範囲を示すとすれば、こういう言い方ができるだろうか。「変態」とは、「人が他人のふるまいを見るとき、思わず心胆寒からしめられるような要素があることである」と。「心胆寒からしめられる」というのは実はいささか大げさで、本当はもっとこれにうってつけの表現が現代の日本語にはある。今風の用法でいうところの「引く」という言葉だ。「異様さに思わず引いてしまう感じ」、それこそが「変態」的であるということだ。

それが性的なことがらであるかどうかは必ずしも問わない。というより、問うことができない。極端な喩えだが、たとえば「モハ一一三形」の車両をうっとりと眺めるある鉄道マニアのまなざしが、好みの女性のボディラインを食い入るように見つめる男の好色な視線とは質的に断絶したものであるなどと、いったい誰に断言できるのか。その人自身になってみなければわからないことというのがある。肝腎なのは、本人がどう思っているかではない。それを見て人が、少なくとも一般的な人が「引く」かどうか。そこにこそ「変態」とそれ以外とを分ける境目があるのだと僕は考えており、本書においてもおおむねそういう観点から「変態」をカテゴライズしている。

ところで文学は、そうした「変態」的な心理描写にとって一種の聖域であると言うことができる。通常ならおおっぴらに言及することが憚《はばか》られるような異様な関心や執着や視点の置き方も、文学的な「趣向」の名のもとでなら公然と表現の俎上《そじょう》に乗せることが許されるからだ。むしろ「秘めごと」を白日のもとに晒すことにこそ、文学の面目躍如《めんもくやくじょ》たるところがあるとすらいえる。

マゾヒズムやフェティシズムを公明正大に振りかざし、なんらかの性的倒錯をモチーフとしたもので著書目録《ビブリオグラフィー》の大半を埋め尽くしていながら、なお「文豪」の名をほしいままにしている谷崎潤一郎などはその最たるものだろう。名もなく醜い椅子職人が、自ら細工した革張りの椅子の中に収まり、何も知らず日々そこに座る女流作家の肉体の感触を愉しむという『人間椅子』をはじめ、名状しがたい変態心理をこれでもかとばかりに羅列してみせた江戸川乱歩《えどがわらんぽ》なども好例である。

しかし、それだけだろうか。谷崎や乱歩は、それが人に眉をひそめられるようなものであることは重々承知した上で、いわば露悪的にあえて変態的なモチーフを取り上げている。必ずしもそうではない形で「思わず引いて」しまう、そんな場面なり心理描写なりを含む作品が、日本文学の中には遍在していたのではなかったか。明治以降の近代日本文学を高校時代から現在に至るまでまんべんなく読み漁ってきたという自負を抱く僕には、そういうたしかな感触のようなものがあった。今回、「紙礫」

の一巻を担当させていただくにあたって、「変態」というテーマを自ら指定したのは、その思いにあと押しされてのことであった。

　ところがいざ収録作品の検討を始めてみると、これぞという作品にはなかなか行きあたらない。おどろおどろしいものや、ぞっとするほど気味の悪いものを描写した作品なら、ちらほらと思い浮かぶ。人間の生き血を絞って染物を作る国枝史郎《くにえだしろう》の『神州纐纈城《しんしゅうこうけつじょう》』や、屍体の目の中にグミの実をびっしりと詰めこむ三島由紀夫《みしまゆきお》の『月澹荘綺譚《げったんそうきたん》』などだ。しかしこれらはどちらかというと「猟奇」的な趣向であり、僕が考える「変態」からはだいぶ離れてしまう。ほかにもっとあったはずだ。あからさまにグロテスクなわけでもなく、これ見よがしでもないにもかかわらず、たしかに「これは変態だ」と感じさせるような要素を備えた作品が——。

　渉猟をしばらく続けてみて、対象が思うように射程に入ってこない理由に気づいた。隠微すぎるのだ。たしかにいくつかの作品には、そこはかとない「変態」性、なんらかの意味での「倒錯」の香りを感じさせる描写が含まれている。しかしそれは、往々にして作品そのものの主題とは無関係なところに添えもののように存在するもので、粗雑に流し読みしていれば素通りしてしまうほど微弱でほのかなものなのだ。それでも僕は、かつて読んだ際に過《あやま》たずそれを検知しており、その印象だけが記憶の奥底に澱んでいたのだろう。そしてそれが、近代日本文学は「変態」描写の宝庫である、という認識に結びついていたのだ。

顕著な一例を挙げるなら、いわずと知れた田山花袋《たやまかたい》の『蒲団《ふとん》』という作品がある。明治四〇年に発表されたこの中篇小説は自然主義文学の傑作ともてはやされ、その後も日本文学の中で脈々と息づきつづける「私小説」の祖型をなしたとの定評を獲得している。その文学史上の位置づけに異議を申し立てるつもりは毛頭ない。中年作家・竹中時雄《たけなかときお》がうら若い女弟子・芳子《よしこ》に執着し、取り澄ました外面とは裏腹に嫉妬に悶える醜さを暴き出すその筆致には、自らの私生活における秘部や恥部をあえて明るみに出すこととひきかえに、徹頭徹尾リアリティを追求しようとする真摯な姿勢が感じられる。しかし一方で僕は、芳子が去っていったあとの時雄が、芳子の使っていた蒲団や夜着を引っぱり出し、「夜着の襟の天鵞絨《びろうど》の際立って汚れているのに顔を押附け」たりして「女のなつかしい油のにおいと汗のにおい」に陶然となっているさまに、別の観点から目を瞠《みは》らずにはいられないのである。

ここでことさらに「変態」的な描写をしているつもりは、花袋本人には十中八九なかっただろう。また、これがすなわち「変態」であると言いきれるわけでもない。ここで焦点を当てられているのは恋する女弟子を失った喪失感であり、それを埋めようとしてなんでもいいから本人の痕跡といえるものを探し求める心理自体は理解できる。ただ、汗や皮脂といったいわば排泄物に反応しているという点で、時雄のこの行為はスカトロジーにも通じるものがある。そしてそれに対して「引く」思いをしているのが自分だけではないであろうことを、僕は確信している。

本書では、そういう作品——すなわち、著者本人には格別な意図がなかったにしても、読んでいる側が一瞬気おくれや当惑を覚えてしまうような、なんらかの意味で「異様な」ものを感じさせる描写を含む作品――も、対象として取り上げることにした。それを含めれば、日本近代文学は僕の当初の見立てどおり、実に豊穣なストックに恵まれているとみなすことができるからだ。

だがそれでもなお、候補作の選定には難航したことを白状しておかねばならない。一読してどことなく「変態」的だと感じたとしても、あらたまって振りかえると、「どこがどう」という部分を具体的に指摘しようのないものが目立つのだ。過去に読んだときの感触から、たとえば夏目《なつめ》漱石《そうせき》などにはそうした作品が散見されるはずだと踏んでいたにもかかわらず、いざいくつかの短編を読みかえしてみると、茫漠とした印象しか残らず、「変態」と銘打ったアンソロジーにあえて取り上げるほどのものではないと断念を余儀なくされたりする。

もしかしたら、僕が漱石作品に感じていたものは、「変態」性というより、ある種の底知れぬ不健全さのようなものだったのかもしれないとも思う。僕自身が小説家なのでこの際遠慮なく言わせてもらうが、だいたいにおいて文学に身を投じるような人間は、精神的になにかしら不健全な要素を抱えているものだと僕は考えている（その不健全さを文字化したものこそが「文学」となるのだ）。それがときに、本人が意図していると否とを問わず、突出した形で現れてしまったものこそが、小説の中における「変態」性なのではないか。そうした仮説も、このアンソロジーの底流には流れているものと了承いただきたい。

おおむね上述のような意図に基づき、七篇の中短篇を集めた。極力、「埋もれた名作」のようなものを選りすぐるよう心がけた所存であり、したがって変態心理の標本としてあまりにも有名な江戸川乱歩作品などはあえて避けた次第だが、力及ばず「想定の範囲内」に留まってしまった面もあることはご容赦願いたい。また、一篇（『果実』）は僕自身による書き下ろしである。この錚々《そうそう》たる布陣の中に自作を並置するのは僭越の至りだが、本アンソロジーの趣旨を補完する素材のひとつとして添えさせていただいた次第である。

以下、各作品についてかんたんな解説を施しておく。ただし僕自身の作品については、自作を自ら解説するという窮極の自己完結を避けるために割愛させていただくことにした。

中勘助『犬』

中勘助は戦前から戦後にかけて活躍した作家だが、もともとあまり広く知られる存在ではなかった。それは本人が物書きとして終生貫いた姿勢の如実な反映というよりほかにない。漱石に文才を高く評価されていながら、流行の思想やスタイル、文壇の動向といったものにほとんど関心を払わず、孤高の立ち位置を崩さなかった。それも原因の一端だったのか、現代ではほぼ『銀の匙』のみで知られる存在となっている印象がある。そして『銀の匙』といえば、自らの幼少時代の思い出をみずみずしい筆致で綴った傑作として今なお読み継がれているが、その心温まる牧歌的な内容にばかり気を取られていると、この作家が持っていたもうひとつの顔を見失うことになってしまうだろう。

本作『犬』は大正一一年に発表された作品だが、これに先立って中は『提婆達多《でーばだった》』を世に問うている。釈迦《しゃか》の弟子でありながらのちに離反し、敵対者となった提婆達多の、釈迦に対するすさまじいまでの憎悪を描いたものだが、嫉妬や妄執、愛欲といったものの本質を容赦なくえぐり出しているという点では、後続の『犬』との共通項も多い。この二作はまさに中勘助の「もうひとつの顔」を代表するものと言っていいが、本書で特に『犬』のほうを取り上げるのは、その趣向の特異さに注目してのことである。

時は十一世紀、回教徒であるサルタン・マームードによる侵略と略奪にさらされたインドが舞台となっている。クサカの町外れの森に住む印度《インド》教の苦行僧が、毎日森の奥へ入っていく百姓娘を見咎めてわけを訊くと、おなかの子の父親に再会できるよう猿神に願をかけているのだという。侵略してきた邪教徒の隊長に「穢された」のだと言いながら、娘はジェラルという名のその若い男に思いを寄せているらしい。苦行僧は娘の罪業の深さを咎め、身を清めるために草庵を訪れて湿婆《しば》の石像に謝罪しろと命じる。言われるまま一糸まとわぬ姿となって一心にお祈りをする娘を物陰から盗み見た苦行僧は劣情に駆られ、娘を犯してしまう。性の歓びに味をしめた僧は信仰も捨て、娘を性的に独占したいと考えるが、腫物や瘡蓋《かさぶた》だらけの自分が醜いことも自覚している。若く見栄えのするほかの男に娘を取られまいとして、僧は自らと娘に呪法をかけ、犬の姿に変えてしまうのである。

そこからは、犬となった娘が、犬である僧と不承不承夫婦として暮らしていくさまが描かれるわけだが、そのくだりは他に類を見ない異様にして出色の叙述となっている。

もちろん中勘助は、理由もなく、あるいは単に奇矯さを狙ってこのような設定を導入したわけではあるまい。兄との確執、その妻・末子へのひそかな思慕などを背景に、愛欲に関して独特のストイシズムを貫き、「恋愛が性的獲得を目的とし、あるいは要件とするものならば、私は恋愛をもたないし、もちたいとも思わない」(『街路樹』)と言いきっていた中である。これは一種の寓話であり、番《つが》いの犬に仮託して描こうとしたものもまた、愛欲をめぐる人間の問題にほかならなかったはずだ。しかし犬の肉体、犬の生理を通じて生々しく描出しているからこそ、それはいっそうくっきりと際立って読む者の目に迫ってくるのだ。

もう自分のものになったのだから焦ることはないとばかりに僧が娘に示す「下劣な無関心」。産後であることを口実に避けられていた交尾を思いのままに果たそうとして僧が見せる、「異性を嗜《たしな》む者の忍耐と、根気と、熱心」。あげく僧は、二人は「湿婆にめあわされた夫婦」であるなどとわけのわからぬ理屈をこねて、娘に言うことを聞かせようとする。そうして思いを遂げたら遂げたで、「情慾をとげたものの満足と、性交の相手に対する特殊な愛情」を顔に浮かべる。そして彼は、「情慾のとげられた瞬間においてのみ生理的に嫉妬から解放され」るのである。

なかば諦念のもとにされるがままになっている娘も、ジェラルへの思いは断ちがたく、犬の姿のままでもひと目会いたいと願いつづける。ジェラルが実際には僧によってとうに呪殺《じゅさつ》されているとも知らぬ娘は、僧が眠っている隙にねぐらを抜け出し、邪教徒の部隊が帰りついているはずのガーズニーに単身向かおうとするのだが、あえなく追いつかれてしまう。半狂乱で駆けつけてきた僧は、「肉交の相手を失おうとする時の醜悪な忿怒《ふんぬ》」によってすさまじい形相になっている。

このあたりは、男が女に対して抱きがちな身勝手な執着を告発しようとする遠慮会釈のなさに満ち溢れており、時代を超えて痛烈に心に響く普遍的な批判のトーンを感じさせる。つれない娘に対して僧がどれだけ言葉を尽くし、「わしは気のちがうほどに思うている。可愛い、いとしいと思わぬ時はないのじゃ」などと切々と「恋」心を訴えたところで、しょせんは性欲を満たすためだろうと一笑に付さざるをえなくなってしまう。

対する娘の冷めた態度も見ものである。ほかに選択の余地もなく僧との暮らしに甘んじてはいるが、心は常にジェラルのもとにあり、僧に対して一片の愛情も感じてはいない。「自分の肉体が僧犬の接触のために、自分の意志に反して性的な反応をひき起こす」のをなさけなく思ったりもしている。娘が交尾に際して抵抗も嫌悪も示さなくなったのを見て、僧はようやく夫婦の情愛をわかってくれたのだと解して上機嫌になるが、それも実は「すてばちな無関心」に基づく「冷淡な従順」にすぎないのである。

それでいて娘は、僧との間に不可避的に生じてしまった子犬を四匹産んだとき、「それが何者の子だなぞということはてんで念頭に浮かば」ぬまま、溢れ出す母性によって満ち足りた幸福を感じる。誰の種であろうがわが子はわが子であり、そうである以上無条件に愛情を注ぐべき存在となるのだ。望まぬ相手と夫婦にならざるをえなかった女性の心理を、かくまで冷徹かつ的確に描写しえた男性作家が、かつてどれだけ存在しただろうか。

このように本作は、寓話的小説として実によくできているのだが、その物語としてのたしかな枠組みの隙間から、他の作品ではめったにお目にかかれない異様な感興が立ちのぼってくることも見逃すことはできない。

もともとこの作品には、発表当時、表現の一部が猥褻《わいせつ》であるとされ、相当箇所を伏せ字にせざるをえなかったという曰く因縁がある。その後、複雑な経緯を辿って二度三度と手が入れられ、現在では本書に収録したバージョンも含め伏せ字部分のほとんどが復元された状態で読むことができるのだが、本書の収録作品選定の過程で、日本文学の研究者である父・平山城《じょう》児《じ》の助力を仰いだ折、本作初出時の『思想』誌（大正一一年四月号、岩波書店）のコピーを見る機会に恵まれた。そこには、父がのちに公開されたバージョンと丹念に引き比べながら、伏せ字部分を赤字で自ら埋めていった形跡がある。

おかげでどのくだりのどういった表現が伏せられていたのかが手に取るようにわかるのだが、それを見るかぎり、伏せ字にされた箇所の多くは、現代の基準で見ればたわいもない表現である（たとえば本書四七ページ「僧犬は満身獣慾にもえたって彼女の背中にのしあがった」の傍点部分が、初出では伏せ字）。にもかかわらず、大正期の当局がそこまで目くじらを立てたのは、ひとつには中が「犬の交尾」という口実のもとに露骨な言いまわしもあえて辞さなかったことに原因があるのではないかと僕は考えている。

そう、それはたかが「犬の交尾」にすぎない。しかしのしあがる雄犬には僧の意識が、そしてのしあがられる雌犬には娘の意識があるのだ。二人の人間の意識を媒介に克明に描かれる犬の交尾の場面には、えもいわれぬ倒錯的な興趣がある。本書の趣旨に則るなら、その描写に触れるだけでもこの作品に目を通す価値は十分にあるといえよう。

内田百閒『東京日記（その八）』

なんとも捉えどころのない作家である。

内田百閒の名を世間に広く知らしめたのは、昭和初期にベストセラーとなった随筆集『百鬼園随《ひゃっきえんずい》筆《ひつ》』や、鉄道への飽くなき愛からなんの目的もなくただ汽車に乗ってあちこちへ旅する紀行の様子を描いた『阿房《あほう》列車』のシリーズなど、どちらかというと随筆系の作品が中心だろう。小説も相当量書いてはいるが、たとえば川端康成なら『雪国』、三島由紀夫なら『金閣寺』といった、代表作として即座に挙げられるような作品がこれといって思いつかない。「百閒の小説」というと、散在する数々の短編の中のささいな、しかし妙に印象に残る叙述のいくつかが頭の一隅に鬼火のようにぽっと浮かび上がるものの、具体的にそれがなんという短編のどこに位置するものであったかがとっさにはわからない。そういう位置づけにあるのが百閒の小説世界なのだと僕は考えている。

随筆における百閒は、概してユーモラスである。軽妙洒脱で、どこかとぼけた味のある諧謔味に満ちている。だからこそ、多くの読者の共感を呼び、大衆的な人気を博したのだろう。しかし小説のほうは、一転して不気味で不条理な、読む者をどこか据わりの悪い気分に陥らせるような一筋縄でいかない世界観に貫かれたものが多い。それは「不健全さ」という一語に置きかえてもいいかもしれない。自分が属している世界に対してこれといった違和感も抱かず、ただ安穏とすこやかに毎日を過ごしている人なら決して示さないであろう得体の知れない心や認識構造の歪み――百閒の小説の行間からは、常にそうしたものが滲み出ている。

前出の中勘助が漱石の教え子なら、百閒はれっきとした門下生だが、師の抱えていた（と僕が考える）不健全さは、十分すぎるほど立派に受け継いでいたものと思われる。

僕にとって百閒の小説世界との出会いは、文字ではなく映像を介したものだった。鈴木《すずき》清順《せいじゅん》監督の映画「ツィゴイネルワイゼン」（昭和五五年）である。ふた組の夫婦の関係を官能的かつ夢幻的に描いたこの映画が、百閒の小説『サラサーテの盤』を主要な下敷きにしていることは、主要人物の名が一致していること、サラサーテ自奏の「チゴイネルバイゼン」のレコードが物語の中で大きな役割を演じていることなどからあきらかで、あえて指摘するまでもない。しかし脚本家は、ほかにも百閒の小説作品から印象的なモチーフをいくつも切り出し、融通無碍に点綴《てんてい》しているようだ（『山高帽子』『花火』『東京日記（その十五）』など）。

観賞当時まだ中学生だった僕は内田百閒の存在すら知らなかったが、理屈を超えて訴えかけてくるこの映画の異様なイメージには鮮烈な印象を受け、容易に拭い去れない奇妙なあと味が長く尾を引いたことをよく覚えている。思えばその時点で、僕はすでに「百閒ワールド」の洗礼を受けていたのだろう。

その魅力をひとことで要約するのは難しい。なぜなら百閒の小説世界自体が、論理や条理では解きほぐせないなにかを強いて言葉によって捉えようとするところから成り立っているものだからだ。しかしここであえてそれを試みるなら、それは「夢の気配」とでもいったものに集約することができるかもしれない。ここでいう「夢」とは、文字どおり、人が眠っている間に見るあれのことである。百閒の小説には、見た夢を見たままに叙述したものだとでも考えなければ説明がつかないような理不尽な事態、常軌を逸した存在などが頻出する。しかも、ここが肝腎なのだが、そうしたものがさも当然のことででもあるかのように淡々と綴られていくのである。

それは、われわれが夢を見ている間に経験していることとなんら変わるところがない。どんなに理屈が通らなくても、どんなに言語道断なできごとが目の前で起きていても、目が覚めるまでは、われわれはそれをなんの疑問も抱かずあるがままに受け入れているものではないか。「夢の中における平常心」とでも呼ぶべきその感覚を、覚醒後も論理性に邪魔されることなく文章として再現できる能力に、まちがいなく百閒は長けていた。

昭和一三年に発表された『東京日記』は、ほぼそうした夢の再現のみで構成されていると思われる短編である。いや、「掌編集」といったほうが適切かもしれない。「その一」から「その二十三」までの短い節に分かれていて、それぞれが別の情景（＝夢）を描いたものだからだ（うちひとつ「その十五」は、映画「ツィゴイネルワイゼン」でも巧みに流用されている）。いわば百閒版『夢十夜』だが、見た夢を素材にしているという点は同じでも、漱石が小説としての完成度を意識してある程度の「加工」を施しているように見えるのに比して、百閒は生成《きな》りのまま無造作に投げ出しているような印象を受ける。

丸ビルが建っていたはずの土地が一面の原っぱになっている（その四）、とうに死んだはずの学友が同窓会に出席している姿を見る（その十九）、といった不条理のオンパレードだが、なにか奇態な生物が登場し、語り手が脅かされるという構図のものが目立つ。皇居のお濠から這い上がってきて街路を伝っていく、牛よりも巨大な鰻《うなぎ》（その一）、夜の盲学校の敷地内で盲人らと手を取りあって踊る山羊たち（その九）、寝苦しい夜、座敷の中を知らぬ間に埋め尽くしていた木兎《みみずく》（その十二）、神田の須田町に突如出現する一群の狼（その十七）、といった具合だ（似た趣向のものは、処女作品集『冥《めい》途《ど》』の頃から一貫して百閒のお家芸のひとつだった）。そうしたものが、三宅坂《みやけざか》、日比谷《ひびや》、雑司ケ谷《ぞうしや》、九段《くだん》といった東京の具体的な地名とともに描かれているさまには、情景の突飛さにもかかわらず妙に生々しい臨場感がまといついている。

本書で取り上げた「その八」も、「奇態な生物」が出てくるという点ではそのヴァリエーションのひとつともいえるが、それを超えて濃厚に沸きあがってくる性的なイメージに注目させられる。夕刻の仙台坂で見知らぬ若い女と偶然道連れとなった「私」は、色白で頸のきれいな女が「急に可愛くなった」という理由で、やにわに肩に手をかける。女のほうもまんざらでもない様子で、自分の家へと「私」を誘う。「私」が女に性的な関心を抱いているのはあきらかだが、あとにそういう場面が続くわけではない。「女中だか何だか」と思われる女たちが籠に入れて持ちこんできた「生温かい毛の生えたもの」が、部屋中を走りまわりはじめるのだ。

その「鼠を二つつないだ位の獣」は、体のほうぼうに這《は》いこんであちこちに嚙みついてくるが、「歯がないと見えて、痛くはないけれど、口の中が温かいのだか冷たいのだか、はっきりしない様な気持」だという。性的な描写というわけではまったくないが、語り手の性的関心があけすけなまでに発動している中で綴られている情景であるだけに、これ自体がどこかしら性的なニュアンスを帯びてしまっているように僕には見える。

夢というのは無意識の最も直接的な反映でもある。百閒がいわゆる「変態」であったとは僕は思わないが、その無意識の中になにやら御《ぎょ》しがたい「不健全さ」が渦巻いていたのはまちがいのないところだろう。それがはからずも端的に描出《びょうしゅつ》されてしまった作品として、このごく短い小説を取り上げた次第である。

谷崎潤一郎『富美子の足』

本書にこの大御所の作品を収録すべきかどうかでは、いささか迷わされた。谷崎潤一郎といえばあまりに高名であり、また「変態」的な著作を多く遺していることもおのずと知れていて、意外性のなさすぎる点が懸念されたからだ。しかし一方では、いやしくも「変態」と銘打ったアンソロジーの中で、その代名詞といってもいい文豪の作品をまったく黙殺してもいいものか、という思いもあった。またなにかひとつは取り上げるにしても、作品の選定にはおおいに呻吟《しんぎん》させられた。谷崎の著作といえば、大正期の探偵小説風味の短編群や畢生《ひっせい》の大作『細雪《ささめゆき》』などのわずかな例外を除けば、ほぼすべてがなんらかの意味で「変態」的な趣向を具備したもので埋め尽くされているからである。

年若い妻のあまりに奔放なふるまいに翻弄されながらもその魅力に抗うことができず、ついには全面降伏してしまう男を描いた『痴人の愛』の主題がマゾヒズムであることは論を俟《ま》たない。『卍《まんじ》』は人妻が禁断の同性愛に陥る物語であるし（人と人との間の支配／被支配をめぐる物語でもある）、『蓼《たで》喰《く》う虫』や『少将滋幹《しげもと》の母』には、自分の妻を他人に譲渡する男の屈折した心理がそれぞれ別の角度から赤裸々に描かれている。晩年の『鍵』や『瘋癲老人日記《ふうてんろうじんにっき》』も、それまでの谷崎がさんざん弄《もてあそ》んできた「細君譲渡」やマゾヒズムといったモチーフの変奏だし、琴《こと》の盲目の女師匠とそれに仕える男の間の究極の純愛を描いたものとされる『春琴抄《しゅんきんしょう》』においてすら、谷崎の主要な関心は、二人の間に成立していた事実上のSM的関係にあったものと思われるほどだ。

そんな谷崎が遺したものとあらば、短編小説もまた同工異曲のものが目立つ印象なのだが、さんざん悩んだあげく、一篇としてはこの『富美子《ふみこ》の足』を選んだ。作品としての完成度が高く、また谷崎の抱える「変態」性が実にわかりやすい形で提示されている逸品のひとつであるというのがその理由である。

本作は大正八年、谷崎が三十一歳のときに書かれた短編だが、主要登場人物の一人、質屋の隠居である塚越《つかこし》の度しがたい「変態」ぶりには、ずっと後年に綴られた『瘋癲老人日記』の年老いた語り手卯木督助《うつぎとくすけ》を彷彿させるところがある。作品を貫くモチーフは足フェチとマゾヒズムであるとしか言いようがないが、それは谷崎が年若い頃から終生変わらず抱えつづけたポゼッションのひとつだったのだということだろう。

念の入ったことに、この作品は一応、谷崎を崇拝するとある青年が送りつけてきた告白体の書簡という体裁を取っているが、言うまでもなく、実際には谷崎本人が自身の欲望を綴ったものだろう。青年の名は野田宇之吉《のだうのきち》、美術学校の書生である。上京してほかに頼るあてもない宇之吉は、遠縁の塚越のもとにちょくちょく顔を出すのだが、六十過ぎの塚越は三人目の妻を離縁してからは独身を通し、芸者上がりでわずか十七歳の富美子を妾として住まわせている。その富美子の肖像画を、柳亭種彦《りゅうていたねひこ》の草双紙《くさぞうし》にあった歌川国貞《うたがわくにさだ》による挿絵の女と同じ特殊なポーズで油絵として描いてほしいと頼まれた宇之吉は、自分の技量を超えたことだとして固辞しようとするが、「一種異様に血走った眼つき」をした塚越のばかに執拗な懇願に根負けしてしまう。

しかしほどなく宇之吉は、塚越の興味の焦点が富美子の「足」にあることに気づき、自身「子供の時分から若い女の整った足の形を見ることに、異様な快感を覚える性質の人間」であったことも手伝って、肖像画のほうはそっちのけで塚越と一緒になってただ富美子の足の美しさを堪能することに終始するようになる。やがて糖尿病と肺病を悪化させて寝たきりになった塚越は、自分の身代わりとして宇之吉に犬のまねをさせ、富美子の足にじゃれつかせる。そして最後には、富美子に顔を踏みつけてもらいながら至福のうちに冥途《めいど》へと旅立つのである。「富美子」の名には「踏み子」の含意があるのであろう。

実に谷崎らしいと思うのは、富美子の側の態度の描き方である。この二人の変態男（とあえて断言させていただく）に足ばかり崇拝され、妙なポーズをつけられたり顔を踏まされたりすることを、なんの疑問も抱かず嬉々としてやってのけるご都合主義的な存在としては決して描かれていない。そもそも四十以上も歳の離れた塚越と同棲しているのがほぼ財産目当てと思われる上に、塚越の「足」への執着に対しても、しかたなくつきあってやっているのだという物腰を崩さない。もっとも、女の側のそうした態度は、『瘋癲老人日記』や短篇の『蘿洞先生《らどう》』などにも見られるもので、そうして辟易されながらも趣味につきあわせているという構図こそ、変態であるという自覚を持っていた谷崎にとっては好ましいものだったのかもしれない。

しかしそれより何より、この作品について特筆すべきことは、こだわりの対象である女体のパーツをめぐる描写の異様なまでの細密さと的確さだろう。宇之吉が、初めて引き合わされたときの富美子の顔貌について、「こう一つ一つ顔の造作を取り立てて、僕の拙劣な文章で説明されては、さぞかし先生も御迷惑だろうと存じます」と自ら恐縮するほどこと細かな描写をしているのもさることながら、こと主題が「足」に及ぶと、宇之吉の熱意は留まるところを知らなくなる。

手がその足を引張り上げるのに、踝を握るとか甲を摑むとかすれば比較的簡単であるものを、わざとそうは画かないで、足の薬趾と中趾との股の間に手を挿し入れ、わずかに小趾と薬趾と二本の趾を摘まんだだけで、辛くも其の脚全体を持ち上げさせているのです。脚は今にも可愛い小さな手の中から二本の趾を擦り抜けさせようとして、圧し着けられたぜんまいの如く伸びんとする力を撓《たわ》めさせつつ、宙に浮いた膝頭をぶるぶると顫わせて居ます。

富美子に取らせるポーズのモデルとなっている国貞の挿絵を宇之吉が描写したものだが、縁側に腰かけて右の素足を手拭いで拭いている女の姿態がどうなっているか、そのどこに魅力があるのかを、この調子で微に入り細を穿《うが》って綴りながらそれだけで数ページを費やしている。そして、生きている富美子の足を目前にしたときには、これを上まわるほどの熱意をもって延々と描写を重ねていくのである。中でも、富美子の愛らしい足の爪を「生えている」のではなく「鏤《ちりば》められている」のだとする形容は、みごととしか言いようがない。

宇之吉や塚越と同じように魅了されるかどうかは別にして、それがどんな足であるのかということだけは、惜しみなく繰り出されるこれらの言葉によって否応なく脳内に鮮明な映像として浮かんでくるではないか。「富美子の足」の魅力を可能なかぎり正確に伝えようとする宇之吉の――というより谷崎の情熱、そして実際にそれを果たせるだけの卓越した表現力には、脱帽を禁じえない。

余談ながら、この作品は二〇一〇年に加藤《かとう》ローサ主演で映画化されているようだ。未見だが、これを映像化したくなった制作サイドの心理はよく理解できる。

稲垣足穂『彼等〔THEY〕』

この作家の生涯が不遇なものであったといえるかどうかは、意見の分かれるところだろう。順風満帆な道のりを歩んだのではないことだけはたしかだ。文壇を離れ、アルコール中毒とニコチン中毒に苦しめられながら極貧の生活を送った時期もある。ようやく風向きが変わるのはほぼ晩年、齢《よわい》七十も近づいてからだ。三島由紀夫による「再評価」を皮切りに、澁澤龍彦《しぶさわたつひこ》、土方巽《ひじかたたつみ》、種村季弘《たねむらすえひろ》らの熱烈な支持を受け、一転してタルホブームが到来する。その様子を生前に見て取ることができただけ、幸運だったというべきだろうか。

好みも分かれる作家だろうが、もとより足穂が稀有な資質の持ち主であることを否定するものではない。たとえば処女作品集『一千一秒物語』（大正一二年）は、月や星がちりばめられたファンタジックな素材を独自の美学で詩的に綴ったものだが、時代を感じさせないその先鋭的なモダンさには驚かされる。以降に書かれた自分の作品はすべてこれの注釈であると本人が宣言しているのもうなずけるというものだ。

文字どおりその注釈のひとつであるかどうかはさておき、本書に収録の『彼等〔ＴＨＥＹ〕』は、戦後になってから足穂が相次いで発表した作品のひとつで、昭和二三年に同名の作品集に収録されたものである。一見したところ、少年から青年に至る時期の思い出、特にその頃出会った印象深い人々についてのスケッチ的なもので織りなされた随筆風のたわいもない小品のように見えるのだが、読みこんでみるとこれがなかなか曲者《くせもの》で、ああ、やはり足穂だなと唸らずにはいられなくなる。

冒頭に引用されているのは、ドイツの劇作家フランク・ヴェーデキントによる戯曲『春の目ざめ』の一節である。現代ではほとんど読まれなくなってしまっているのではないかと思われるが、抑圧下にあるギムナジウムの少年たちの性を赤裸々に扱ったことで、当時としてはさまざまな物議を醸した問題作だった。それと呼応するように、本編は足穂自身の「春の目ざめ」を描いたもののようにも受け取れるのだが、その書き方にいくつもの落とし穴のようなものが仕込まれている。

文章そのものは平易でありながら、決して読みやすい作品ではない。おそらく意図的なものだろうが、誰についての言及なのか、即座には読み解けないような省略の多い書き方をした箇所が多い上に、ある人物について語っていると思ったら不意にその興味の行方をひらりとかわすように別の対象にフォーカスを転じてしまったりする。しかし全体に通底しているのは、少年時代からの語り手がなんらかの意味で心惹かれた人物についての語りが、リレーのように続いていくその構成である。

最初に登場するのは、真っ白いケンブリッジ型学帽をかぶって転校してきたひとつ年長のFという少年だ。そのハイカラな出で立ちと相まって、学校の廊下ですれ違った際に香水が薫ったことが語り手に強い印象を残すが、直接口をきく機会はないままに、Fは病気であっけなく命を落としてしまう。そしてずっと後年、冒頭に引用されている『春の目ざめ』を読んだ語り手は、劇中でピストル自殺する少年モーリッツの死にざまについて語る級友たちの会話に、当時想像したFの死に顔を想起させられるのである。

続いて松浦《まつうら》さん、赤沢《あかざわ》さんという二人の少女についての追憶が綴られるが、どちらも目立たないタイプであり、語り手がそのどこに惹かれたのかは、薄靄《うすもや》に包まれているようではっきりとはわからない。Fのときと同様、彼女たちとも語り手は口をきいたことがないか、あったとしてもごくわずかであったようだ。もっとも小学生くらいの年ごろであれば、そういうことはよくある。なんとなく気にかかって、遠くから一方的に淡い慕情めいた興味を寄せる対象の一人や二人はいるだろう。そのとき、相手が異性か同性かというのは本質的な問題ではない。子どもというのはそういうものだ。

だが次に出てくる「発《ハツ》ちゃん」あたりから、そうした子どもらしい無邪気な憧れを逸脱した要素がじわじわと頭をもたげはじめる。不遇な生い立ちや家庭環境を想像させるこのひとつ歳上の少年に語り手は「何か兄さんめくもの」を感じるのだが、問題はむしろ、語り手の家の書生がこの少年を妙に気に入っていたことだ。やがて発ちゃんが神戸《こうべ》に引っ越していった際、書生が「あの子はなかなか愛嬌があったね」とひとことだけ漏らすのを聞いて、語り手は字引で「愛嬌」の意味をわざわざたしかめるのだが、「自分が漠然とその言葉について思っている以上の発見」はない。実際には、書生はそれ以上のものを発ちゃんに見出だしていたのだろう。

「少年愛」の大家でもある足穂の本領がいよいよ発揮されるのは、次に登場する「お寺の坊っちゃん」をめぐるくだりだ。「帰省して二度目の夏」とぼかした書き方をしているが、別の箇所で「大正の終わり頃の話」とも言っている。語り手が足穂自身だとすれば二十代の前半、本人はすでに成人しているわけだが、このとき語り手が関心を示すのもやはり、十三、四歳の少年なのである。

この少年についても、確定的なことはあまり多く書かれていない。近所の寺の息子で、姓は山路《やまじ》、姉がいて、色白で一瞬少女と見紛うような風貌の持ち主であること。中学受験に失敗して今は予備校通いであること。そうした事実が、断片的な記述をつなぎあわせてようやく浮かび上がってくる程度だ。しかし語り手が少年に執心していることはあきらかで、地元の若者Mを通じてなんとか渡りをつけ、少年に近づこうとする。そして首尾よく少年を誘い出し、一緒にボートを漕ぐところまで行き着くのである。

ただしここから先の記述は、きわめて暗示的である。アンドレ・ジッドの『背徳者』がそうであるように、具体的な「行為」があったのかどうかは、ついに最後まで明示されない。ただ、語り手が少年に贈ったものらしい風景画が、少年の姉から第三者経由で返却されたといういきさつに、ボートのあとにも二人の間になにかがあったらしいということが間接的に示されているだけだ。そしてその二年後、すでに東京に戻っていた語り手は、少年への年賀状に対する少年の姉からの返信で、少年が前年の夏に亡くなっていたことを知る。

語り手が関心を示す相手は、男でも女でもなぜか軒並み早世《そうせい》し、この作品全体に不吉な影を落としているのだが、後日談的に知らされる寺の少年の死はその中でも際立って痛ましい。

少年はいったん京都の中学校に入学して品行方正にしていたのだが、その後は退学し、神戸あたりの二流中学を転々としたのちに、どこにも籍を置かずにぶらぶらする生活になじんでいた。そんな中で、東京に住む語り手のもとを少年が訪れてきたことがあった。語り手は少年に退廃の影を見て取り、彼の身の上に「近いうちに何事かが起るという予感」を退けることができなくなる。その数ヶ月後、予感が的中するように少年はこの世を去るのだが、原因は少年が入れあげていたモンパリーという身持ちの悪い女給からうつされた脳梅毒であったという。これもまた、足穂が拘泥《こうでい》していた「美のはかなさ」の一例なのだろうか。

ただし特筆すべきは、この寺の少年との交情に明け暮れているそのさなかにも、語り手が別の対象――それも異性――にも気を惹かれていることである。角谷《かどたに》さんという電話交換局に勤める混血児風の風貌の少女に対する関心は、寺の少年に熱を上げている時期と完全に並行して発露されている。そして語り手の関心は、自身の年齢がいくつであろうと、また相手の性別がどちらであろうと、常に「歳若い者」に向けられているように見える。歳若い者でありさえすれば、彼あるいは彼女はいつでも、「私の心の蝋燭への点火者」（本書一三〇ページ）たりうるのだ。

しかも足穂は、まだ性的に未分化だった時代の淡い慕情も、成人してから少年や少女に向けられた関心も、分け隔てなく均等に扱っているようだ。そこが足穂の足穂たる所以であり、この作品を読んでいてなにか目くらましにあったような気分にさせられるのも、おそらくそれが原因なのだろう。

川端康成『合掌』

実は、今回のアンソロジーを編むにあたって当初最もあてにしていたのは、何を隠そう川端康成であった。

ある意味で戦略的に自らの変質性を打ち出していた谷崎などとは違って、ノーベル賞作家でもある川端には、一般的にはそうした色づけがなされていない。ときにビザールなモチーフを扱うことはあっても、それはあくまで趣向や技巧の範疇に収まるものであると了解されている（事実川端は、さまざまな奇想を実にたくみに、縦横無尽に使いこなした作家でもある）。

しかし僕にとって、この人ほどナチュラルな「変態っぽさ」を感じさせる作家はいないのである。作品の題材が何であるかは、この際関係がない。それとは別の位相で、文章の随所から「変態」的ななにかが滲み出ているのが川端康成なのだ。少なくとも、僕は少年時代から一貫してそういう認識を持っていた。

僕の言わんとするところをわかりやすく伝えるために、ひとつの例を挙げたい。川端には『眠れる美女』という中篇作品がある。舞台となっているのは海辺に人知れず建っている一種の娼館なのだが、いわゆる性行為がここで行なわれることは想定されていない。客が通される部屋の寝床には、十六からせいぜい二十歳くらいの若い娘が、薬剤で深い眠りに陥らされたまま全裸で横たわっている。口コミを通じてここを訪れる客は、「もう男ではなくなってしまった老人」ばかりで、彼らはただ娘と添い寝だけして、娘が目覚める前に帰っていくのである。

この設定はそれ自体「変態」的な要素に満ちているが、僕がこの作品を「変態」的だと感じるのは、その設定の故ではない。もしこの館が性行為も許容されている空間であるなら、それは単なる少女相手の擬似的な屍体性交《ネクロフィリア》を描いた際物のポルノにしかならないところだ。客を老いのためにいわば去勢されてしまっている男に限定しているからこそ成り立つ話であり、真の主題が「男にとって老いとは、そして死とは何か」といったところにあることも、そこからおのずと透けて見えてくる。だが肝腎なのは、この物語の主人公である江口《えぐち》老人が、紹介者の見立てを裏切り、実は依然として男性としての能力を保持していることなのだ。

実際江口は、一度は眠っている娘の一人を犯そうとするのだが、「明らかなきむすめのしるし」に尻込みして中途で断念する。しかしそれなら、なぜ江口はその後もこの館に通いつづけるのか。男性としての自分を強いて封印しながら裸の少女とただ並んで一夜を過ごすことに、何を求めているのか。毎回異なる若い娘と同衾《どうきん》し、その唇《くちびる》を開かせて口の中を覗いたり、体の一部を足でなぞったりしながら、江口はかつて体を交えた女のこと、すでに嫁がせた三人の娘のことなど、さまざまな回想に身を委ねるのだが、能力がありながらあえて行使しないことが、根の深い「変態」性をかえって際立たせているように僕の目には見える。

問題は、江口老人のふるまいを「変態」的であると読者に思わせることまで、はたして川端自身が意図していたかどうかということだ。「薬で眠らされた少女と同衾できる娼館」という突飛な設定がいわば口実として機能することで、この作品に伏在する真の変態性が体よく隠蔽されてはいまいか。

そしてそこで隠されている真の変態性を、川端自身は必ずしも自覚していなかったのではないか。僕が川端作品に触れていてしばしば感じるのは、まさにその「作者自身の自覚が及んでいない変態性」なのである。変態的なものを表現しようということさらな意図が作者本人にはないにもかかわらず、端から見ているかぎりそれ以外のなにものでもないもの、ということだ。

当然それは、必然的に、隠微なものとならざるをえない。あからさまなものであれば、あえてそういうものとして見せようとする作者自身の意図が、よかれあしかれ表現の背後に重なって見えるものだからだ。川端作品にはそうした「無自覚な変態性」が横溢《おういつ》しているはずと決めこんでいた僕は、収録作品選定にあたり、そのあまりの隠微さに弱りはててしまったわけだが、それでもこれなら趣旨を理解してもらえるだろうと思える作品をどうにか選り分けることはできた。結果として選んだこの『合掌』は、昭和四六年に刊行された作品集『掌《たなごころ》の小説』に収録された一篇である。

『掌の小説』は、文字どおり掌編小説（初回刊行当時は百十一篇）ばかりを集めたもので、執筆された時期は若年の頃から四十年余りにも及ぶが、大半は新感覚派と呼ばれた二十代の頃に書かれたものであったようだ。川端の時代には、文学者は若い頃にまず詩作から入るというパターンが常道だったが、自分は「詩の代りに掌の小説を書いた」と本人が言っているとおり、この作品集に収められた掌編小説群は、物語性というよりは、任意に切り取られたある瞬間の詩情のようなものをたくみに掬《すく》いあげているという印象を強く残す。

簡潔に文字化されている分、本質がむき出しに近い状態で提示されており、僕が考える川端の「無自覚な変態性」が比較的わかりやすい形で現れているものもいくつかはピックアップできたのだが、迷ったあげくこの一作を選んだ。これは同じ『掌の小説』に収録された『日向《ひなた》』とある意味で対になる作品である。ともに、幼い頃に両親と死別して祖父のもとで暮らした思い出がキーとなっている。そしてその生い立ちは川端自身のものでもある。描かれているのが実体験そのものであるかどうかは別にして、川端本人にかなり近い視点で書かれたものであることはまちがいないだろう。

登場するのは新婚の夫婦のみである。寝台にはかなげに横たわる花嫁を見下ろしながら、夫である「彼」は涙を流す。そして何を思ったかその場に跪いて寝台の脚に額を押しあて、花嫁に向かって静かに合掌する。そうかと思えば、実は眠っていなかった花嫁と短い会話を交わしたのち、お休みのしるしに「脣《くちびる》を持って行」く。花嫁は、「いやでございますわ。起きているとこんなことをなさいますし、眠って居りますと死んだ人のようになさいますわ」とこぼす。

「死んだ人のように」というのは、自分に向かって合掌されたことを指しているのだが、花嫁にしてみればもっともな当惑だろう。そんなことのあとで当然のように接吻などされればなおのこと、この人はいったい何を考えているのかと軽い恐怖すら覚えるかもしれない。そもそも生きている人間相手に合掌するという行為は、その人が僧職でもないかぎり奇行に近いものとして受け取られるはずである。花嫁にその現場を見られたことで、「彼」もさすがにばつの悪い思いはしているようだが、あとに続く説明は、必ずしも説明になっていない。

盲目の祖父と二人きりで暮らした幼い頃、祖父に向かって合掌すると「心が洗われるのを感じた」こと。いろいろな人の世話になりながら、面と向かって礼を言ったり詫びたりすることができず、ひそかな合掌をもってそれに替えていたこと。それ自体はいいとしても、その説明と、妻となった女性に向かって合掌することとの間には、文脈上の断絶があるように見える。そして結びの一文に見る、「自分の力をためすために、世の中のあらゆる女と夫婦の交わりを結んで彼女等を合掌したい欲望」というのはどう見ても唐突で、そしてあまりにも異常な欲望である。「自分の力」とは、この場合何を指しているのか。いったいどういう脈絡から、「彼」はそのような欲望を抱くに至ったのか。

僕はここに、川端の「無自覚な変態性」の片鱗を見る。それは自覚されざるものであるが故に、余人には容易に模倣のできないなにかなのだ。

蘭郁二郎『夢鬼』

本書で取り上げた作家の中で、現在最も一般に知られていないのは、（僕自身は措いておくとして）ほぼまちがいなくこの人だろう。不幸にも飛行機事故によりわずか三十歳で命を散らし、作家としての活動期間が短かったことも一因だろうが、最大の理由はおそらく、名声を博すきっかけになったのが科学小説だったことにあるのではないかと思われる。現代でも、ＳＦというのは驚くほどマイナーなジャンルだ。その世界ではよく知られている第一人者でも、格別にそのジャンルを愛好する傾向のない人に訊ねると、名前さえ知らないということが往々にしてある。僕自身は、ＳＦには一定の見識を持っていると自負する者だが、その僕でも蘭郁二郎の名はある時期まで知らずにいて、自らの不明を恥じたものだ。なにしろ海野十三《うんのじゅうざ》などと並んで日本のＳＦ小説の先駆けとされているほどの人なのだから。

ただ、ＳＦに興味がない人のために大急ぎで言っておくが、本書に収録したこの『夢鬼《むき》』は、科学小説ではない。蘭の著作歴《ビブリオグラフィー》にはかなり明瞭に色分けされる二つの時期があり、科学小説に力を傾注していたのは昭和一三年以降なのである。『夢鬼』の初出は昭和一〇年で、その頃はもっぱら探偵小説を発表していた。それも、乱歩も顔負けの怪奇な、あるいは病的なモチーフを多用した幻想的な作風のものを多く残している。科学小説に転じてからは、おそらく一般受けを意識したものだろう、旧来の怪奇趣味は意図的に封印していたようだが、僕の個人的な好みをいわせてもらえるなら、蘭の魅力はむしろ前半期のそうした歪んだものへの偏愛ぶりにある。

『夢鬼』はその中でも突出した奇矯さに満ちており、探偵小説とすら呼べない、ジャンル分けの難しいそのたたずまいが異彩を放っている。短編のアンソロジーに収録するにはやや長いのだが、現在ではほぼ埋もれてしまっているこの名作に再び脚光を浴びせる誘惑は抑えがたく、編集部に無理をいってあえて全文を掲載させていただいた次第である。「変態」がテーマの本書を構想する際、まっさきに白羽の矢を立ててたのが本作であり、僕の中ではその時点で「外せない一作」としての地位を獲得してしまっていたのである。

ではこれがどういう作品であるかというと、物語はなんとも陰惨で、ほとんど救いというものがない。ただ注目すべきは、その至るところに「変態」的要素がみごとなまでにちりばめられていることなのだ。そしてその多くは、主人公・鴉黒吉《からすくろきち》の卑屈な心理と、相方の少女・貴志田葉子《きしだようこ》の持つ残虐性によって織りなされていると言っていい。

黒吉は各地に小屋がけしながら巡業している極東曲馬団の少年団員だが、容貌が醜い上に不器用で、仲間からは「虫」と蔑まれ、親方からも日々邪険に怒鳴り散らされている。鴉黒吉という妙な名前もどうやら親方が勝手につけたもののようだが、ものごころついたときにはすでにこの曲馬団にいて、両親の記憶もない黒吉は、親方がどこからか不法に拉致してきた子どもであったにちがいなく、世が世なら深刻な人権問題となるところである。

虐げられた者としての一種の適応でもあったのか、黒吉の胸には、十歳にしてすでにマゾヒズムらしきものが胚胎している。女の子の団員にばかにされると、憤りどころか喜びに近いものすら覚えるのだ。一方で黒吉は、縄跳び遊びをする少女団員の乱れたスカートから覗く「ふっくりとした白い腿」を食い入るように凝視するといった子どもらしくない性向にも囚われている。

そんな黒吉は、見かけもきれいで芸も達者な同年代の花形少女団員である葉子にひそかに思慕を寄せるのだが、行動が何も伴わないわけでもない。葉子が出番を迎えて食べかけのまま残していった煎餅をそっと持ち去り、噛み口が湿っているのを「葉ちゃんの唾《つばき》だな」などと思いながら執拗にしゃぶったり、衣装部屋に忍びこんで葉子の肉襦袢に顔を埋め、「体臭のむんむんする臭い」に陶酔したりするのだ。子どもならではの多形倒錯的な色合いを帯びた欲望のありようが、実に生々しく描かれているではないか。

葉子にますます執心するようになった黒吉は、嵐の晩、小屋で雑魚寝させられたとき、たまたま隣に寝ていた葉子の唇を闇に乗じて奪うのだが、葉子はそれに気づいており、「あたし好きになっちゃったわ、あんたが」と言いながら自分から急接近してくる。その葉子に、曲馬団の立て役になったら「夫婦《いっしょ》に」なってもいいとけしかけられた黒吉は、難易度の高い空中ブランコの練習に死に物狂いで挑みはじめる。危険な練習で傷だらけになった黒吉にも葉子はやさしいが、血の滲んだ黒吉の傷に、「舐めた方が早くなおる」からといって、自ら舌先を這わせたりする。次第にわかってくるのだが、この少女はむごたらしいことが好きで、「時々血を見ないと、くさくさする」ような異常な面を持っていたのだ。

時が過ぎ、十六歳になった黒吉は、今や葉子と組んだ空中ブランコの芸で押しも押されもしない花形団員である。一方で葉子は、サディストとしての一面をもはや隠そうともしなくなっており、黒吉も当然のようにそれを受け入れている。芸の合間合間に葉子が振るってくる鞭を嬉々として浴びては、そのあとに続く「雨のような愛撫」に恍惚としているのだ。演技中、葉子のブランコに飛び移り、葉子の手で両足を掴まれて逆さにぶら下がる瞬間のスリルも、黒吉にとって特別なものとなっている。血を見るのが好きな葉子が、発作的にその手を離しはしないか――。生殺与奪の権は、まさに葉子の一手に握られているのだ。

そんな極限状態が生み出した超常能力だったのか、ブランコからブランコへと飛び移る瞬間に、黒吉は脳裡に幻を見るようになる。当初はただ葉子の笑顔が見えるだけだったが、やがてその幻が未来の予知であることに黒吉は気づいていく。曲馬団の不入りが続いて解散の危機に瀕している中、葉子の気持ちが自分から離れつつあることも感じ取っていた黒吉は、希望のある「明日」を見たいばかりに、ある晩、無人の小屋の天井に上って一人でブランコからブランコへと飛び移ろうとするのだが、失敗してまっさかさまに転落してしまう。そのさまを見ていた葉子が駆けつけてきて、失敗にもかかわらず「黒ちゃん、黒ちゃん、すごかったわよ」と褒め称えたのは、残虐なシーンを間近に堪能できた満足からだったろうか。

ここまでがいわば「第一部」であり、残りの部分ではだいぶ様相が変わってくる。黒吉は一命を取りとめるが、施療院で目覚めたときには右足と右目を失っている。その間に極東曲馬団は解散、葉子は東京に住む叔父を頼っていくといって、前々から自分を狙っていた色男の団員である義公《よしこう》とともに行方を晦ましていた。けなげに見舞いに訪れるのは、葉子ほど美しくはないが黒吉に対して同情的だった薗道由子《そのみちよしこ》ただ一人である。黒吉は由子のやさしさにありがたみを感じながらも、なお葉子への思いを断ち切ることができず、片目片足になっていながら空を飛ぶ曲芸もあきらめきれない。

医師の口から「柏木《かしわぎ》航空研究所」の存在を知った黒吉は、一回十円の高給が支払われるという新型パラシュートの降下試験に応募し、難色を示す所長をどうにか説き伏せて採用に漕ぎつく。研究所からのわずかな手当てで荒物屋の二階に住むようになった黒吉のもとに、カフェの住みこみの女給となった由子がちょくちょく訪れ、二人はついに結ばれるのだが、黒吉は由子を抱きながらも心の中ではあいかわらず葉子だけを思い浮かべている。

ここから先は泥仕合である。頼っていった叔父が東京からとうに引き上げていたと知り、あっさりとんぼ返りして居酒屋「千鳥食堂」で給仕していた葉子と再会した黒吉は有頂天になるが、義公とはすでに別れているにもかかわらず葉子はそっけなく、黒吉と由子の仲を知るやひどい言葉を残してそっぽを向いてしまう。葉子に未練たらたらの黒吉に激怒した由子も去っていくが、黒吉は葉子への思いを捨てきれず、周囲の冷笑を浴びながら千鳥食堂に通いつめる。そしてパラシュートの降下試験で葉子が化粧品商の息子と結婚することを予知した黒吉は、嫉妬のあまり葉子を松葉杖で惨殺、屍姦したあげく、次の降下の際、機内にしのばせた一糸まとわぬ葉子の亡骸を抱いて、自らも全裸になってパラシュートもつけずに飛行機から飛び降りるのである。

地面に向かってどこまでも落下しながら、黒吉は葉子との甘い和解を幻視して「ああ、俺は幸福だ……」と呟くのだが、この身も蓋もない結末には唖然とせざるをえない。ただ、この奇妙な物語を思いついた蘭の初期衝動のようなものは、最後の一行までありありと刻印されており、一度でも読めば忘れがたい印象が心中に残る。このまま埋もれさせておくにはあまりにも惜しい作品である。

著者紹介

中勘助（なか・かんすけ） 一八八五年〜一九六五年
東京生まれ。小説家・詩人。第一高等学校時代から東京帝国大学英文科時代に至るまで、夏目漱石の講義を受ける。のちに国文科に転じて帝大を卒業、当初は詩歌を志すも、一一年に執筆した自伝的小説「銀の匙」の前編を漱石の勧めで翌年「東京朝日新聞」に連載、一四年には後編も執筆し、散文作家としての礎を築く。ほかに「提婆達多」、本書収録の「犬」、「沼のほとり」「菩提樹の蔭」「街路樹」「逍遥」「白鳥の話」などを戦前から戦後にかけて発表。文壇とは距離を置き、孤高の作品世界を展開した。静養のため四二年から四八年まで住んだ静岡の服織村（現・静岡市葵区）には当時の住居が今も残り、「中勘助文学記念館」として一般公開されている。

内田百閒（うちだ・ひゃっけん） 一八八九年〜一九七一年
岡山生まれ。小説家・随筆家。本名は榮造、戦後に「百閒」を名乗る。別号に百鬼園。東京帝国大学独文科入学後、夏目漱石の門下に入り、芥川龍之介、鈴木三重吉などと親交を結ぶ。陸軍士官学校、海軍機関学校、法政大学、陸軍砲工学校などでドイツ語を教えるかたわら処女作品集「冥途」、「百鬼園随筆」などを上梓、三四年からは文筆業に専念。酒とタバコと鉄道を愛し、借金に追われる生涯だった。著作にはほかに「旅順入場式」「百鬼園随筆」「百鬼園夜話」「阿房列車」「日没閉門」などがある。愛猫家としても知られ、失踪した飼い猫ノラや後釜のクルツについて綴った「ノラや」が有名。

谷崎潤一郎（たにざき・じゅんいちろう） 一八八六年〜一九六五年
東京生まれ。小説家。東京帝国大学国文科中退。在学中に小山内薫らと第二次「新思潮」を創刊、同誌に発表した「刺青」で脚光を浴び、早くから永井荷風の激賞を受けて文壇での地位を確立。西欧的なモダニズムを背景に、当時の風潮に叛旗を翻すような反自然主義的・耽美主義的作風で文壇の寵児となるが、関東大震災を機に関西に移住、次第に純日本的なものや古典への回帰の傾向を強めていく。「痴人の愛」「卍」「春琴抄」「細雪」、随筆「陰翳礼讃」などの話題作を相次いで発表、さらに「鍵」「瘋癲老人日記」など晩年まで旺盛な執筆欲を示し、全米芸術院・米国文学芸術アカデミー名誉会員に日本人として初めて選ばれた。

稲垣足穂（いながき・たるほ）一九〇〇年〜一九七七年　大阪生まれ。小説家。小学生時代に明石に移住、神戸で育つ。少年時代から飛行機に魅せられ、飛行家を志すも、近眼のため断念。関西学院中学部卒業後に上京、佐藤春夫の知遇を得て「一千一秒物語」を刊行。飛行や天体への愛好、少年愛などをモチーフに執筆を続けるが、佐藤春夫との確執をきっかけに文壇を離れ、三〇年には故郷の明石に引きこもる。以後、不遇の時代が続くも、五四年に書かれたエッセイ「A感覚とV感覚」が諸家の注目を集め、六八年には三島由紀夫の後押しにより、「少年愛の美学」で第一回日本文学大賞を受賞。翌年から刊行された「稲垣足穂大全」で一躍ブームが起きる。著作にはほかに「星を売る店」「ヰタ・マキニカリス」「ヒコーキ野郎たち」など。

川端康成（かわばた・やすなり）一八九九年〜一九七二年　大阪生まれ。小説家。両親とは幼くして死別。東京帝国大学国文学科在学中に菊池寛に認められ、頭角を現す。二一年に第六次「新思潮」を発刊、横光利一らとともに、西洋の前衛文学の要素も採り入れた新感覚派として斬新な作品世界を展開する。後年は独自の死生観を背景に日本の伝統美を描くスタンスを確立し、「雪国」で日本人として初めてのノーベル文学賞を受賞。武田麟太郎、岡本かの子、三島由紀夫など後進の多くの才能を育てたことでも特筆に値する。作品はほかに「伊豆の踊子」「水晶幻想」「千羽鶴」「山の音」「眠れる美女」「古都」など多数。日本ペンクラブ、国際ペンクラブ大会などでも活躍したが、七二年にガス自殺。

蘭郁二郎（らん・いくじろう）一九一三年〜一九四四年
東京生まれ。小説家。本名は遠藤敏夫。新聞記者で探偵小説の熱心な読者でもあった母・多枝の影響で、自身も探偵小説のファンとなる。東京高等工業学校電気工学科に入学した三一年、平凡社版の「江戸川乱歩全集」の付録小冊子「探偵趣味」における第三回掌編探偵小説募集に処女作「息を止める男」が入選、乱歩から好意的な書評を寄せられる。三三年には日本電気（現ＮＥＣ）に入社するが、肺尖カタルになり、鎌倉での療養生活を余儀なくされる。三五年には同人誌「探偵文学」を創刊、のちに「シュピオ」と改題し、海野十三、小栗虫太郎らと編集に励む。科学小説「地底大陸」で一躍人気作家となり、「脳波操縦士」等を発表するが、四四年、海外報道班員として南方へ向かう途次、飛行機事故で死亡。

初出一覧

「犬」　「思想」七、一九二二年

「東京日記（その八）」　「改造」一月号、一九三八年

「富美子の足」　「雄辯」六月号（一九一九年）に「富美子の足」として、「雄辯」七月号（同年）に
「富美子の足（前回のつゞき）」として、二回にわたり発表された。

「彼等［ＴＨＥＹ］」　「新潮」七月号（一九四六年）に「モンパリー」として後半部分のみを発表。
四八年、前半と後半を合わせて『彼等』（桜井書店）に収録された。

「合掌」　「婦人グラフ」八月号、一九二六年

「果実」　書き下ろし

「夢鬼」　「探偵文学」六月～十月号（一九三五年）に掲載されたが未完。
『夢鬼』（古今荘、一九三六年）に収録した際、完結した。

・それぞれの作品の底本は以下の通り。
「犬」……『中勘助全集　第二巻』（岩波書店）を底本として、『犬　他一篇』（岩波文庫）を参照しました。

「東京日記　その八」……『内田百閒全集　第三巻』（講談社）を底本として、『東京日記　他六篇』（岩波文庫）を参照しました。

「富美子の足」……『谷崎潤一郎全集　第六巻』（中央公論社）を底本として、『谷崎潤一郎フェティシズム小説集』（集英社文庫）を参照しました。

「彼等［ＴＨＥＹ］」……『稲垣足穂全集　第三巻』（筑摩書房）

「合掌」……『川端康成全集　第一巻』（新潮社）を底本として、『掌の小説』（新潮文庫）を参照しました。

「夢鬼」……『蘭郁二郎集　魔像』（ちくま文庫）
・旧字・旧仮名は、新字・新仮名表記に改めました。
・難読と思われる語にふりがなを加えました。
・本文中、今日では差別表現につながりかねない表記がありますが、作品が描かれた時代背景、作品の文学性と芸術性、そして著者が差別的意図で使用していないことなどを考慮し、底本のまま掲載しました。

平山瑞穂（ひらやま・みずほ）

1968年、東京都生まれ。立教大学社会学部卒業。2004年にデビュー作の『ラス・マンチャス通信』で第16回日本ファンタジーノベル大賞を受賞。著書に『忘れないと誓ったぼくがいた』『シュガーな俺』『あの日の僕らにさよなら』『プロトコル』『マザー』『四月、不浄の塔の下で二人は』『彫千代〜Emperor of the Tattoo〜』『妻を譲らば』等多数。

シリーズ 紙礫7 **変態** pervert

2017年3月10日 初版発行
定価 2000円＋税

編　者 平山瑞穂
発行所 株式会社 **皓星社**
発行者 藤巻修一
編　集 谷川 茂
〒101-0051 千代田区神田神保町3-10
電話：03-6272-9330 FAX：03-6272-9921
URL http://www.libro-koseisha.co.jp/
E-mail：info@libro-koseisha.co.jp
郵便振替 00130-6-24639

装幀 藤巻 亮一
カバー写真提供：Super Stock／アフロ
印刷・製本 精文堂印刷株式会社

ISBN978-4-7744-0630-5